M.C. BEATON

Agatha Raisin

und der Tote im Blumenbeet

Kriminalroman

Aus dem Englischen von
Sabine Schilasky

lübbe

Die Bastei Lübbe AG verfolgt eine nachhaltige Buchproduktion. Wir verwenden Papiere aus nachhaltiger Forstwirtschaft und verzichten darauf, Bücher einzeln in Folie zu verpacken. Wir stellen unsere Bücher in Deutschland und Europa (EU) her und arbeiten mit den Druckereien kontinuierlich an einer positiven Ökobilanz.

FSC
www.fsc.org
MIX
Papier | Fördert gute Waldnutzung
FSC® C014496

Vollständige Taschenbuchausgabe

Deutsche Erstausgabe

Titel der englischen Originalausgabe:
»Agatha Raisin and the Busy Body«

Dieses Werk wurde vermittelt durch die Literarische Agentur Thomas Schlück GmbH, 30161 Hannover.

Umschlaggestaltung: Kirstin Osenau
Umschlagmotiv: © Arndt Drechsler, Leipzig
Satz: two-up, Düsseldorf
Gesetzt aus der Caslon
Druck und Verarbeitung: GGP Media GmbH, Pößneck
Printed in Germany
ISBN 978-3-404-18971-7

1 3 5 4 2

Sie finden uns im Internet unter luebbe.de
Bitte beachten Sie auch: lesejury.de

Für Hope Dellon
in Liebe

Eins

Nachdem sie festgestellt hatte, dass die Liebe zu ihrem Exmann James Lacey mehr oder minder verpufft war, beschloss Agatha Raisin, die nicht mehr ganz junge Inhaberin einer Detektei in den englischen Cotswolds, sich auch von einer zweiten Obsession zu trennen.

Die letzten zwei Jahre war Agatha entschlossen gewesen, das perfekte Weihnachtsfest auszurichten, den kompletten Dickens'schen Traum; beide Male mit enttäuschendem Ergebnis. Daher wollte sie in diesem Jahr Weihnachten entfliehen und einen langen Urlaub auf Korsika machen. Ihre rechte Hand im Büro, Toni Gilmour, war mehr als imstande, mit den üblichen hässlichen Scheidungsfällen und vermissten Haustieren zurechtzukommen, die das täglich Brot der Detektei waren.

Agatha hatte sich ein Hotelzimmer in Porto Vecchio im Süden der Mittelmeerinsel gebucht. Den Ort hatte sie im Internet recherchiert und erfahren, dass es sich um eine alte genuesische Hafenstadt mit Wintertemperaturen um die zwanzig Grad handelte.

Sie kam spät im Hotel an, weil sie über eine Stunde gebraucht hatte, bis sie am Flughafen Figari ein Taxi fand. Nun freute sich Agatha darauf, Weihnachten mit einem Hummerdinner zu feiern. Kein Truthahn mehr.

Die Rezeptionistin begrüßte sie mit den Worten: »Sie haben bei uns für drei Wochen gebucht. Warum?«

Agatha blinzelte verwirrt. »Warum? Ich mache Urlaub!«

»Aber was wollen Sie hier tun?«, fragte die Frau. »Die meisten Geschäfte und Restaurants sind geschlossen, und Sie haben kein Auto. Es gibt nicht viele Taxis hier, und die, die wir haben, nehmen ungern kurze Fahrten an.«

»Ich überlege mir etwas«, antwortete Agatha erschöpft. »Jetzt habe ich Hunger. Haben Sie ein Restaurant?«

»Nein, aber wenn Sie aus dem Hotel nach rechts und dann die nächste Straße links hinauf zur Festung gehen, finden Sie dort einige Restaurants.«

Agatha ließ ihr Gepäck zurück und machte sich auf zu dem steilen Anstieg. Die Weihnachtsdekoration war die schönste, die sie jemals gesehen hatte, doch die Straßen waren wie ausgestorben. Sie gelangte zu einem Platz in der Mitte der alten Festung. Dort hatten zwei Restaurants geöffnet, und in der Platzmitte befand sich eine leere Schlittschuhbahn, die von Männern mit Wasser befüllt wurde, damit es über Nacht gefror. Agathas Stimmung wurde noch mieser. Sie hatte nicht gedacht, dass es auf Korsika Frost geben könnte.

In einem der Restaurants gab es einen beheizten Außenbereich für Raucher. Dort setzte sie sich und bestellte sich ein Essen, das sich als nichts Besonderes entpuppte, aber stolze zweiundvierzig Euro kostete, was satten zweiundvierzig Pfund entsprach.

Agatha rauchte eine Zigarette und rang mit sich, ob sie ein Auto mieten sollte oder nicht. Das Problem war, dass sie nicht seitlich einparken konnte. Genau genommen kamen für sie gar keine Parklücken in Betracht, in die nicht auch ein Lastwagen passen würde. Hier hingegen standen die Wagen überall dicht an dicht. Wie parkten die überhaupt aus, ohne die Autos vor und hinter sich zu rammen?

Doch Agatha wollte sich keine Niederlage eingestehen, nach Hause zurückkehren und sagen müssen, sie hätte einen Fehler gemacht. Was sie brauchte, war eine Nacht ungestörter Schlaf, weiter nichts. Sie trottete durch die verlassenen Straßen mit den funkelnden Lichterkränzen um sämtliche Laternen zurück zum Hotel.

Am nächsten Tag schien die Sonne. Nach einem anständigen Frühstück erkundigte sich Agatha nach dem Weg zum Hafen, wo sie sicher war, ein paar sehr gute Fischrestaurants zu finden. »Es gibt eine Abkürzung von der Festung nach unten«, sagte die Frau an der Rezeption, »aber die ist furchtbar steil.« Ein schmerzhafter Stich fuhr durch Agathas arthritische Hüfte. »Was ist mit dem Weg an der Straße entlang?«, fragte sie. »Wie lange brauche ich da?«

»Ungefähr eine halbe Stunde.«

Also ging Agatha los. Und ging und ging, bis sie sich anderthalb Stunden später am Hafen wiederfand. Dort hatte ein Restaurant geöffnet, bot jedoch keinen Hummer an. Sie bestellte sich ein Lachssteak, das Angebot des Tages, und dachte, dass sie das Gleiche auch leicht in England bekommen hätte. Nach dem Essen bat sie die Kellnerin hoffnungsvoll, ihr ein Taxi zu rufen. Doch keines wollte sie fahren. »Sie nehmen nur längere Strecken von einer Stadt zur anderen an«, erklärte die Kellnerin.

Also beschloss Agatha, es mit der Abkürzung zur Festung zu probieren. Der Weg war unglaublich steil. An einer Stelle wollte sie schwören, dass das Pflaster fast senkrecht vor ihr aufzuragen schien. Der Schmerz in ihrer Hüfte war enorm, und sie keuchte auf dem gesamten Weg nach oben. Als sie den Platz erreichte, sank sie in einem Restaurant auf einen Stuhl und bestellte sich ein Bier. Sie holte ihre Zigaretten hervor, steckte sie jedoch gleich wieder weg, weil sie noch vom Aufstieg aus der Puste war.

Ich muss hier weg, dachte sie. Bonifacio soll schön sein. Verdammt, ich miete mir einen Wagen und fahre dorthin. Da muss es Hummer geben.

Im Hotel googelte sie Bonifacio auf ihrem Laptop. Sie las, dass der Hafen sehr exklusiv war und viele gute Restaurants bot. Auf den Klippen oberhalb des Hafens gab es eine mittelalterliche Stadt. Viele Hotels schienen nicht geöffnet zu haben, doch Agatha fand eines, das vielversprechend aussah, und buchte dort, wobei sie vorsichtshalber angab, sie wisse noch nicht, wie lange sie bleiben würde.

Als sie früh am nächsten Morgen mit ihrem Mietwagen losfuhr, war sie froh, dass kein Verkehr auf den Straßen herrschte und alles gut ausgeschildert war. Während die Sonne aufging, um einen weiteren schönen Tag zu versprechen, und es hinauf in die Berge ging, war Agatha glücklich. Es würde doch alles gut.

Wie sich herausstellte, lag das Hotel außerhalb der Stadt. Man gab ihr in der Anlage ein kleines Haus, das mit seinem alten Stein und dem roten Ziegeldach wie aus einem Märchenbuch anmutete. Darin waren ein großes Wohnzimmer, ein Schlafzimmer und ein Bad mit einer gigantischen Wanne. Im Hotel wurde nur Abendessen serviert, also fuhr Agatha nach dem Auspacken zum Hafen.

Praktisch alle Restaurants hatten geschlossen. In der kurzen Zeit seit ihrer Ankunft hatte sich der Himmel verdunkelt. Ein eisiger Wind bog die Palmen entlang des Hafens und heulte in der Takelage der Jachten, die am Kai vertäut waren. Agatha aß in einem der wenigen noch offenen Restaurants. Das Essen war gut, obwohl es auch hier keinen Hummer gab. Weil sie unbedingt die Altstadt sehen wollte, fuhr Agatha hinterher dort hinauf und fand sich in einem beängstigenden Labyrinth verteufelt enger Gassen wieder. Mehrmals hätte sie beinahe eine Schramme in den Wagen gefahren, und wiederholt verirrte sie sich, bevor sie schließlich eine Straße zurück zum Hafen entdeckte und erleichtert aufatmete. Regen klatschte gegen die Windschutzscheibe.

»Ach verdammt, ich geb's auf!«, rief Agatha den gleichgültigen Elementen entgegen. »Ich fahre nach Hause.«

Bis sie in Charles de Gaulle ankam, hatte sie Halsschmerzen und verfluchte die Tatsache, dass sie von Terminal E2 statt von 2F weiterfliegen musste. Dieser Terminal war riesig und verwirrend, und der Check-in verlief chaotisch. Der einzige Lichtblick war, als sie ihr Gepäck durch die Sicherheitsschleuse brachte und der Mann um ihren Pass bat. Er betrachtete das Foto. »Dies, Madame, ist das Foto einer schönen Frau, und Sie sind heute sogar noch schöner.«

Agatha war mit der französischen Neigung zum Flirten vertraut. »Monsieur, solch ein Kompliment von einem gut aussehenden Mann wie Ihnen gibt mir das Gefühl, wahrhaftig schön zu sein«, antwortete sie. Er lächelte, alle Kollegen in der Sicherheitsschleuse lächelten, und Agatha wurde warm ums Herz. Sind die Franzosen nicht wunderbar, wenn es ums Flirten geht, dachte sie. Es war eine Technik, die in England mit der Einführung der Antibabypille verloren gegangen war. Flirtete man in ihrem Heimatland mit einem Mann, hörte man lediglich: Jetzt lass den Quatsch, und zieh dich aus.

Das Gate für den Flug nach Birmingham war im Untergeschoss. Dann wurden alle Passagiere in einen Bus geschickt, der so lange zum Flugzeug unterwegs war, dass Agatha sich schon fragte, ob sie bis nach Calais gebracht wurden.

Auf der Fahrt hinunter nach Carsely und zu ihrem Cottage überlegte sie, dass sie Weihnachten hier genauso gut ignorieren konnte wie auf Korsika. Dennoch schaute sie automatisch zu dem Weihnachtsbaum oben auf dem Kirchturm. Nur dass dort gar keiner war. Verwundert blinzelte sie. Jedes Jahr leuchtete der Weihnachtsbaum von dem eckigen Kirchturm herab. Agatha fuhr um den Dorfanger, und auch hier fehlte der alljährliche Baum. Dasselbe galt für die Lichterketten, die üblicherweise über die Hauptstraße gespannt waren.

Im Geiste zuckte Agatha mit den Schultern. Wahrscheinlich waren alle zur Vernunft gekommen und hatten genug von dem kommerziellen Brimborium um Weihnachten. Andererseits konnte man der Kirche schwerlich vorwerfen, konsumorientiert zu sein. Agatha ahnte ja nicht, dass ein einzelner Mann hinter dieser Dunkelheit steckte und dieser Mann Tod und Angst in die Cotswolds bringen sollte.

Alles hatte an dem Tag nach ihrem Abflug gen Korsika begonnen. Da war der Vikar Alf Bloxby mit zwei kräftigen Helfern und einem Weihnachtsbaum die steile Treppe hinauf zum Kirchendach gestiegen. Oben angekommen, waren sie gerade auf der Suche nach der Truhe mit den Kabeln, um den Baum festzuzurren, als eine Stimme unten vom Turmeingang rief: »Stopp!«

Alf drehte sich verwundert um. Unten stand Mr. John Sunday vom Amt für Gesundheit und Arbeitsschutz in Mircester.

»Sie dürfen den Baum nicht aufstellen«, sagte er. »Er ist eine Gefahr für die Öffentlichkeit, denn er könnte vom Turm fallen und jemanden erschlagen.«

Mr. Sunday war ein kleiner Mann mit gewölbtem Brustkorb, streitlustiger Miene und dichtem, graumeliertem Haar. »Kraft meiner Befugnis als Officer des Gesundheitsamts von Mircester sage ich Ihnen, sollten Sie darauf bestehen, den Baum aufzustellen, bringe ich Sie vor Gericht«, erklärte er. »Darüber hinaus werde ich ein Absperrband um die Grabsteine auf dem Kirchhof anbringen.«

»Warum das denn?«, rief Alf.

»Weil sie umkippen könnten.«

»Hören Sie mal, Sie dummer Mann, diese Grabsteine stehen da seit Jahrhunderten und sind noch nie umgefallen.«

»In Yorkshire ist ein Grabstein umgefallen und hat jemanden verletzt. Es ist meine Aufgabe, für Sicherheit zu sorgen.«

»Ach, gehen Sie mir weg.« Alf schnaubte verdrossen. »Kommt, Leute, stellen wir den Baum auf.«

Zwei Tage später erhielt der Vikar ein offizielles Schreiben vom Amt, das ihn anwies, den Baum herunterzuholen. Andernfalls würde ihm eine Klage drohen.

Der Gemeinderat von Carsely wurde informiert, sollte man Lichterketten auf der Hauptstraße anbringen wollen, wäre es untersagt, Leitern zu benutzen. Stattdessen müsse ein Hubwagen benutzt werden, den ausschließlich ausgewiesene Fachkräfte bedienen dürften. Das wiederum hätte für das Dorf Kosten von zweihundert Pfund für die entsprechenden Kurse plus Lohn und Hubwagenmiete bedeutet. Obendrein müssten alle Lichterbefestigungen einem »Zugtest« unterzogen werden, um sicherzustellen, dass sie der Belastung standhielten. Straßenlaternen als Halterungen wurden als zu unsicher bewertet.

John Sunday verdiente sich den Spitznamen Rammschädel-John, während seine Unbeliebtheit wuchs. Dem Dorfladen wurde mitgeteilt, dass die Warenregale aus Holz, die seit den Zeiten Königin Victorias dort standen, auszutauschen seien, »falls jemand mit der Hand über die Fächer streicht und sich einen Splitter zuzieht«. Der Dorfschule wurde befohlen, nachts in sämtlichen Räumen Licht brennen zu lassen, »damit unbefugte Eindringlinge nicht stolpern und zu Fall kommen«.

Und Kinder wurden vor dem Spielen mit »Spielgeld« gewarnt, nachdem festgestellt wurde, dass auf diesem ein Bild der Queen fehlte.

Rammschädel-John fühlte sich mit jedem seiner Berichte wichtiger und glaubte, der Hass, der ihm von den Dorfbewohnern entgegenschlug, wäre auf Neid zurückzuführen.

All dies erfuhr Agatha, als sie einen Tag nach ihrer Rückkehr ihre Freundin aufsuchte, die Vikarsfrau Mrs. Bloxby. Doch zu Mrs. Bloxbys Verwunderung schien Agatha nicht sonderlich an den Missetaten von Rammschädel-John interessiert. Insgesamt wirkte sie sehr gleichgültig. Auf die Frage, wann sie wieder arbeiten wollte, antwortete sie vage: »Wahrscheinlich irgendwann nach Neujahr.«

Mrs. Bloxby hatte sich oft gewünscht, ihre Freundin würde ihren albernen Obsessionen entwachsen. Jetzt jedoch fand sie, dass Agatha ohne jedwede Obsession irgendwie leblos schien.

Agatha Raisin war nach wie vor eine elegante Erscheinung. Sie hatte dickes, schimmerndes braunes Haar, makellose Haut und hübsche Beine, war aber leider um die Taille herum recht rund und hatte kleine, bärenartige Augen. An diesem Tag trug sie einen maßgeschneiderten, dunkelblauen Hosenanzug aus Kaschmir über einer goldfarbenen Seidenbluse. Doch ihre Mundwinkel waren nach unten gebogen, und ihr Blick schien stumpf.

»Unser Frauenverein trifft sich heute Abend mit dem von Odley Cruesis. Kommen Sie doch mit. Dort ist man ebenfalls Mr. Sunday zugeteilt worden, und die Frauen möchten mit uns zusammen besprechen, was wir tun können. Sie sind schon lange nicht mehr bei den Treffen gewesen.«

»Ich kenne dort niemanden«, antwortete Agatha. »Immer mehr Leute hier verkaufen, und die, die neu dazu ziehen, werden beständig älter.«

»Abgesehen von Miss Simms und mir haben Sie die früheren Mitglieder auch nicht sonderlich gemocht«, wandte Mrs. Bloxby ein. »Ach, kommen Sie bitte mit.« Ihre für gewöhnlich milde, angenehme Stimme bekam einen scharfen Unterton. »Was wollen Sie denn sonst machen? Zu Hause sitzen und grübeln?«

Agatha sah ihre Freundin erschrocken an. Im Frauenverein war es Tradition, dass sie einander siezten, was noch aus vergessenen Zeiten rührte, als man es für vulgär hielt, sich mit Vornamen anzureden.

»Anscheinend interessiert mich nichts und niemand mehr«, gestand Agatha seufzend. »Na schön, ich fahre Sie hin. In Odley Cruesis bin ich noch nie gewesen.«

»Es ist ein hübsches Dorf. Mit netten Leuten. Das Treffen findet im Pfarrhaus statt. Die Vikarsfrau, Penelope Timson, kann hervorragend backen. Ihre Kuchen sind in der ganzen Nachbarschaft berühmt.«

Odley Cruesis war zehn Meilen von Carsely entfernt, und der Weg dorthin führte über frostglitzernde Straßen. Mit seinen alten Reetdachhäusern aus der Tudor-Zeit sah der Ort wie ein kleiner Teil von England aus, den die Zeit vergessen hatte. Zu Agathas Unglück standen die Wagen vor dem Pfarrhaus Stoßstange an Stoßstange. »Hier kann ich nie und nimmer einparken«, jammerte sie.

»Doch, können Sie«, erwiderte Mrs. Bloxby. »Gleich da ist eine Lücke.«

»Ich fahre keinen Mini!«, sagte Agatha.

»Dann lassen Sie mich für Sie einparken.«

Agatha stieg aus, und Mrs. Bloxby lenkte den Rover passgenau zwischen zwei andere Wagen, sodass zu beiden Seiten kaum mehr Platz blieb.

Agatha ging auf das Pfarrhaus zu. Sie konnte Stimmen hören und seufzte wieder. Kuchen und Langeweile. Warum war sie bloß hergekommen?

Das Wohnzimmer im Pfarrhaus war sehr groß, und es schienen an die fünfundzwanzig Frauen anwesend zu sein. Doch abgesehen von Miss Simms erkannte Agatha niemanden aus Carsely.

Mrs. Bloxby flüsterte enttäuscht, dass die anderen wohl entschieden hatten, nicht zu kommen. Agatha winkte Miss Simms zu, Carselys einziger lediger Mutter, die einen sehr kurzen Rock, spitze Halbstiefel und einen dieser unechten französischen Fischerpullover trug. An ihren Ohren baumelten lange Ohrringe. Im Kamin brannte ein Feuer, das ein weiches Licht in den Raum warf und hin und wieder eine Rauchwolke folgen ließ.

Agatha lehnte Tee und Kuchen ab, weil sie keine Lust hatte, mit Teller und Tasse zu balancieren. Und sämtliche gemütlichen Sessel waren besetzt. Es wurden zusätzliche Stühle hereingeholt. Agatha nahm Platz und fragte sich, wie lange dieser öde Abend dauern würde. Es war kalt im Zimmer. In eine Wand waren Terrassentüren eingebaut worden, die bereits vom Atem der frierenden Gäste beschlugen.

Mit Begeisterung wurde eine Frau begrüßt, von der Agatha schätzte, dass sie in den Siebzigern sein musste. Sie hatte ledrige, faltige Haut, dichtes schwarzes Haar mit grauen Strähnen und leuchtende blaugraue Augen. »Draußen ist es eisig«, sagte sie und legte ihren Mantel und ihre Pashmina-Stola ab. »Es heißt, dass wir heute Abend noch einen Schneesturm bekommen.«

»Wer ist das, und was ist das für ein Akzent?«, fragte Agatha.

»Mrs. Miriam Courtney, verwitwet, Südafrikanerin und Millionärin«, flüsterte Mrs. Bloxby. »Sie hat vor ungefähr zwei Jahren das Herrenhaus hier gekauft.«

Miriam blickte sich strahlend im Zimmer um. »Soll ich mich etwa auf einen dieser Stühle setzen, auf denen mir der Hintern taub wird?«

»Nehmen Sie meinen Sessel«, bot Miss Simms prompt an und machte ihren Platz frei.

Agatha verspürte einen Anflug von Eifersucht.

»Meine Güte, ist das kalt«, sagte Miriam. »Da drüben in dem Eimer ist Kohle. Wie wäre es, wenn Sie welche ins Feuer schütten, damit es richtig brennt?«

»Die ist nicht rauchfrei«, erwiderte Penelope Timson,

eine große hagere Frau mit sehr großen Händen und Füßen und gebeugten Schultern, als hätte sie einen Buckel davon bekommen, sich jahrelang zu kleineren Gemeindemitgliedern zu beugen. Sie trug zwei Strickjacken über einem Pullover, einen weiten Tweedrock und eine Wollstrumpfhose, die kurioserweise in einem Paar pinkfarbener Plüschpantoffeln in Mäuse-Form endete. »Sie wissen doch, wie Mr. Sunday ist. Er läuft überall herum und sucht nach Rauch. Wir sollen nur Rauchfreies verbrennen.«

»Ach, hören Sie nicht auf ihn. Nur Mut! Werfen Sie ein paar Kohlestücke nach«, drängte Miriam.

Penelope beugte sich dem stärkeren Willen, nahm die Kohlenzange auf und legte einige Stücke auf das Feuer. Es loderte auf, doch nun qualmte es noch mehr.

»Verdammt, ich habe Brandy mitgebracht und ihn im Wagen gelassen. Den hole ich mal«, sagte Miriam. »Warten Sie nicht auf mich. Fangen Sie schon an.«

»Ich dachte, wir sollen nichts trinken, wenn wir noch fahren«, murmelte Agatha.

»Wahrscheinlich denkt sie an sich«, antwortete Mrs. Bloxby. »Und sie kann zu Fuß nach Hause gehen. Mich wundert, dass sie mit dem Wagen gekommen ist.«

»Mich wundert, dass überhaupt jemand von hier mit dem Auto unterwegs ist. Können die nicht alle zu Fuß kommen?«

»Vermutlich bewegen sich nur noch die Städter zu Fuß von A nach B«, sagte Mrs. Bloxby. »Auf dem Land scheint man dieser Tage sogar für wenige Meter das Auto zu nehmen.«

Penelope eröffnete das Treffen, und Agathas Gedanken schweiften ab. Vielleicht könnte sie das, was von ihrem Urlaub noch übrig war, retten und irgendwohin reisen, wo es warm war. Strandurlaube mochte sie allerdings nicht mehr, und Miriams Haut war ein Paradebeispiel dafür, was passierte, wenn man zu lange in der Sonne schmorte. Wie dämlich diese Gier nach Sonnenbräune war! Sie mochte in früheren Zeiten verständlich gewesen sein, als nur die Reichen im Winter verreisen konnten und Leute wie Jetsetter wirken wollten; aber heute konnte jeder Engländer an einen exotischen Ort fliegen und vorher noch ins Sonnenstudio gehen. Im Ernst, dachte Agatha, man lässt doch auch gutes Leder nicht in der Sonne liegen, wo es austrocknet und bricht, also warum stellt man das mit seiner Haut an? Sie erinnerte sich an den Slogan *Black is beautiful.* Was ja auch stimmte. Doch würde sie den Slogan *White is beautiful* erfinden, würde sie wohl wegen ethnischer Diskriminierung vor das Race Relations Board zitiert.

Dann wurde ihr bewusst, dass Penelope fragte: »Wo bleibt Mrs. Courtney? Sie müsste doch längst zurück sein. Hoffentlich ist sie nicht auf dem Eis draußen ausgerutscht.«

»Ich sehe mal nach«, bot Miss Simms direkt an.

Die Sitzung ging weiter. Beschreibungen von Rammschädel-Johns Untaten wanderten zu Agathas einem Ohr herein und zum anderen wieder hinaus. Sie fragte sich, wo ihr Exmann sein mochte, und überlegte, wie froh sie war, dass sie endgültig über ihn hinweg war, und wie leer ihr das Leben jetzt vorkam.

»Ich habe sie gefunden! Mrs. Courtney musste nach Hause fahren, um den Fusel zu holen. Der war nicht in ihrem Wagen«, rief Miss Simms von der Tür aus. Sie kam herein, dicht gefolgt von Miriam, und beide brachten Flaschen mit. Penelope ging raus und kehrte wenig später mit einem Tablett voller Gläser zurück.

Bald wurde überall höflich gemurmelt. »Ach, einer wird sicher nicht schaden.« »An solch einem frostigen Abend braucht man etwas.« »Oooh, nicht so viel!« Währenddessen wurde Brandy ausgeschenkt.

»Ich glaube, es gibt noch Schnee«, sagte Miriam. »Der Wind frischt auf.«

»Für Schnee ist es zu kalt«, entgegnete Agatha, die plötzlich den Wunsch verspürte, Miriam bei jedem Thema zu widersprechen, das sie aufbrachte.

Das Zimmer füllte sich mit Qualm. Penelope wedelte mit den großen Händen. »Ich muss den Schornsteinfeger kommen lassen.«

Sie blickte zu den Terrassentüren und schrie. Das Tablett mit den wenigen Gläsern, die noch darauf standen, fiel zu Boden. Alle sprangen auf und drehten sich ebenfalls zu den Türen um, und schon füllten weitere Schreie den verrauchten Raum.

John Sunday hatte das Gesicht und die blutigen Hände von außen an das Glas gepresst und sank langsam zu Boden, wobei er die Scheiben verschmierte. Durch das beschlagene Fensterglas wirkte das alles so unwirklich wie in einem Horrorfilm.

Jene lange Nacht sollte Agatha nie vergessen. Sie waren in dem kalten Wohnzimmer der Pfarrei gefangen, während draußen die Spurensicherung in ihren weißen Overalls arbeitete und ein Polizist Wache stand. Die Leute schienen ewig zu brauchen. Dann musste noch lange auf den Gerichtsmediziner gewartet werden. Nachdem er fertig war, trafen Detective Inspector Wilkes, Agathas Freund Detective Sergeant Bill Wong und Agathas Erzfeindin, die säuerliche Detective Sergeant Collins, ein. Einer nach dem anderen wurden sie befragt. Bill tat, als würde er Agatha nicht kennen, nachdem er ihr nur kurz zugeraunt hatte, er würde sie demnächst besuchen. Collins bestand darauf, dass sie alle ins Röhrchen pusteten, bevor man ihnen erlaubte, nach Hause zu fahren. Miriam und Miss Simms wurden zur eingehenderen Befragung mit auf die Wache genommen, weil sie als Einzige zwischendurch das Zimmer verlassen hatten.

Um das Elend noch zu steigern, war es bei Agathas und Mrs. Bloxbys Aufbruch draußen gerade warm genug geworden, dass dichter Schnee fiel. Die Wagen, die vor und hinter Agatha geparkt hatten, waren bereits fort.

Flocken tanzten hypnotisierend vor ihrer Windschutzscheibe und deckten alles weiß zu, als Agatha die enge Landstraße entlangfuhr.

Sie setzte Mrs. Bloxby am Pfarrhaus in Carsely ab und bewältigte die restliche Strecke durch weiße Wildnis.

Ihre schläfrigen Kater kamen, um sie im Haus zu begrüßen, und Agatha blickte auf die Uhr. Fünf Uhr morgens! Sie war hundemüde, dennoch juckte es sie in den Fingerspitzen. Ein Mord!

Ihr letzter Gedanke vor dem Einschlafen war, dass sie zurück ins Büro musste.

Spät am nächsten Tag wachte sie auf und stellte fest, dass sich der Schnee vor den Fenstern türmte und die Zentralheizung der Kälte nicht ganz gewachsen schien. In einem dicken Morgenmantel ging Agatha nach unten ins Wohnzimmer und zündete das Kaminfeuer an, das ihre Hilfe Doris Simpson schon vorbereitet hatte. Dann begab sie sich in die Küche, um sich Frühstück zu machen: eine Tasse schwarzen

Kaffee. Sie kehrte wieder ins Wohnzimmer zurück und rief Toni Gilmour an, denn ihre junge Assistentin wohnte um die Ecke vom Büro und war gewiss schon dort.

»Wie war Ihr Urlaub?«, fragte Toni.

»Furchtbar. Aber das erzähle ich Ihnen später. Es hat einen Mord gegeben.«

Agatha schilderte, was geschehen war. »John Sunday scheint sich in den Dörfern so viele Feinde gemacht zu haben, dass es schwierig wird, den Schuldigen zu finden. Vielleicht hatte er auch bei der Arbeit welche. Könnten Sie sich beim Gesundheitsamt in Mircester umhören? Und bitten Sie Patrick, bei seinen alten Polizeikontakten nachzufragen, ob es irgendwelche Informationen gibt, wie genau der Mann gestorben ist«, endete sie.

Patrick Mulligan, ein pensionierter Polizist, arbeitete schon länger für Agatha, zusammen mit Phil Marshall, einem älteren Mann aus Carsely, Sharon Gold, einer lebhaften jungen Freundin von Toni, und Mrs. Freedman, der Sekretärin. Paul Kenson und Fred Auster hatten von der Detektei zu einer Sicherheitsfirma im Irak gewechselt.

Agatha blickte wütend hinaus zu dem immer noch fallenden Schnee. Sie machte sich ein Käsesandwich und noch einen Kaffee und schaltete die BBC-Nachrichten im Fernsehen ein. Auf dem Trafalgar Square fand eine Demonstration wegen der Erderwärmung statt, allerdings waren die Demonstranten inmitten des Schneetreibens kaum auszumachen. Geduldig sah Agatha sich die gesamte Sendung an, doch es kam nichts über den Mord an John Sunday.

Der Tag zog sich in eintönigem Weiß hin. Agathas zwei Kater, Hodge und Boswell, hockten an der Küchentür und wunderten sich, warum Agatha sie nicht nach draußen ließ.

Mittags klingelte das Telefon. Es war Toni. Sie sagte, dass Patrick wenig erfahren hatte, außer dass es laut Polizei so aussähe, als wäre Sunday mit einem Küchenmesser oder Ähnlichem erstochen worden. Er hatte sich zu wehren versucht, daher die Schnitte an seinen Händen und Unterarmen.

Agatha verfiel in eine schneebedingte Starre. Nachmittags schlief sie auf dem Sofa ein und wachte erst wieder auf, als es eine Stunde später an der Tür läutete.

Draußen war Miriam Courtney, die sich ein Paar Skier abschnallte. »Es hat aufgehört zu schneien, und da dachte ich mir, ich besuche Sie mal«, sagte Miriam. »Die Straßen sind noch nicht gestreut, aber die Farmer haben sie geräumt, und da habe ich mir meine Skier geschnappt. Gott sei Dank, dass es nicht mehr schneit! Wollen Sie mich nicht ins Haus bitten?«

»Entschuldigung«, antwortete Agatha. »Kommen Sie rein.«

Miriam lehnte die Skier draußen an die Mauer. »Kommen Sie mit in die Küche«, sagte Agatha. Sie mochte Miriam nicht, aber jede Gesellschaft war besser als gar keine. »Kaffee?«

»Gerne.« Miriam zog ihre Daunenjacke aus, nahm die Mütze ab und setzte sich an den Küchentisch.

»Was führt Sie her?«, fragte Agatha und machte sich an der Kaffeemaschine zu schaffen.

»Ich habe gehört, dass Sie eine Detektei haben, und möchte Sie anheuern. Ich bin nämlich die Hauptverdächtige.«

»Warum?«

»Weil ich, abgesehen von Miss Simms, die einzige Person

bin, die für längere Zeit den Raum verlassen hatte. Außerdem ist bekannt, dass ich beim Gesundheitsamt angerufen und gedroht habe, Sunday umzubringen.«

»Warum?«

»Im Sommer öffne ich das Herrenhaus zweimal die Woche für Besucher. Es ist ein alter Tudor-Bau, und es werden recht viele Führungen gebucht. Sunday hat gesagt, der Zugang über die Eingangsstufen ist nicht barrierefrei, und ich müsste eine Rampe installieren. Dann hat man mir ein Metallungetüm vorgeschlagen, das sich über die halbe Einfahrt erstrecken würde. Ich habe gesagt, dass ich bisher nur wenige Besucher im Rollstuhl hatte und sie einfach rückwärts über die flachen Stufen ins Haus ziehe. Sunday hat behauptet, ohne Rampe dürfte ich keine Besichtigungen mehr durchführen. Und da habe ich gesagt, ich bringe diesen Mistkerl von Bürokraten um. Die Polizei ist heute Morgen mit einem Durchsuchungsbeschluss bei mir aufgekreuzt.«

»Wie sind die durch den Schnee gekommen?«, fragte Agatha, die Miriam eine Tasse Kaffee hinstellte.

»Irgendwie haben sie es in Land Rovers geschafft. Sie haben alle meine Küchenmesser mitgenommen. Ich möchte, dass Sie herausfinden, wer es wirklich war. Ich bin eine Außenseiterin im Dorf, und der Ärger geht schon los. Die zwei Frauen, die bei mir putzen, haben mich heute Vormittag angerufen und gesagt, sie wollen nicht mehr für mich arbeiten.«

»Weshalb müssen Sie das Herrenhaus für Besucher öffnen? Brauchen Sie das Geld?«

»Ganz und gar nicht. Aber ich genieße es, das Haus zu zeigen. Ich habe da ja sehr viel renoviert.«

»Hier habe ich keinen Vertrag, doch den schickt Ihnen

mein Büro, damit Sie unterschreiben können. Fällt Ihnen jemand ein, der es gewesen sein könnte?«

»Er hat so viele Leute gegen sich aufgebracht, dass ich Ihnen nicht mal sagen könnte, wo Sie anfangen sollen. Hören Sie das! Endlich kommen die Streuwagen.«

»Gut«, sagte Agatha. »Allmählich bekomme ich hier einen Stubenkoller.«

»Ist da nicht jemand an der Tür?«

Agatha ging hin. Es war der dick vermummte Sir Charles Fraith, einer von Agathas engsten Freunden. »Himmel, ich dachte, ich komme nie hier an«, sagte er und stampfte sich Schnee von den Stiefeln. »Ich musste mir den Land Rover vom Gärtner leihen. Meine Einfahrt ist wie der Cresta Run in St. Moritz. Ich habe in den Morgennachrichten von dem Mord gehört.«

Charles folgte Agatha in die Küche, und sie stellte ihm Miriam vor. »Ein ›Sir‹«, sagte Miriam. »Wie vornehm!« Und zu Agathas Verärgerung gab sie sich beinahe kokett.

Miriam erklärte ihm den Grund ihres Besuchs. »Ah, das wird Aggie schon regeln«, verkündete Charles und nahm sich Kaffee.

Er war ein mittelgroßer Mann mit stets perfektem Haarschnitt und ebenmäßigen Gesichtszügen. Agatha fand ihn oft so eigenwillig wie ihre Kater. Er kam und ging in ihrem Leben und betrachtete ihr Cottage bisweilen als eine Art Hotel.

»Du hast deinen Schlüssel nicht benutzt«, sagte Agatha. »Hast du ihn verloren?«

»Nein, aber letztes Mal bist du sauer geworden, als ich einfach reingekommen bin.«

Miriam blickte die beiden mit neugierig blitzenden Augen an. »Sind Sie zwei ein Paar?«

»Nein!«, antwortete Agatha. »Tja, gehen wir es an. Ich würde gerne nach Odley Cruesis fahren und mal sehen, was ich dort ausgraben kann.«

»Ich fahre dich rüber«, sagte Charles. »Wie sind Sie hergekommen, Miriam?«

»Auf meinen Skiern.«

Charles lachte. »Was für eine Frau! Ich habe einen Dachgepäckträger, auf den wir Ihre Skier binden können. Dann fahren wir alle zusammen.«

Agatha wandte sich rasch ab, damit man ihr Stirnrunzeln nicht sehen konnte. Sie besaß nur wenige Freunde und war entsprechend besitzergreifend. »Ich gehe nach oben und ziehe mich um.«

Während Agatha sich warme Sachen anzog, hörte sie Miriams glockenhelles Lachen und Charles' tieferes, verhaltenes von unten.

Ich wette, dass sie mich engagiert, ist ein Trick, dachte Agatha. Garantiert ist sie es gewesen. Lieber Gott, lass Miriam die Mörderin sein!

Zwei

Dies ist mein Prunkstück«, sagte Miriam stolz und führte sie in den großen Saal des Herrenhauses.

Charles blickte zu den blitzblanken Rüstungen, dem langen Tisch, den gekreuzten Hellebarden an den Wänden, den zerfransten Kriegsflaggen und den gasbetriebenen Wandfackeln und verkniff sich ein Grinsen. Er bezweifelte, dass sich in diesem Raum auch nur ein Originalstück befand. Aber Agatha war offensichtlich eifersüchtig auf Miriam, und ihm war danach, sie noch ein wenig aufzuziehen. Vielleicht erkannte sie dann einige ihrer schlechtesten Eigenschaften, wie etwa Aufdringlichkeit, bei Miriam wieder und schaltete einen Gang zurück.

»Entzückend!«, rief er aus.

Agatha fand, dass alles wie ein Bühnenbild aussah. »Also, kann ich Ihnen etwas zu trinken anbieten?«, fragte Miriam. »Ich habe das Gefühl, dass wir drei gute Freunde werden.« Doch dabei hatte sie Agatha den Rücken zugekehrt und strahlte Charles an.

»Ich denke, es wäre eine gute Idee, wenn wir anfangen«, entgegnete Agatha laut. »Und zwar beim Pfarrhaus.«

In dem kleinen Dreieck des Dorfangers im Zentrum von Odley Cruesis hatte man eine mobile Polizeiwache eingerichtet. Und der Bereich vor dem Pfarrhaus war mit Band abgesperrt. Vor der Tür stand ein Polizist.

Agatha duckte sich unter dem Absperrband durch, gefolgt von Miriam und Charles. »Sie dürfen hier nicht rein«, sagte der Polizist.

»Der Mord hat draußen stattgefunden«, erwiderte Agatha und zeigte zu der von einem Zelt geschützten Stelle vor der Terrassentür. »Es ist nur ein Freundschaftsbesuch.«

Der Polizist blickte hinüber zu der mobilen Wache, als erhoffte er sich Hilfe von dort, dann zu dem Zelt, in dem sich Schattenfiguren im Halogenlicht bewegten. »Warten Sie hier«, befahl er und ging zu der Wache.

Sie warteten bibbernd im Schnee, und Agatha fragte Miriam: »Was hat Sie in die Cotswolds verschlagen?«

»Ich bin vor Jahren im Urlaub hier gewesen und habe es nie vergessen. So schön und friedlich. Na ja, bisher jedenfalls. Oh, da kommt der Polizist.«

»Sie dürfen reingehen«, sagte er. »Mrs. Courtney?«

»Ja, das bin ich.«

»Sie sollen mit mir zur Polizeieinheit kommen. Man hat noch Fragen an Sie.«

»Also wirklich!«, beschwerte sich Miriam. »Sie haben mich schon fast die ganze Nacht wachgehalten. Dazu wird mein Anwalt noch einiges zu sagen haben, sobald er es durch den Schnee geschafft hat!«

Sie ging mit dem Polizisten weg, und Agatha klingelte an der Pfarrhaustür.

Penelope öffnete. Sie hatte dieselben Sachen wie gestern Abend an, und Agatha fragte sich, ob sie in ihnen geschlafen hatte. Penelope blinzelte sie kurzsichtig an. »Falls Sie von der Presse sind, ich habe nichts zu sagen.«

»Ich bin Agatha Raisin«, antwortete Agatha. »Und dies ist mein Freund, Sir Charles Fraith.«

Penelope strahlte. »Tut mir schrecklich leid, dass ich Sie nicht erkannt habe, Sir Charles. Letztes Jahr war ich bei dem Sommerfest auf Ihrem wundervollen Anwesen. Kommen Sie herein!« Sie schien vergessen zu haben, dass Agatha existierte.

Das Wohnzimmer im Pfarrhaus war kälter denn je. Vor dem noch schmutzigen Kamin stand ein zweistrahliger Elektroheizer. Ein großer hagerer Mann kam herein. »Dies ist mein Mann«, sagte Penelope und machte alle miteinander bekannt. Er schüttelte Agatha und Charles die Hände. »Ich bin Giles Timson«, stellte er sich mit einer hohen, dünnen Stimme vor. »Eine schlimme Geschichte, was? Setzen Sie sich doch bitte.«

»Ich bin eine Freundin von Mrs. Bloxby«, begann Agatha, die sich in einen Sessel neben dem Heizstrahler fallen ließ. »Und ich habe eine Detektei. Mrs. Courtney hat mich engagiert, damit ich ermittle.«

»Warum?«, fragte der Vikar. Er blickte auf Agatha herab wie ein erstaunter Reiher auf einen seltsamen Fisch in einem Teich. Der Mann hatte auch das passende graue Haar und eine lange, schmale Nase.

»Miriam scheint als Hauptverdächtige zu gelten.«

»Ich bin mir sicher, dass die Polizei den Schuldigen findet«, sagte der Pfarrer.

»Wie traurig«, flötete Penelope. »Ich meine, die Frage ist ja nicht, wer John Sunday hätte ermorden wollen, sondern eher, wer wollte es nicht?«

»Meine Liebe …«

»Nun, Giles, du hast selbst gesagt, du würdest den kleinen Mann gern umbringen.«

»Wie kam's?«, fragte Charles.

»Ich denke nicht …«, begann der Vikar nervös, doch Penelope erklärte eifrig: »Oh, du weißt doch noch! Er war gegen Kerzen in der Kirche. Er hat gesagt, die könnten umfallen und jemanden verbrennen. Du bist so wütend gewesen, Giles. ›Ich könnte Sie umbringen, Sie kleines Insekt‹, hast du gesagt. Giles kann schon mal aufbrausend sein.«

»Bin ich froh, dass man heute niemanden mehr aufknüpft«, sagte der Vikar, »sonst hätte meine liebe Frau mich bereits an den Galgen gebracht. Ich bin in meinem Arbeitszimmer, falls mich jemand braucht.« Er musterte seine Frau mit blassgrauen Augen. »Hast du dich heute Morgen nicht umgezogen?«

»Dazu hatte ich keine Zeit. Die Polizei war die ganze Nacht hier, und ich habe nur kurz in dem Sessel am Feuer geschlafen.«

»Tsa!«, machte der Vikar und verließ das Zimmer.

»War gestern Abend jemand hier, der Grund gehabt haben könnte, Sunday zu ermorden?«, fragte Agatha.

»Ach du meine Güte! Ich meine, ich glaube nicht, dass jemand ihn *ermordet* hätte, aber der Grund für das Treffen war, dass alle schon einmal mit dem furchtbaren Mann aneinandergeraten waren und genug von ihm hatten.«

»Weshalb aneinandergeraten?«

»Mrs. Carrie Brother wurde von ihm angezeigt, weil ihr Hund auf den Dorfanger gemacht hatte. Dann Mr. und Mrs. Summer und Mr. und Mrs. Beagle. Sie verzieren ihre Cottages gewöhnlich mit Weihnachtslichtern, was ihnen dieses Jahr verboten wurde. All diese Vorschriften!«

»Wo saßen die alle?«, fragte Agatha.

»Daran erinnere ich mich kaum. Ich glaube, die Beagles waren am Kamin und die Summers drüben nahe der Tür.

Aber es muss jemand gewesen sein, der den Raum verlassen hat, oder nicht? Und das haben nur Mrs. Courtney und Miss Simms. Vielleicht Miss Simms?«

»Hatte sie etwas gegen Sunday geäußert?«

»Na ja, nein, aber ich meine, sie ist ja nicht ganz das, was man in einem Frauenverein erwarten würde.«

Agatha war empört. »Miss Simms ist seit Langem eine sehr gute Schriftführerin!«

»Ich glaube nicht, dass es Miriam gewesen sein kann«, sagte Charles mit einem seitlichen Grinsen zu Agatha. »Sie kommt mir so lustig und geradeheraus vor.«

»Genau«, stimmte Penelope zu. »Und sie hat so viel für das Dorf getan! Solch eine großzügige Spende für die Kirchenrenovierung, und sie stellt das Herrenhaus immer für Dorffeste und Veranstaltungen zur Verfügung.«

Und wieder regte sich Agathas Eifersucht. Würde irgendjemand sie so loben? Manchmal kam es ihr vor, als würde sie *von* den Cotswolds leben, nicht *in* ihnen. Ihre Arbeit in der Detektei bedeutete, dass sie oft längere Zeit nicht im Dorf war. Früher hatte sie Spendenveranstaltungen für diverse Wohltätigkeitsorganisationen geleitet, aber in letzter Zeit nicht mehr.

Und die Rezession hatte zur Folge, dass ständig Leute wegziehen mussten und Neuankömmlinge ihre Häuser übernahmen, sodass sich nur die wenigsten Menschen erinnern würden, dass sie tatsächlich mal etwas getan hatte, um Carsely zu helfen. Hätte sie am Abend zuvor doch nur mehr auf die Leute in diesem Raum geachtet.

»Hatte John Sunday ein Liebesleben?«, fragte Charles.

Penelope streifte einen pinken Hausschuh ab und kratzte sich nachdenklich den großen Zeh. »Frostbeulen«, sagte sie.

»Es gab da ein Gerücht … aber natürlich höre ich nie auf den Tratsch.«

»Versuchen Sie, sich zu erinnern«, bat Agatha sie.

»Ich sollte wirklich nicht … Giles wäre wütend, wenn er wüsste, dass ich bösartigen Klatsch weitererzähle. Aber ich habe gehört, dass er und Tilly Glossop sich nahegestanden haben sollen.«

»Und wo wohnt diese Tilly Glossop?«

»Auf der anderen Seite vom Dorfanger. In einem kleinen Cottage namens Happenstance.«

»Was für ein komischer Name«, sagte Charles.

»Sie ist auch eine ziemlich komische Frau. Ein bisschen wie eine dieser Jahrmarktsweissagerinnen. Ich glaube nicht, dass sie je mit Schaustellern zu tun hatte oder von welchen abstammt, aber sie trägt immer viele Armreifen und Schals und so was.«

Agatha stand auf. »Dann mal los. Wir reden mit ihr.«

»Du liebe Güte.« Penelope wurde ängstlich. »Sie sagen doch nicht, dass ich …«

»Nein, nein, kein Wort. Ist sie gestern Abend hier gewesen?«

»Nein, war sie nicht. Sie geht auch nicht in die Kirche.«

»Tut das heutzutage überhaupt noch jemand?«, fragte Agatha zynisch.

»Meine liebe Mrs. Raisin, fast das ganze Dorf ist sonntags in der Kirche.«

Als Agatha und Charles eingehakt durch den Schnee zur anderen Seite des Dorfangers stolperten, sagte Charles: »Du bist aus dem Tritt, Agatha.«

»Diese Stiefel sind nicht für so ein Wetter gemacht.«

»Das meine ich nicht. Eine Person war gestern Abend ganz sicher nicht in dem Raum, oder?«

»Wer?«

»War der Vikar da?«

»Nein.«

»Und er ist aufbrausend *und* hatte gedroht, den kleinen Mistkerl umzubringen.«

»An ihn habe ich auch schon gedacht«, log Agatha beleidigt, »und dem will ich später nachgehen.«

»Sagst du!«

»Sage ich. Hier wären wir.«

Happenstance war ein sehr altes Cottage, dessen Reetdach von einer dicken Schneeschicht bedeckt war und sich gen Garten neigte. Die beiden Fenster nach vorn sahen wie Augen aus.

»Langsam wird es wärmer«, sagte Charles. »Alles fängt zu tauen an, und die Sonne kommt raus.«

Agatha läutete. Niemand machte auf. »Vielleicht geht die Klingel nicht«, schlug Charles vor. »Klopf mal kräftig an.«

Agatha hämmerte gegen die Tür, worauf eine Lawine vom Dach auf sie niederrauschte.

»Oh, verflucht!«, heulte Agatha.

»Geben wir es auf«, sagte Charles. »Verdammt, ich habe Schnee hinten im Kragen.«

»Was wollen Sie?«, fragte da eine Stimme hinter ihnen.

Beide drehten sich ruckartig um und blickten zu einer rundlichen Frau in einem dicken Mantel, mit zwei Schals um den Hals und einer Wollmütze auf dem Kopf, die sie tief in die Stirn gezogen hatte. Was ihre wütende Miene indes nicht verbarg.

»Wir möchten nur kurz mit Ihnen reden«, antwortete

Agatha. »Ich bin Privatdetektivin und arbeite für Miriam Courtney. Dies ist Sir Charles Fraith.«

»Ah, wenn Sie für Miriam arbeiten, kommen Sie lieber rein. Aber lassen Sie Ihre Mäntel in der Diele. Die sind voller Schnee.«

Sie drängte sich an ihnen vorbei zur Tür. Die »Diele« war ein winziger Vorraum voller Gummistiefel und besetzter Kleiderhaken. Agatha suchte nach einem freien, fand jedoch keinen. Sie zog ihren Mantel aus und rammte ihn über eine Regenjacke. Charles ließ seinen auf den Boden fallen.

Tilly war irgendwohin verschwunden. Unentschlossen standen sie da, bis sie ein Rufen hörten: »Hier drinnen!«

Die Stimme kam von links. Sie öffneten die Tür und betraten das vollgestellte Wohnzimmer des Cottage. Im Kamin brannte ein Feuer, und auf dem Sims darüber standen zahlreiche Porzellanfiguren. Auf einem Tisch am Fenster waren ein Computer und ein Drucker. Die Dreiersitzgarnitur, die sich in englischen Haushalten so großer Beliebtheit erfreute, fehlte. Statt ihrer gab es drei Stühle, die vor einem niedrigen Couchtisch standen.

Nachdem sie ihre Außenbekleidung abgelegt hatte – wo hatte sie die gelassen, fragte sich Agatha –, wurde offensichtlich, dass Tilly eine untersetzte Frau mittleren Alters mit dunklem Teint und großen schwarzen Augen war. Sie hatte eine kleine Hakennase, einen schmalen Mund und trug eine weite Wolljacke und ein schwarzes T-Shirt zu einem sackartigen Rock.

»Also, was möchten Sie wissen?«, fragte Tilly. »Setzen Sie sich.«

Agatha und Charles nahmen auf zwei Stühlen Platz, und Tilly stellte sich vor sie, den Rücken zum Kamin.

»Wir haben gehört, dass Sie mit John Sunday befreundet waren«, sagte Agatha, der unangenehm bewusst war, dass eine Menge Schnee in ihren Stiefeln schmolz.

»Ich habe ihn gekannt. Na und?«

»Hatte er irgendwelche Feinde?«

»Natürlich hatte er die, Sie Dumme. Jeder, der versucht, ein wenig für Recht und Ordnung zu sorgen, hat Feinde.«

»Wirkte einer davon bedrohlicher als andere?«

»Tja, da war Carrie.«

»Carrie Brother?«, fragte Agatha. »Die, deren Hund auf den Dorfanger gemacht hat?«

»Ja, genau die. Eine große, massige Furie von einer Frau. Sie hat John beschimpft wie ein Bierkutscher!«

»Hatten Sie eine Affäre mit John Sunday?«

»Wir waren befreundet, sonst nichts.«

»Darf ich fragen, was Sie beide verband?«

»Ich verrate Ihnen, was uns verbunden hat«, antwortete Tilly halb fauchend. »Der Hass auf die engstirnigen Leisetreter hier, die sich Gemeindemitglieder schimpfen.«

Nun wurde auch Charles hellhörig und fragte sehr freundlich: »Wenn Sie die Leute im Dorf so wenig mögen, warum leben Sie dann hier?«

»Die sind die Zugezogenen, ich nicht. Dies ist mein Elternhaus, und davor hat es meinen Großeltern gehört. Die anderen kommen und gehen, versuchen, sich ins Dorfleben einzufügen oder eher in eine Merchant-Ivory-Fantasie von Dorfleben. Die Hauspreise steigen derart, dass sie verkaufen und wieder zurück in die Städte ziehen. Mir hat es gefallen, wie John sie ins Schwitzen gebracht hat.«

»Haben Sie ihn an dem Abend des Mordes gesehen?«, fragte Agatha.

Da war ein Flackern in Tillys dunklen Augen, aber sie sagte nur: »Nein.«

»Wollen Sie wissen, wer ihn ermordet hat?«, fragte Charles.

Sie zuckte mit den breiten Schultern. »Würde ich. Doch ich glaube nicht, dass die Polizei irgendwann den Schuldigen findet. Nein, aber das wird sie nicht.«

»Warum nicht?«, fragte Agatha.

Tilly grinste, wobei sie sehr weiße Zähne zeigte. »Zu viele Verdächtige. Also, wie wäre es, wenn Sie jetzt gehen?«

»Ich mag sie nicht, und ich erfriere«, jammerte Agatha, als sie wegfuhren. »Fahren wir nach Hause und ziehen uns um. Danach können wir wieder herkommen und uns Carrie Brother vornehmen.«

»Wir?«

»Heißt das, du willst wieder weg?«

»Du weißt ja, Verpflichtungen«, antwortete Charles.

Agatha hätte gern widersprochen, war sich jedoch bewusst, dass sie ihm nichts zu sagen hatte. Schließlich arbeitete er nicht für sie.

Vor ihrem Cottage stieg Charles in den Wagen und brauste davon. Agatha fühlte sich im Stich gelassen.

Drinnen war Agathas Hilfe Doris Simpson bei der Arbeit. Sie schaltete den Staubsauger aus, als sie Agatha sah, und sagte: »Furchtbar, dieser Mord. Aber nicht, dass er es nicht verdient hätte.«

»Ich muss mich umziehen«, verkündete Agatha und ging nach oben.

»Ich mache dir mal einen schönen starken Kaffee«, rief Doris ihr nach.

Agatha nahm eine heiße Dusche und zog sich trockene Sachen an. Als sie wieder in die Küche kam, stellte Doris ihr einen Becher Kaffee hin. »Hast du von jemandem gehört, der Sunday umbringen wollte?«, fragte Agatha.

»Da gibt es jede Menge Leute«, antwortete Doris. »Aber keine, die es tatsächlich tun würden. Unser Vikar gehört auch dazu. Sie stellen den Baum auf der Kirche wieder auf und bringen die Lichter in der Dorfstraße an.«

»Bringt sie das nicht in Schwierigkeiten?«

»Nein, John war auf dem Amt richtig unbeliebt. Er hatte darauf bestanden, dass alles sofort bearbeitet wird, und seinen Kollegen Arbeit aufgebrummt, die sie nicht wollten.«

»Ah, wo du es sagst«, murmelte Agatha nachdenklich. »Natürlich. Ich habe gedacht, beim Arbeitsschutz sind die alle scharfe Hunde. Vielleicht hat er jemanden ernsthaft gegen sich aufgebracht. Aber wer würde ihm in einem Schneesturm in ein kleines Dorf folgen?«

»Trink deinen Kaffee. Ich mache mal weiter.« Doris verließ die Küche. Und Agathas Kater, die die Putzhilfe liebten, trotteten hinter ihr her. Angesäuert blickte Agatha ihnen nach. Charles, der wie eine Katze war, hatte Miriam richtig umschwärmt, und ihre untreuen Kater schienen Doris immer schon ihr vorzuziehen.

Sie fühlte sich einsam. Plötzlich wollte sie nicht mehr zurück nach Odley Cruesis und allein nachforschen.

Agatha rief Toni an. Doch Mrs. Friedman sagte, Toni wäre nicht im Büro. Agatha wies sie an, einen Vertrag für Miriam Courtney aufzusetzen, gab ihr die Adresse und sagte, sie müsse alles per Express schicken. Danach rief sie Toni auf ihrem Handy an. »Ich bin schon unterwegs in Ihre

Richtung«, verkündete Toni munter. »Hier ist heute nichts los. Ich glaube, jeder spart sein Geld für Weihnachten auf, und die Rezession hat uns auch ein bisschen getroffen. In zehn Minuten bin ich bei Ihnen.«

Agathas Stimmung besserte sich. Auch wenn sie hin und wieder eifersüchtig auf Tonis gutes Aussehen und Erfolg als Ermittlerin war, mochte sie das Mädchen.

Bald war Toni da, und ihr Gesicht strahlte vor Gesundheit. Sie war eine schlanke junge Frau, noch unter zwanzig, mit naturblondem Haar, guter Haut und einer perfekten Figur. »Draußen wird jetzt alles zu Matsch«, sagte Toni. »Phil ist zu Sundays Büro gegangen und versucht herauszufinden, ob ihn da jemand genug gehasst hat, um ihn umzubringen. Also, was genau ist passiert?«

Agatha erzählte ihr von dem Treffen und dem Horror, Sunday an der Terrassentür sterben zu sehen. »Nur Miss Simms und Miriam Courtney hatten den Raum verlassen. Ich fand es so langweilig, dass ich in Gedanken immer wieder weit weg war und nicht besonders gut aufgepasst habe. Möchten Sie noch einen Kaffee, oder wollen wir los?«

»Fahren wir«, antwortete Toni. »Ich trinke später einen. Gibt es in dem Dorf einen Pub?«

»Mir ist keiner aufgefallen. Warum?«

»Der könnte eine gute Quelle für Tratsch sein.«

Odley Cruesis glitzerte unter einer gelben Sonne. Plätscherndes Wasser klang in der Luft. Agatha parkte am Dorfanger. Diesmal trug sie Gummistiefel, stapfte durch den Matsch und fragte einen Dorfbewohner nach dem Weg zum Pub.

»Den kann ich Ihnen nicht verraten, meine Gute«, sagte der knorrige alte Mann.

»Und warum nicht?«

»Weil der Pub letztes Jahr geschlossen hat.«

»Da sieht man es mal wieder!«, sagte Agatha, als sie sich mit Toni umschaute. »Noch ein Mittelpunkt des Dorflebens futsch, und alles wegen dieses lächerlichen Rauchverbots.«

»Aber in den Zeitungen heißt es, dass es am billigen Alkohol in den Supermärkten liegt«, widersprach Toni.

»Die Zeitungen sind so politisch korrekt, dass es mich krank macht! In dem Moment, in dem das Rauchverbot kam, begannen überall Pubs zu schließen. Gehen wir weiter. Die furchtbare Collins guckt uns schon böse an.«

Die Polizistin stand auf den Stufen der mobilen Polizeieinheit und starrte sie an.

»Wohin wollen wir?«, fragte Toni.

»Da drüben ist der Dorfladen. Ich will mit einer Carrie Brother reden.«

Der kleine Laden war dunkel und deprimierend. Die Frau hinter der Kasse erzählte Agatha, dass Mrs. Brother in Nummer neun wohnte, einem Cottage gleich links von ihnen. »Sie hält nix davon, kleinen Cottages Namen zu geben«, sagte die Frau.

Nummer neun war ein zweigeschossiger Bau im Queen-Anne-Stil mit einem horizontalen Sturz über der Haustür. Agatha klingelte und zuckte zusammen, als aus dem Haus lautes Gebell ertönte. »Ich dachte, die Frau hat nur einen Hund«, murmelte Agatha. Das Bellen verstummte abrupt, als eine untersetzte Frau mit einem kleinen Yorkshire Terrier auf dem Arm öffnete.

»Sie sind die Detektivin, die für Miriam arbeitet«, sagte Carrie. »Kommen Sie rein.«

»Woher wissen Sie das?«, fragte Agatha, als Carrie sie in ein hübsches Erdgeschosszimmer führte.

»Hier spricht sich alles schnell herum. Also, was kann ich für Sie tun?«

»Es geht um John Sunday.«

Carrie grinste.

»Erwischt. Ich war's.«

Drei

Agatha beäugte die Frau misstrauisch. Carrie war groß und kräftig, vermutlich Ende vierzig. Alles an ihr war groß, vom Kopf bis zu den Händen und Füßen.

»Ich habe was im Auto vergessen«, sagte Toni und lief aus dem Haus.

Gut, dachte Agatha, sie holt die Polizei.

»Wie haben Sie es gemacht?«, fragte Agatha in einem, wie sie hoffte, sanften, freundlichen Tonfall.

»Hinsetzen!«, befahl Carrie.

»Wo sind die anderen Hunde?«, fragte Agatha nervös.

»Hier«, antwortete Carrie und drückte auf eine Taste an einem Gerät auf einem kleinen Tisch neben ihr, worauf lautes Gebell erklang. Sie schaltete es wieder aus.

»Tolles Ding. Gut, um Einbrecher abzuschrecken. Sie wollen wissen, wie ich es gemacht habe? Telekinese.«

Agatha blinzelte. »Tele-was?«

»Ich habe einen starken Geist. Und ich habe diesen kleinen Giftpilz gehasst. Gestern Abend habe ich ihn gesehen, wie er im Dorf herumgelungert hat. Da habe ich meine Hände an die Stirn gehalten, so. Ich habe meine Gedanken zu dem großen Messer in der Küche übertragen, sodass es in die Luft aufgestiegen ist. Ich habe die Haustür aufgemacht und es zum Pfarrhaus geschickt …«

Die Tür flog auf, und Toni kam hereingelaufen, gefolgt von Bill Wong, Collins und zwei Uniformierten.

»Überlassen Sie das uns«, sagte Collins mit einem erbosten Blick zu Agatha.

»Ich bleibe hier«, erwiderte Agatha trotzig. »Was haben Sie gesagt, Mrs. Brother?«

»Miss, bitte.« Carrie fing wieder ihre Geschichte von Telekinese an. Als sie fertig war, prustete sie los. »Sie müssten Ihre Gesichter sehen«, kicherte sie. »Reingelegt!«

Collins wandte sich an einen der Uniformierten. »Bringen Sie Miss Brother rüber zur mobilen Wache und erstatten Sie Anzeige wegen Irreführung der Justiz«, sagte sie matt.

»Jetzt warten Sie mal! Können Sie keinen Witz vertragen?«, fragte Carrie, als sie abgeführt wurde. Immer noch hielt sie ihren Yorkshire Terrier an ihren üppigen Busen gedrückt.

Collins drehte sich zu Agatha um. »Kümmern Sie sich in Zukunft um Ihren eigenen Kram, oder ich ziehe Sie auch aus dem Verkehr! Kommen Sie, Wong.«

Agatha und Toni folgten ihnen Richtung Tür. Collins war bereits an den von Schneematsch glitschigen Eingangsstufen, als Agatha das Band mit dem Hundegebell einschaltete. Vor Schreck machte Collins einen Satz, rutschte aus und landete auf dem Hintern im Matsch vor der Tür. Agatha stellte das Gerät aus und ging vorsichtig um Collins herum. Toni tat es ihr gleich.

»Ich weiß wirklich nicht, woher der Lärm gekommen ist«, erklärte Agatha süßlich. »Wiedersehen.«

Sie eilten zum Wagen. »Könnte ich doch nur mal allein mit Bill reden«, sagte Agatha.

»Was jetzt?«

»Wir fahren zum Herrenhaus und besuchen Miriam. Wie kommt Ihre Freundin Sharon zurecht?«

»Ganz gut«, antwortete Toni.

Wenig später bog Agatha in die Einfahrt zum Herrenhaus, schaltete den Motor aus und sah zu Toni. »Als ich nach Sharon gefragt habe, hörte sich das ›ganz gut‹ ein bisschen verhalten an. Was ist los?«

Toni seufzte. »Ach, sie hat sich mit ihren Eltern gestritten und ist bei mir eingezogen. Ich habe nur eine kleine Wohnung, wie Sie wissen, und, na ja, es ist ein bisschen zu eng für uns beide. Sie ist chaotisch, und ich habe es gerne ordentlich. Und dauernd färbt sie sich die Haare, sodass Färbemittel im Waschbecken und in der Badewanne ist. Deshalb bin ich ein wenig genervt und schimpfe viel. Ich will sie nicht als Freundin verlieren, aber es ist sehr anstrengend.«

»Ich zahle ihr ein gutes Gehalt, da kann sie sich eine eigene Wohnung leisten.«

»Das wage ich nicht vorzuschlagen, weil sie dann denkt, dass ich sie rauswerfe.«

»Ich rede mit ihr.«

»Nein, tun Sie das nicht. Es kränkt sie, wenn sie hört, dass ich mich über sie beschwert habe.«

»Ich bin sehr taktvoll«, sagte Agatha. »Ich besuche Sie beide heute Abend mal.«

Innerlich stöhnte Toni. Agathas Vorstellung von Taktgefühl entsprach dem, was andere Menschen für blanke Unverschämtheit hielten.

Die Tür des Herrenhauses ging auf, und Miriam erschien. »Wollen Sie reinkommen?«, rief sie.

»Ich wette, sie war es«, murmelte Agatha, als sie aus dem Wagen stiegen.

Toni blickte sich ehrfürchtig in dem großen Saal um. »Das ist sagenhaft«, sagte sie.

Miriam strahlte. »Was für eine nette junge Frau Sie sind. Ich mag Ihre Tochter, Agatha.«

»Toni ist nicht meine Tochter. Sie ist Detektivin und arbeitet für mich.«

»Sie ist sehr jung«, bemerkte Miriam mit einem verschlagenen Lächeln, »und *sehr* gut aussehend.«

Will die Kuh andeuten, dass ich lesbisch bin?, dachte Agatha wütend.

Laut entgegnete sie: »Können wir irgendwo reden, wo es weniger kalt und zugig ist?«

»Kommen Sie mit«, sagte Miriam.

Sie ging voraus durch eine kleine Tür hinten im Saal und in einen holzvertäfelten Raum mit gemütlichen Sesseln, in dem ein Kaminfeuer brannte. »Ich darf keine Zentralheizung einbauen«, erklärte Miriam, »wegen der Antiquitäten.«

Die einzige echte Antiquität hier bist du, dachte Agatha. Dieses Herrenhaus ist vollgepfropft mit Imitationen.

Sie setzten sich vor das Feuer. »Möchten Sie was trinken?«, fragte Miriam.

»Ein Kaffee wäre nett.«

Miriam stand auf und zog an einem bestickten Klingelband neben dem Kamin. »Ist das nicht witzig? Das alte Klingelband war ganz ausgefranst, doch eine Frau aus dem Dorf hat ein neues gemacht.«

»Haben Sie viel Personal?«, fragte Agatha.

»Nein, nur einige Frauen aus dem Dorf, die zum Putzen kommen. Und ich habe ein ukrainisches Mädchen, das als Hausmädchen fest hier ist.«

Die Tür ging auf, und eine gepflegte junge Frau in einem

schwarzen Kleid mit weißer Schürze und Haube kam herein.

»Kaffee, Natasha«, befahl Miriam.

»Stört es sie nicht, wie eine viktorianische Zofe auszusehen?«, fragte Agatha, als die junge Frau wieder gegangen war.

»Woher soll ich das wissen?«, entgegnete Miriam überheblich. »Ich habe sie nicht gefragt. Und es beeindruckt die Touristen. Ich werbe in Amerika und habe oft ganze Busladungen hier. Also, zum Geschäftlichen. Mir gefällt es nicht, eine Verdächtige in diesem Mordfall zu sein.«

»Anscheinend gibt es sehr viele Leute, die John Sundays Tod wollten«, sagte Agatha. »Wir können nur in alle Richtungen nachforschen.«

»Das kann ich auch«, erklärte Miriam munter. »Ich kenne jeden im Dorf.«

»Bisher«, sagte Agatha, »haben wir lediglich erfahren, dass Tilly Glossop Sunday nahestand und vielleicht eine Affäre mit ihm hatte. Carrie Brother hat im Scherz gestanden, den Mord per Telekinese begangen zu haben, und wird nun wegen Irreführung der Justiz angezeigt. Der Vikar hatte gedroht, Sunday umzubringen, weil der Kerzen in der Kirche verbieten wollte. Sonst noch jemand?«

»Da sind noch die Summers und die Beagles«, antwortete Miriam. »Sie haben ihre Cottages jedes Jahr mit Unmengen Lichtern und beleuchteten Weihnachtsmännern in den Gärten geschmückt. Igitt! Wir waren alle ziemlich froh, als Sunday dem ein Ende gemacht hat. Es hat das Ortsbild doch sehr verschandelt.«

»Welchen Grund hatte er genannt?«

»Ach, Sie wissen schon … Danke, Natasha. Stellen Sie

das Tablett hin, wir bedienen uns selbst. Lichterketten müssten einen ›Zugtest‹ bestehen, ihre CO_2-Bilanz wäre ein Graus, gefährliche Verkabelung und so weiter.«

»Können Sie sich vorstellen, dass einer von ihnen jemanden umbringt?«, fragte Toni.

»Gehen Sie sie besuchen. Sie sind alle alt und gebrechlich.«

»Wenn sie alt und gebrechlich sind, wie haben sie dann die ganze Weihnachtsdekoration angebracht?«, fragte Agatha.

»Um die meisten Sachen hat sich der alte Fred Summer gekümmert. Er ist Handwerker im Ruhestand. Charlie Beagle war Elektriker. Beide lagen ständig im Wettstreit, wer die üppigste Festbeleuchtung hat, aber das war freundschaftlich.«

»Wo wohnen sie?«, fragte Agatha.

»Die letzten beiden Cottages in der Straße nach Badsey.«

Miriam schenkte Kaffee ein, und Agatha fiel auf, dass sie ihn in Steingutbechern servierte. Prompt fragte sie sich, ob Miriam so vermögend war, wie behauptet wurde, oder ob sie nur ein altes Herrenhaus in einen Disney-Abklatsch für Touristen verwandelt hatte, um Geld zu verdienen.

»Sie scheinen eine sehr gute Erfolgsbilanz als Detektivin zu haben«, sagte Miriam. »Sollte man gar nicht meinen, wenn man Sie sieht. Charles hat mir erzählt, dass Sie hervorragend darin sind, Sachen herauszubekommen.«

»Ich kann ein Menge Erfolge vorweisen«, antwortete Agatha und widerstand dem Impuls, Miriam ihren Becher an den Kopf zu schleudern.

»Sicher wäre ich auch eine ziemlich gute Detektivin. Ich frage Charles, wenn ich ihn sehe.«

»Ich bezweifle, dass Sie es so bald werden«, sagte Agatha.

»Oh, er führt mich heute Abend zum Essen aus. Wir haben das vorhin verabredet.«

Er ist *mein* Freund, nicht *deiner*, dachte Agatha wütend. Sie wünschte, sie hätte Miriam nie als Klientin angenommen, denn sie hatte das Gefühl, als würde sich diese Frau in ihr Leben und ihre Freundschaften drängen und alles übernehmen.

»Fällt Ihnen sonst noch jemand hier im Dorf ein, mit dem ich sprechen kann, bevor ich zurück nach Mircester fahre?«, fragte sie jedoch. »Ich muss dringend ins Büro.«

»Mal überlegen.« Miriam blickte stirnrunzelnd in ihren Kaffeebecher. Dann klarte ihr Gesicht auf. »Natürlich, das hatte ich völlig vergessen! May Dinwoody. Sie macht Spielsachen und verkauft sie auf den Märkten. Sunday hat gesagt, dass das Ganze nicht sicher für Kinder ist und May praktisch das Geschäft ruiniert. Mein Gott, war die zornig!«

»Wo finde ich sie?«

»In der alten Mühle hinter dem Laden, den Weg neben dem Haus runter.«

»Wir versuchen es bei ihr. Kommen Sie, Toni.« Agatha stand auf.

»Ich sehe später bei Ihnen rein«, sagte Miriam.

»Nicht nötig. Und ich habe zu arbeiten.« Agatha ging zur Tür. »Ich halte Sie auf dem Laufenden.«

»Oh, verflucht«, murmelte Agatha, als sie wieder im Auto saßen. »Ich kann diese Frau nicht ausstehen.«

»Wir können nicht alle unsere Klienten mögen«, bemerkte Toni vernünftig. »Da sind immer mal Schreckgespenster dabei.«

»Sehen Sie sich an, wie schnell der Schnee schmilzt«, sagte Agatha. »Das war es dann mit der Hoffnung auf weiße Weihnacht.« Es war Abend geworden, und ein großer Mond stand am Himmel.

»Machen Sie eine Party zu Weihnachten?«, fragte Toni.

»Nie wieder! Was haben Sie an Weihnachten vor?«

»Ich besuche meine Mutter in Southampton.«

»Ah, da ist der Laden. Parken wir hier und gehen den Rest zu Fuß.«

Die alte Mühle war in einzelne Wohnungen aufgeteilt und stand an einem kleinen Teich, den wucherndes Seegras grün färbte.

Agatha musterte die Namen neben der Haustür und drückte die Klingel mit der Aufschrift *Wohnung 3, Dinwoody*. Eine blecherne Stimme erklang aus der Gegensprechanlage. Agatha erklärte, wer sie war, und nach längerer Stille ertönte der Türsummer.

Sie gingen ins Haus und die mit Teppich ausgelegte Treppe hinauf zu der Wohnung im ersten Stock. Agatha war enttäuscht. May Dinwoody sah auf keinen Fall wie eine Frau aus, die irgendjemandem ein Messer in den Leib rammen würde. Sie musste in den Sechzigern sein, hielt sich ein wenig gebeugt, hatte graues Haar und eine dicke Brille vor den blassgrauen Augen, die kurzsichtig dreinblickten. Sie trug ein pinkfarbenes T-Shirt mit Pailletten und dem Aufdruck *Born To Party* unter einer braunen Herrenstrickjacke; dazu hatte sie schwarze Leggings und spitze Halbstiefel kombiniert. Agatha fragte sich, ob die Frau in Wohltätigkeitsläden einkaufte oder die Sachen von jüngeren Verwandten angezogen hatte.

»Kommen Sie rein«, sagte May. »Ich habe schon gehört, dass Sie für Miriam in diesem Mordfall ermitteln.«

Sie trat zurück, um sie in die Wohnung zu lassen, und führte sie in ein schlecht beleuchtetes Zimmer voller Blumen und Bilder. Durch ein quadratisches Fenster blickte man über den Teich. Mondlicht glitzerte auf dem Wasser und warf flackernde kleine Spiegelungen in den Raum.

»Ziehen Sie Ihre Mäntel aus«, drängte May mit dem gerollten R der Schotten. »Die Zentralheizung hier ist sehr gut. Also, Kaffee?«

»Ich glaube, wir hatten genug Kaffee für einen Tag«, antwortete Agatha. Sie sah einen großen Glasaschenbecher auf einem Couchtisch. »Darf ich hier rauchen?«

»Nur zu«, sagte May. »Ich rauche selbst. Wir sind eine bedrohte Art. Erst das Rauchverbot, das den Dorfpub in den Ruin treibt, und jetzt dürfen wir auch nicht mehr im Flugzeug rauchen. Sie tauschen die Luft nicht mehr aus und vergiften uns alle langsam mit dem Dreck aus den Triebwerken. Piloten versuchen schon, wegen möglicher Hirnschäden zu klagen, aber das wird alles totgeschwiegen. Ich hasse diesen politisch korrekten Nanny-Staat.«

Agatha setzte sich in einen Sessel und zündete sich eine Zigarette an, nachdem sie May eine angeboten hatte.

Bald waberten Rauchschwaden durchs Zimmer. Toni nahm einen Sessel am Fenster und hätte es gern geöffnet, weil es so stickig im Zimmer war und sie nicht passiv mitrauchen wollte.

»Wie ich höre, hatten Sie Streit mit Sunday«, sagte Agatha.

»Hatte ich. Ein schrecklicher kleiner Mann. Hat mir das Geschäft kaputtgemacht und behauptet, mein Spielzeug sei gefährlich. Aber am Ende habe ich gewonnen! Ich habe ihn vor Gericht gezerrt und bewiesen, dass alle meine Spielsachen anständig gefertigt sind und keine Gefahr besteht, dass Kinder Teile davon verschlucken. Das Amt musste mir Schadenersatz zahlen.«

»Das ist seltsam«, sagte Agatha. »Warum in aller Welt hat er danach noch seine Stelle behalten?«

»Ich habe keine Ahnung.«

»Ich erinnere mich nicht, Sie bei dem Treffen gesehen zu haben.«

»Nein, ich war ja entschädigt worden, deshalb bin ich nicht hingegangen. Außerdem hatte Penelope es organisiert, und ihr zweiter Vorname ist Nutzlos. Mir war klar, dass alle nur rumsitzen und reden würden und nichts dabei herauskäme.«

»Fällt Ihnen irgendjemand im Dorf ein, der wütend genug war, um Sunday umzubringen?«

»Ehrlich gesagt, nein. Ich denke, Sie sollten in Mircester nachforschen. In größeren Orten wird sich eher ein Mörder finden als in diesem winzigen Dorf.«

»Es ist spät«, jammerte Agatha, als sie schließlich wegfuhren. »Ich setze Sie bei mir ab, damit Sie Ihren Wagen holen können. Ich bin am Verhungern. Möchten Sie etwas essen?«

»Nein, nicht nötig«, sagte Toni, die bereits Erfahrung mit Agathas Kochkünsten hatte.

»Gut. Dann komme ich später zu Ihnen und sehe mal, was wir wegen Sharon tun können.«

»Das kann ich selbst regeln.«

»Nein, können Sie nicht. Bis später.«

Charles hatte Miriam zum Dinner eingeladen, weil er Detektiv spielen wollte, aber teils auch, um Agatha zu ärgern. Er hatte das französische Restaurant in Mircester gewählt.

Zu seiner Überraschung hatte Miriam sich kein bisschen schick gemacht. Sie trug einen verwaschenen Pullover und einen ausgeleierten Rock. »Unterhalten wir uns später«, sagte Miriam, die Charles über ihre Speisekarte hinweg ansah. »Ich liebe es, essen zu gehen, und möchte mich aufs Bestellen konzentrieren.«

Charles, der gehofft hatte, mit einem Gericht für jeden und Kaffee davonzukommen, beschloss zu behaupten, er hätte seine Brieftasche vergessen – wie er es schon oft bei Agatha gemacht hatte. Und er wurde umso entschlossener, als er hörte, wie Miriam ein Dutzend Schnecken als Vorspeise und danach Steinbutt und Spargel bestellte. Der Steinbutt war verboten teuer.

Charles nahm einen schlichten Salat als Vorspeise und ein Pfeffersteak. Miriam bestand darauf, den Wein auszusuchen – »Ich kenne mich sehr gut aus.«

Sie überflog die Weinkarte.

»Ah, feiern wir den Beginn unserer Freundschaft, Charles!«, verkündete sie munter und orderte eine Flasche Jahrgangschampagner.

»Wann ist Ihr Mann gestorben?«, fragte Charles.

»Gar nicht. Er lebt noch. Witwe hört sich nur so viel respektabler an. Ich habe ihn im Bett mit der Hilfe erwischt. Viel Glück hatte ich nie mit meinen Männern. Der vorher war auch eine Ratte *und* der davor nicht besser.«

»Wie oft waren Sie verheiratet?«

»Bloß dreimal. Wie sieht es mit Ihnen aus?«

»Einmal. Es hat nicht funktioniert.«

»Was ist mit Agatha?«

»Zweimal.«

»Erzählen Sie mir von ihr.«

»Wenn Sie etwas über Agatha Raisin wissen wollen, fragen Sie sie. Ich rede nicht über meine Freunde.«

Miriams Schnecken kamen. Es waren sehr große Schnecken. Sie pulte jede einzelne aus ihrem Gehäuse, steckte sie sich in den Mund und kaute, wobei sie *Mmm Mmm*-Laute von sich gab.

»Was ist mit diesem Mord?«, fragte Charles. »Sind Sie es gewesen?«

»Mein guter Mann, nein! Aber ich habe nachgedacht und bin mir ziemlich sicher, dass ich weiß, wer es war.«

»Wer?«

Sie schwenkte ihre zweizinkige Schneckengabel in seine Richtung, sodass sich ein kleiner Tropfen Knoblauchbutter löste und auf Charles' Seidenkrawatte flog. »Das wüssten Sie wohl gerne! Aber eines verrate ich Ihnen. Morgen werde ich meinen Vertrag mit Agatha Raisin kündigen und zur Polizei gehen. Als ich den Brandy holte, habe ich etwas gesehen. Zu der Zeit dachte ich mir nichts weiter dabei. Es schien so unmöglich. Ich …«

Doch Miriam hatte den Fehler begangen, beim Essen zu sprechen, und eine Schnecke blieb ihr im Hals stecken.

Charles starrte sie an, als sie panische Geräusche machte. Ein Kellner kam herbeigelaufen, zog Miriam von ihrem Stuhl hoch und führte das Heimlich-Manöver aus. Die Schnecke schoss aus Miriams Hals und landete auf Charles' Schoß.

Miriam dankte dem Kellner überschwänglich, trank einen Schluck Champagner und sagte: »Tut mir leid, Charles, ich fahre lieber nach Hause. Vergessen Sie nicht, dem Kellner ein ordentliches Trinkgeld zu geben.«

Charles wollte widersprechen, aber Miriam verließ das Restaurant verblüffend schnell.

Er fragte sich, ob er sich den Steinbutt einpacken lassen konnte.

Agatha betrat Tonis kleine Wohnung und sah Sharon prüfend an, die auf dem Sofa lag. Sie war ein kluges, heiteres Mädchen mit großen Brüsten, die sie bei jeder Witterung in tief ausgeschnittenen Tops zur Schau stellte. Ihr Haar wechselte wöchentlich die Farbe. An diesem Abend war es feuerrot. Auf dem Tisch vor Sharon lagen ein leerer Pizzakarton und zwei zerdrückte Bierdosen.

»Ich dachte, ich komme kurz vorbei, um den Fall zu besprechen«, sagte Agatha. »Bleiben Sie ruhig, Sharon. Als meine Mitarbeiterin betrifft es auch Sie.«

»Ich muss nicht gehen«, antwortete Sharon. »Ich wohne jetzt hier.«

»Aber Toni hat keinen Platz für Sie!«

»Ach, das macht ihr nichts aus. Ich und Toni sind Freundinnen.«

»Warum sind Sie bei Ihren Eltern ausgezogen?«

»Ich hatte einen Riesenzoff mit meinem Dad.«

»Weshalb?«

»Er hat mich mit einem Joint erwischt.«

»Sharon! Dieser Mist von der Straße ist gefährlich.« Agatha fixierte sie mit ihren Bärenaugen. »Mögen Sie Ihren Job, Sharon?«

»Klar.«

»Dann lassen Sie die Finger von Drogen. Packen Sie Ihre

Sachen, und gehen Sie nach Hause. Sehen Sie sich hier um! Das ist eine Müllhalde. Toni sagt nichts, aber ich sehe doch, dass es ihr Stress macht.«

»Ich will nicht nach Hause«, heulte Sharon.

»Ich zahle Ihnen genug, dass Sie sich eine eigene Wohnung mieten können«, entgegnete Agatha. »Jetzt kommen Sie. Entweder Sie ziehen heute Abend hier aus, oder Sie haben morgen keinen Job mehr.«

»Toni!«, flehte Sharon.

»Kein Wort«, sagte Agatha. »Packen Sie Ihren Kram – jetzt!«

Agatha war erledigt, nachdem sie sich auch noch um Sharons Eltern gekümmert hatte. Sie wollte Sharon nicht rauswerfen, weil die junge Frau ein Naturtalent als Detektivin war. Gerade stieg Agatha wieder in ihren Wagen, als ihr Handy klingelte. Es war Charles. Amüsiert hörte sie sich seine Beschreibung des verkürzten Dinners an, wurde jedoch ernst, als er ihr erzählte, dass Miriam die Identität des Mörders zu kennen schien.

»Ich fahre morgen früh hin und presse es aus ihr raus«, sagte Agatha.

Miriam lag im Bett und las einen Roman. Er gefiel ihr überhaupt nicht, war aber für den Booker Prize nominiert, und Miriam las nur, um Leute mit ihrem Wissen über die neuesten Stars der Literaturszene zu beeindrucken. Sie hatte Penelope Timson angerufen, bevor sie ins Bett ging, und ihr erzählt, dass sie sicher zu wissen glaubte, wer Sunday umgebracht hatte. Penelope hatte nach einem Namen gefragt, aber Miriam meinte, sie solle abwarten. Jetzt kam sie sich ein bisschen albern vor, weil sie fürchtete, sich alles nur eingebildet zu haben.

Es klingelte an der Tür. Miriam wartete, dass Natasha öffnete, doch dann fiel ihr ein, dass das Mädchen etwas von einem Clubbesuch in Birmingham gesagt hatte. Dann grinste sie. Wahrscheinlich war es diese Raisin. Charles dürfte sie angerufen haben.

Miriam stieg aus dem Bett, zog sich einen Morgenmantel und Hausschuhe an und machte sich auf den Weg zur Tür. Wieder läutete es. »Komme ja schon!«, rief sie.

Sie schaltete den Alarm aus, schloss die Tür auf und schob die Riegel zurück. Zum Abend hin war es kälter geworden, und der Schneematsch begann zu gefrieren. Draußen war niemand. Miriam trat vor die Tür und blickte die Einfahrt hinunter, dann nach rechts und nach links. Nichts rührte sich in der stillen Nacht.

»Wahrscheinlich Jugendliche«, murmelte sie. Doch sie ging wieder nach drinnen und holte sich eine große Taschenlampe. Mit der kehrte sie vor die Tür zurück und leuchtete alles ab, falls sich Kinder in den Büschen zu beiden Seiten der Einfahrt versteckten. Eine Eule schrie kläglich.

Miriam zog sich ins Haus zurück, schaltete den Alarm wieder ein und begab sich erneut ins Bett. Sie wollte ihr Buch aufnehmen und weiterlesen, als das Licht ausging. Im Dunkeln tastete sie sich zur Schlafzimmertür und betätigte den Schalter für die Deckenlampe. Nichts.

Gelegentlich gab es in Odley Cruesis Stromausfälle, dennoch wollte Miriam lieber nach unten zum Sicherungskasten gehen und sich vergewissern, dass der Schalter nicht gekippt war. Sie wünschte, sie hätte die Taschenlampe mit nach oben genommen, als sie sich den Weg nach unten ertastete, um nach ihr zu suchen. Als sie sie nicht fand, ging sie in die Küche, wo Kerzen waren. Dort schien Mondlicht durch das Fenster. Miriam zog die Schublade mit den Kerzen und Streichhölzern auf, zündete eine an und hielt sie in der Hand, während sie den Sicherungskasten öffnete. Ein heftiger Schlag traf sie auf den Hinterkopf. Die Kerze flog ihr aus der Hand und landete in einer Pfanne mit Fett, die auf dem Herd stand.

Das Hausmädchen sah das Leuchten am Himmel, als sie hinunter nach Odley Cruesis fuhr. Ein Feuerwehrwagen raste an ihr vorbei, dann noch einer. Als sie in die Einfahrt des Herrenhauses bog, stellte sie fest, dass das Haus lichterloh brannte. Natasha wendete und brauste davon. Sie hatte vorgehabt, Miriam morgen früh zu sagen, dass sie fortginge. Sie war eine illegale Einwanderin aus Albanien und wusste, dass die Polizei es bald herausfinden würde. Nach dem Mord an John Sunday hatte man sich nicht besonders für sie interessiert, aber sie wusste, dass das nun anders sein würde. All ihre Sachen waren bereits in dem alten Ford, den Miriam für sie gekauft hatte. Ihr richtiger Name war Blerta, doch Miriam hatte gesagt, »Ich nehme mal an, du wirst Natasha genannt«, und Blerta hatte zugestimmt. Da sie sicher war, dass Miriam ahnte, dass sie nicht legal in England war, hatte sie auch den niedrigen Lohn und die Zofenkleidung akzeptiert. Blerta beschloss, zurück nach Birmingham zu fahren und bei Freunden zu übernachten.

In ihrer Panik war ihr nicht bewusst, dass ihre Flucht sie als Brandstifterin verdächtig machte.

Nachdem Sharon weg war, putzte Toni ihre Wohnung. Sie hatte ein schlechtes Gewissen, vor allem weil Agatha so selbstherrlich gewesen war. Toni mochte Sharon. Sie war alles, was Toni nicht war – mutig, schrill und selbstbewusst wanderte sie vergnügt von einem Freund zum nächsten, während Toni Bücher las und von Romantik träumte.

Und Toni war beunruhigt. Vor einer Woche war sie mit Sharon in einem Club gewesen, wo ihre Freundin mit einer Gruppe von Motorradfahrern geflirtet hatte, die viel fluchten und noch mehr tranken. Toni war früh gegangen. Nun hoffte sie, dass Sharon sich nicht mit den falschen Leuten einließ.

Agatha war wenig erfreut, als sie nach Hause kam und dort Charles vorfand, der auf sie wartete. Sie war müde, wollte nur noch etwas essen und ins Bett gehen. Ihre Laune besserte sich erst, als Charles ihr die ganze Geschichte von seinem Dinner erzählte. »Geschieht dir recht«, konstatierte sie herzlos. »In der Schnorrerin hast du deine Meisterin gefunden.«

»Da ist noch etwas«, sagte Charles. »Ich habe eben die Kater in den Garten gelassen, und in Richtung Odley Cruesis leuchtet der Himmel.«

Agatha öffnete die Hintertür und ging nach draußen. Ja, da war ein rotes Leuchten am Himmel.

Sie kam in die Küche zurück. »Da stimmt etwas nicht. Ich fahre lieber hin.«

»Nein, ich fahre«, sagte Charles.

Als Agatha in seinen Wagen steigen wollte, hob er schnell ein in Alufolie gewickeltes Päckchen vom Beifahrersitz.

»Hast du nicht!«, rief Agatha entsetzt, die Fisch roch.

»Oh doch, das habe ich. Ich habe dafür bezahlt und wollte nicht, dass mein Steinbuttgericht im Müll landet.«

Sie erreichten das Herrenhaus rechtzeitig, um oben von der Mauer aus, die das Anwesen umgab, zu sehen, wie das Dach einstürzte.

Näher heran konnten sie nicht, weil es von Polizei und Feuerwehrleuten wimmelte. »Sie hat mir gesagt, dass sie etwas weiß«, erzählte Charles. »Dass sie etwas hatte. Sie meinte, der Gedanke schien ihr erst unmöglich, und dann hat sie gesagt, dass sie den Vertrag mit dir kündigen wollte.«

»Ich frage mich, ob sie dem Feuer entkommen ist. Und was ist mit dem Hausmädchen?«

»Das ist weg«, sagte eine Stimme von unten. Agatha kletterte von der Mauer und stellte fest, dass ihre Hüfte sich gut anfühlte, obwohl sie gewarnt worden war, dass sie keine weiteren Spritzen bekommen und bald eine Hüft-OP brauchen würde.

Die Vikarsfrau Penelope stand dort, eingehüllt in einen dicken alten Tweedmantel. »Ich bin auf dem Weg hierher gewesen, als sie mir mit ihrem Wagen entgegengerast kam. Ich habe es der Polizei erzählt, und die richten Straßensperren ein. Dabei habe ich ihnen gesagt, dass die Frau nichts mit dem Feuer zu tun haben kann, denn ich hatte vorher gesehen, wie sie zum Herrenhaus gefahren ist, dann kehrtgemacht hat und wieder weg ist.«

»Ich frage mich, wer von Miriams Tod profitiert, falls sie tot ist«, sagte Charles. »Sie war dreimal verheiratet.«

»Wenn ich mich recht erinnere, hatte sie einen Sohn und eine Tochter erwähnt.«

»Ja, stimmt«, bestätigte Carrie Brother, die zu ihnen

kam. »Sie hat erzählt, dass die beiden in Amerika geboren sind.«

Charles unterdrückte ein Gähnen. »Komm, Aggie. Sie lassen uns sowieso nicht näher ran, und Informationen werden sie uns heute Nacht auch keine geben.«

Vier

Agatha, die sich im Fernsehen gern Serien mit Gerichtsmedizinern ansah, staunte oft, wie langsam alles im wahren Leben ablief. Weihnachten kam und ging. Sie verbrachte es allein und redete sich ein, dass es ein Tag wie jeder andere war. Es folgte ein stürmischer Januar, dann ein eisiger Februar, und schließlich setzte im März allmählich der englische Frühling ein.

Im Januar hatte sie ihre längst überfällige Hüftoperation hinter sich gebracht. Dank ihres aktiven Lebensstils hatte sie sich schnell erholt und die ganze Geschichte rasch wieder verdrängt. Sie wollte nicht einmal vor sich selbst zugeben, dass sie die neue Hüfte gebraucht hatte. Allein der Ausdruck »Hüftoperation« schrie förmlich *alt*.

Patrick Mulligan wusste von seinen Quellen, dass Miriam durch einen Schlag auf den Hinterkopf mit etwas wie einem Hammer gestorben war. Die Brandermittler hatten herausgefunden, dass der Strom ausgeschaltet gewesen war. Das Feuer hatte auf dem Aga-Herd in der Küche angefangen.

Es gab keine Spuren eines gewaltsamen Eindringens. Das Hausmädchen war gefunden und befragt, vollständig entlastet und ausgewiesen worden. Agatha war mit reichlich anderen Fällen beschäftigt gewesen, und ihr Interesse an diesem war versiegt, was hauptsächlich finanzielle Gründe hatte. Keiner bezahlte sie für ihre Nachforschungen, und da sich England in einer Rezession befand, brauchte die Detektei alle Einnahmen, die sich boten.

An einem stürmischen Sonntag Ende März, als in den Cotswolds mehr Narzissen denn je blühten, wie alle behaupteten, öffnete sie die Haustür und stand einem großen, gut aussehenden Mann gegenüber. Schlagartig wurde Agatha bewusst, dass sie gänzlich ungeschminkt war.

»Mrs. Raisin?«

»Ja. Sie sind …?«

»Tom Courtney, Miriams Sohn.«

»Kommen Sie herein.« Agatha trat beiseite, um ihn ins Haus zu lassen. »Gehen Sie einfach durch in die Küche.« Agatha wollte ihren Gast nicht ins Wohnzimmer bitten, weil die Sessel zu weich waren und ihr peinlich war, welche Mühe sie hatte, sich aus ihnen zu kämpfen.

»Ein hübsches Cottage haben Sie«, sagte er.

Sein Gesicht war leicht sonnengebräunt, und er hatte schwarzes Haar und braune Augen. Agatha schätzte ihn auf Anfang vierzig.

»Nehmen Sie doch Platz«, sagte sie. »Mein Beileid zu Ihrem Verlust.«

»Nicht nötig. Ich habe meinem Vater sehr nahegestanden, meine Mutter aber nicht oft gesehen.«

»Leben Sie in den Staaten?«

»Ja, in New York.«

»Haben Sie nicht noch eine Schwester?«

»Ja, Amy. Sie ist auch in den Staaten, verheiratet mit einem Arzt in Philadelphia.«

»Ich habe Sie beide nicht auf der Beerdigung gesehen«, sagte Agatha.

»Nein, ich konnte mich nicht durchringen zu kommen.

Natürlich habe ich alles bezahlt und aus der Ferne arrangiert.«

»Du lieber Himmel, haben Sie Ihre Mutter so wenig gemocht?«

Er zuckte mit den Schultern. »Sie hat meinem armen Vater das Leben zur Hölle gemacht. Er ist an einem Herzinfarkt gestorben, als wir noch klein waren. Amy und ich sind von einer ganzen Serie von Nannys großgezogen worden, und dann hat sie uns beide auf Internate in der Schweiz geschickt. Danach auf Unis in den Staaten. Wir waren so wenig wie möglich zu Hause. Glauben Sie mir, es war ein Segen, als sie hierhergezogen ist. Ich bin übrigens Anwalt.«

»Und warum sind Sie nun zu mir gekommen?«

»Offene Angelegenheiten. Meine Mutter hat Amy und mir alles hinterlassen. Ziemlich viel. Sie war recht geizig. Nicht bei großen Sachen wie teuren Schulen für uns und Ähnlichem, aber bei kleinen Dingen wie Lebensmitteln. So hat sie schon immer so viel wie möglich auf Kosten anderer gegessen. Aber ich möchte wirklich wissen, wer sie umgebracht hat, damit ich das alles hinter mir lassen kann. Wie ich gehört habe, hatte sie Sie angeheuert, den Mörder von John Sunday zu finden. Jetzt würde ich Sie gern engagieren, den Mörder meiner Mutter zu finden.«

»Ich werde mich bemühen«, sagte Agatha. »Und ich vermute, wenn ich herausbekomme, wer John Sunday ermordet hat, finde ich auch den Mörder Ihrer Mutter. Sie hat einem Freund von mir am Abend vor ihrer Ermordung erzählt, dass sie etwas wüsste.«

Sein charmantes Lächeln brachte sein schönes Gesicht zum Leuchten. Und Agatha wurde umso schmerzlicher bewusst, dass sie nicht bloß ungeschminkt war, sondern auch noch eine zeltartige Bluse, einen Baumwollrock und Latschen trug.

»Würden Sie mich einen Moment entschuldigen?«, fragte sie und sprang hastig auf, wobei sie vage fürchtete, die schrecklichen Hüftschmerzen könnten zurückkommen.

»Neue Hüfte?«, fragte er mitfühlend.

»Nein!«, log Agatha. »Bloß ein Sturz.« Neue Hüfte, also wirklich! So alt war sie doch gar nicht.

Oben legte sie sorgfältig Make-up auf und bürstete ihr Haar, bis es glänzte. Sie kämpfte sich gerade in einen Hosenanzug, als es an der Tür läutete. »Ich gehe schon«, rief Tom zu ihr hoch.

Als sie endlich wieder nach unten kam, hörte sie Lachen aus der Küche. Sie öffnete die Küchentür und ging hinein. Dort saß Toni gegenüber von Tom am Tisch. Ihr blondes Haar war modisch kurz geschnitten, wodurch ihre Augen größer wirkten. Sie trug eine Jeans und halbhohe Stiefel zu einem schwarzen Pullover. Ihre rote Daunenjacke hing über der Rückenlehne ihres Stuhls.

»Kann ich Ihnen helfen?« Toni sprang auf. »Was macht die neue Hüfte? Verheilt alles gut?«

»Welche neue Hüfte?«, fragte Agatha verkniffen. »Reden wir über etwas anderes. Ich nehme an, ihr habt euch bekanntgemacht?«

»Oh ja«, antwortete Tom in seinem fast akzentfreien Englisch. »Ich hätte nicht gedacht, dass Detektivinnen auch jenseits des Fernsehbildschirms so hübsch sind.«

»Sie haben gar keinen amerikanischen Akzent«, sagte Toni.

»Wie ich Mrs. Raisin schon erklärt habe, bin ich in der Schweiz zur Schule gegangen.«

»Mr. Courtney …«, begann Agatha.

»Tom, bitte.«

»Gut, ich bin Agatha. Hier ist meine Karte. Wenn Sie am Montagmorgen in mein Büro kommen, können wir den Vertrag aufsetzen. Jetzt erzähle ich Ihnen, was wir bisher in Erfahrung bringen konnten.«

Sie fasste die Befragungen zusammen, die sie gemacht hatten. Als sie fertig war, sagte Toni: »Sie haben die Beagles und die Summers vergessen. Mit denen sollte ich doch sprechen.«

»Stimmt. Aber soweit ich mich erinnere, haben Sie da nicht viel erfahren.«

»Die waren so richtig alt und klapprig.«

Tom lächelte. »Sind Sie sicher? Ich erinnere mich, dass ich in Ihrem Alter Leute wie mich und Agatha für klapprig hielt.«

Ich würde gern mit irgendetwas werfen, dachte Agatha.

»Oh *nein*«, sagte Toni, die charmant verlegen wirkte. »Ich finde, weder Sie noch Agatha sind *alt*.«

»Sie Gute!« Tom lachte.

»Hatten sie ihre Weihnachtsbeleuchtung aufgehängt?«, fragte Agatha und wandte sich zu Tom. »Es ist nämlich so, dass sie an Weihnachten immer ihre Cottages mit zig Lichtern schmücken, und das hatte John Sunday ihnen letzte Weihnachten verboten. Sie waren deswegen richtig aufgebracht. Haben sie die Beleuchtung aufgehängt, nachdem er ermordet wurde, Toni?«

»Nicht, als ich bei ihnen war, aber danach bin ich ja nicht mehr in Odley Cruesis gewesen.«

»Bauen Sie das Herrenhaus wieder auf?«, fragte Agatha an Tom gewandt.

»Nein, ich verkaufe die Ruine an einen Bauunternehmer. Er will alles zusammenschieben und neue Häuser auf dem Grundstück bauen.«

»War das Haus versichert?«

»Ja, sehr hoch.«

»Hat sich die Polizei erkundigt, wo Sie in der Nacht waren, in der Ihre Mutter ermordet wurde?«, wollte Agatha wissen.

»Selbstverständlich. Ich war im Urlaub auf den Cayman-Inseln, wofür es reichlich Zeugen gibt.«

Wieder läutete es an der Tür. »Sie sind eine gefragte Frau«, bemerkte Tom.

»Ich mache schon auf«, sagte Toni. Sie kehrte mit Roy Silver zurück. Roy hatte einst für Agatha gearbeitet, als sie noch eine PR-Agentur in London führte. Er war bis heute in der PR-Branche tätig. Als Zugeständnis für seinen Besuch auf dem Land hatte er sich ein Sportjackett angezogen. Darunter trug er allerdings ein T-Shirt mit dem Aufdruck *Ready To Kill*. Er war ein recht dürrer junger Mann mit blassem Gesicht und feinem Haar, das kurz geschnitten und mit Gel zu kleinen Stacheln auf seinem schmalen Kopf frisiert war.

»Aggie, Schätzchen«, sagte er und küsste sie auf die Wange. »Ich bringe kurz meine Tasche ins Gästezimmer oben.«

Agatha entging Toms amüsierter Blick nicht, weshalb sie hastig sagte: »Mein junger Freund hier hat früher mal für mich gearbeitet. Du hättest anrufen können, Roy.«

»Ach, ich bin ganz spontan gekommen. Ich hatte von dem Chaos in den Cotswolds in der Zeitung gelesen, und dann Funkstille. Eigentlich dachte ich ja, du lädst mich zu Weihnachten ein, und dann hockte ich ganz allein zu Hause!«

»Ich bin davon ausgegangen, dass schon alle etwas über die Feiertage vorhatten«, verteidigte sich Agatha.

Roy ging nach oben, und Agatha sagte: »Ich würde gerne zurück nach Odley Cruesis fahren und den Fall wiederaufnehmen. Aber ich möchte Sie wirklich nicht bitten, an Ihrem freien Tag zu arbeiten, Toni. Am Montag lasse ich Sie wissen, wie weit ich gekommen bin.«

»Oh, ich habe Zeit«, antwortete Toni unbekümmert.

Agatha verfluchte sie und Roy im Geiste. Ihr blieb nicht der Hauch einer Chance, mit Tom allein zu sein.

Als Roy wieder nach unten kam, verkündete Agatha: »Wir müssen ermitteln. Du kannst hierbleiben, wenn du willst.«

»Meine liebe Aggie, hast du vergessen, wie oft ich schon mit dir zusammen herumgeschnüffelt habe? Fangen wir jetzt gleich an?«

»Ich hole meine Notizen«, sagte Agatha, »und dann können wir uns aufteilen.«

Sie drehte sich zu Tom um. »Tom, möchten Sie jetzt dorthin zurück, wo Sie im Moment wohnen, und auf unsere Ergebnisse warten? Wo ist das eigentlich?«

»Im The George in Mircester. Aber ich würde gerne mitkommen.«

Agatha strahlte und blickte in ihre Notizen. »Gut. Toni, wenn Sie mit Roy noch mal zu Tilly Glossop gehen, könnte sie vielleicht mehr erzählen. Tom und ich statten den Beagles und den Summers einen Besuch ab. Wahrscheinlich ist es Zeitverschwendung, aber ich möchte sie mir mal selbst ansehen.« Wieder klingelte es an der Tür.

»Niemand rührt sich. Ich gehe.« Toni rannte zur Tür.

Und kehrte mit Mrs. Bloxby zurück. »Ich habe Sie länger

nicht gesehen und wollte fragen, wie Sie zurechtkommen«, sagte die Vikarsfrau.

Agatha, die keine weitere Bemerkung über ihre Hüfte hören wollte, warf ihrer Freundin einen warnenden Blick zu. Erst jetzt bemerkte Mrs. Bloxby Tom, und Agatha machte sie miteinander bekannt.

Es geht wieder los, dachte Mrs. Bloxby. Ich sollte mir Sorgen um sie machen, aber es war wohl ein Mann nötig, um den Funken zurückzubringen.

»Wir wollten alle gerade los und ermitteln«, sagte Agatha.

»Wenn das so ist, möchte ich Sie nicht aufhalten«, antwortete Mrs. Bloxby. »Aber wie wäre es, wenn Sie später auf einen Tee zum Pfarrhaus kommen und mir erzählen, wie Sie vorangekommen sind?«

Nach einem Blick auf Toms Fahrzeug hatte Agatha sich entschieden zu fahren. Es war ein Range Rover, und ihr graute vor dem Gedanken, in das Ding zu klettern. Noch war das Wetter schön: blauer Himmel, gelbe Narzissen, rosa Kirschblüten und irgendein lila Zeug, das aus den alten Cotswolds-Mauern wuchs und von dem Agatha nicht wusste, was es war.

»Der junge Roy scheint ein enger Freund von Ihnen zu sein«, sagte Tom.

»Ja, könnte man sagen.«

»Haben Sie keine Angst, sich mit AIDS anzustecken?«

Um ein Haar wäre Agatha in einen Graben gefahren. Sie hielt den Wagen an und sagte mit dünner Stimme: »Ich habe kein Verhältnis mit Roy. Ich weiß nicht, ob er homosexuell ist oder nicht. Das habe ich nie gefragt, weil es mich nichts angeht, und es würde auch keine Rolle spielen, wenn er es wäre.«

»Aber der enge Kontakt«, erwiderte Tom.

Agatha sah ihn wütend an. »Sind Sie einer von diesen Freaks, die denken, dass man es sich auf der Klobrille holt?«

»Entschuldigung«, murmelte Tom. »Ich hätte Sie nicht für eine Liberale gehalten.«

»Sie haben eine unpolitische Frau mit einer Menge gesundem Menschenverstand vor sich, die nicht auf komische Geschichten oder schlecht informierte Angstmacher hört. Können wir uns jetzt auf den Fall konzentrieren?«

Sie fuhren schweigend weiter, und Agathas Interesse an Tom erlosch. Als sie nach Odley Cruesis hineinfuhren, sagte Tom: »Vielleicht hätte ich Ihnen das sagen sollen. Ich habe eine nahestehende Person an AIDS verloren.«

»Was ist passiert?«, ätzte Agatha. »Hat ihr Freund sie angepustet?«

»Ihn. Er ist gestorben. Es war furchtbar. Seitdem habe ich schreckliche Angst vor dieser entsetzlichen Krankheit.«

»Ah, das erklärt einiges«, sagte Agatha, die schon wieder munterer wurde. »Hier wären wir. Ich glaube, die Beagles wohnen im ersten Cottage.«

Bei dem Haus handelte es sich wahrscheinlich um das eines früheren Farmers. Es war aus rotem Backstein und hatte ein Schieferdach. In dem kleinen Vorgarten begann gerade eine prächtige Magnolie zu blühen.

Agatha klingelte. Ein alter Mann öffnete. Er war klein mit gebeugten Schultern und trug zwei Pullover über einem ausgefransten Hemd sowie eine ausgeleierte, fleckige Hose. Sein Gesicht war voller Falten, und sein schütteres, fettiges Haar lag in Strähnen über einer sommersprossigen Halbglatze. Mit blassblauen Augen blickte er zu Agatha auf. »Ach, Sie sind das. Die Schnüfflerin.«

»Dies ist Thomas Courtney, Miriams Sohn«, sagte Agatha.

»Oh, tut mir aufrichtig leid. Kommen Sie rein. Der Frau geht's heute nicht gut.«

»Was ist mit ihr?«, fragte Tom schroff.

»Sie ist erkältet.«

»Vielleicht warte ich im Wagen«, sagte Tom nervös.

»Es ist bloß eine Erkältung!«, rief Agatha aus. »Nicht die Beulenpest.«

»Na gut«, gab er merklich widerwillig nach.

Mrs. Beagle saß in einem Sessel neben dem Kaminfeuer. Im Zimmer roch es streng nach Urin, Kohlenrauch und Wintergrün.

»Das ist Miriams Sohn«, sagte ihr Mann.

Mrs. Beagle war so dick eingepackt wie ihr Mann und nicht minder gebeugt und faltig. Agatha strich die beiden im Geiste von ihrer Liste der Verdächtigen. Sie hätten schon Mühe, über die Straße zu kommen, schätzte sie, geschweige denn, John Sunday zu ermorden.

Sie blickte sich in dem kleinen Wohnzimmer um. Charlie Beagle war in den Sessel gegenüber seiner Frau gesunken. Es gab noch ein durchgesessenes Sofa, auf dem jedoch zwei schlafende Hunde lagen.

»Haben Sie jemanden in der Nähe des Herrenhauses gesehen, bevor es in Flammen aufging?«, fragte Agatha.

»Mitten in der Nacht?«, erwiderte Charlie. »Da haben wir geschlafen. Wir haben erst am nächsten Morgen davon gehört.«

»Was John Sunday betrifft …«, fuhr Agatha unbeirrt fort. »Sie waren bei dem Treffen.«

»Und das hat ja auch eine Menge genützt!«, sagte Mrs.

Beagle. »Blabla, Schnatter-Schnatter. Gegen den schrecklichen Mann konnte nichts getan werden.«

»Abgesehen von Miriam und Miss Simms, hatte da noch jemand das Zimmer verlassen?«

»Nicht, dass es mir aufgefallen wäre«, antwortete Charlie. »Aber wir beide sehen auch nicht mehr so gut wie früher mal. Trotzdem ist es ein Segen, dass Sunday weg ist, sage ich. Der wollte uns verbieten, für Weihnachten zu schmücken. Und was hatten wir immer für tollen Schmuck! Wir waren sogar im *Cotswold Life*. Ich zeige es Ihnen. Die haben mir ein Foto geschickt, und Fred Summer hat auch eines bekommen.«

Er schlurfte zu einem Tisch am Fenster, auf dem sich Zeitschriften, Zeitungen und Fotos stapelten.

»Hier ist es. Sehen Sie sich das an!«

Agatha betrachtete ein Farbfoto von den beiden Cottages. Alles war voller Lichterketten. Die Summers hatten einen Plastik-Weihnachtsmann und ein Plastik-Rentier auf dem Dach, und die Beagles hatten eine beleuchtete Krippe in ihrem Vorgarten. Vielleicht hatte John Sunday nichts in seinem Leben so gut hinbekommen, wie diese Abscheulichkeit abzustellen, dachte Agatha, die einmal eine Aufführung von *Macbeth* gesehen hatte.

Dann verengte sie ihre Bärenaugen. Charlie konnte doch unmöglich so gebrechlich sein, wenn er einen Plastik-Weihnachtsmann auf sein Dach bekam, von der Verkabelung all der Lichterketten ganz zu schweigen.

»Ein Haufen Arbeit«, sagte sie. »Das muss Sie richtig viel Zeit gekostet haben.«

»Ja, stimmt, ich fange Ende Oktober an. Stück für Stück.«

»Und haben Sie den Weihnachtsmann da ganz allein aufs Dach bekommen?«

»Klar doch. Hier gibt's ein Oberlicht. Da schiebe ich den einfach durch.«

»Wollen Sie etwas fragen?« Agatha sah zu Tom, der sich ein Taschentuch vor Mund und Nase hielt.

»Nein«, antwortete er gedämpft.

Sie verabschiedeten sich. »Sie haben wirklich panische Angst vor Infekten«, sagte Agatha, als sie wieder draußen waren.

»Ich hasse Erkältungen.«

»Vermutlich hat es nicht viel Sinn, die Summers zu befragen. Aber vielleicht könnten sie ja doch etwas gesehen haben.«

»Macht es Ihnen etwas aus, wenn ich draußen warte?«

»Aber nein«, sagte Agatha, deren Interesse an Tom minütlich schrumpfte.

Die Summers schienen ein Spiegelbild der Beagles, mit dem Unterschied, dass Fred Summer fitter wirkte. Seine Frau war ebenfalls erkältet und hustete zum Steinerweichen. Agatha hatte das Gefühl, die Luft wimmelte vor Bazillen, und begann, mit Tom zu fühlen.

Freds Geschichte war fast dieselbe wie die von Charles Beagle. Er und seine Frau waren eher in der Hoffnung auf Tee und Kuchen ins Pfarrhaus gegangen, als dass sie sich davon irgendeine Lösung wegen Sunday versprochen hätten. Eine zusätzliche Information hatten sie allerdings. Fred und Charlie hatten früher um die prächtigste Weihnachtsdekoration konkurriert, doch als sie beide älter wurden, hatten sie begonnen, einander zu helfen.

Agatha dankte ihnen und ging. Tom stand draußen, wo ihm eine leichte Brise das Haar zerzauste. Er sah so gut aus, dass Agatha ein Kribbeln im Bauch verspürte. Plötzlich schien es ihr ewig her zu sein, seit sie zuletzt irgendeine Form von Sex gehabt hatte, und sie spürte, wie ihre Hormone verrücktspielten.

Toni und Roy kamen zu ihnen gelaufen, und Toni sah aufgeregt aus. »Tilly Glossop war nicht zu Hause«, sagte sie, »aber ihre Nachbarin, eine Mrs. Crinch, ist rausgekommen und hat mit uns geredet. Sie mag Tilly nicht, und sie sagt, dass Sunday regelmäßig zu Besuch war. Doch an dem Tag vor dem Mord hatte sie einen furchtbaren Streit zwischen Sunday und Tilly gehört. Als Sunday das Cottage verließ, hat er Tilly zugerufen, ›Kapier es endlich, wir sind fertig.‹ Und darauf soll Tilly geantwortet haben, ›Das wird dir noch leidtun.‹«

»Ich denke, wir sollten Mrs. Bloxbys Einladung zum Tee annehmen und dort alles durchgehen, was wir haben«, sagte Agatha. »Wir müssen so viel über Tilly herausbekommen, wie wir können.«

Mrs. Bloxby schlug vor, dass sie ihren Tee im Garten tranken, weil das Wetter gut war und Agatha dann rauchen könnte.

»Sie *rauchen!*«, rief Tom aus. »Wissen Sie denn nicht, was das mit Ihrer Lunge anrichtet? Und was ist mit den anderen Leuten? Haben Sie noch nie von Passivrauchen gehört?«

»Wir sind an der frischen Luft«, entgegnete Agatha beleidigt, während sie Mrs. Bloxby halfen, Stühle zum Gartentisch zu bringen.

Mrs. Bloxby beobachtete Agathas Mienenspiel, als diese Tom ansah: eine seltsame Mischung aus Verärgerung, Enttäuschung und Lust. Komisch, dachte Mrs. Bloxby, ich habe Mrs. Raisin nie für eine *lüsterne* Frau gehalten. Eher für eine

Romantikerin. Erkennt sie nicht, dass sich unter diesem hübschen Äußeren wahrscheinlich ein überempfindlicher Mann verbirgt? Man muss sich doch nur ansehen, wie er den sauberen Stuhl mit seinem Taschentuch putzt!

Toni und Roy kamen hinzu und berichteten, dass sie Tilly Glossop nicht gefunden hätten und alle anderen Dorfbewohner die Frau mieden wie die Pest.

Nachdem Tee und Gebäck serviert waren, fragte Mrs. Bloxby, wie sie vorankämen. Agatha fasste das Wenige zusammen, was sie bisher hatten. »Ich weiß nicht, was mit Bill Wong los ist«, sagte sie schließlich. »Normalerweise meldet er sich. Nach Sundays Tod hatte ich gedacht, er würde mich besuchen. Ich habe ihn angerufen, aber er ist immer beschäftigt.«

»Oh, das hatte ich ganz vergessen, Ihnen zu erzählen!«, rief Mrs. Bloxby. »Er hat mich vor einer Weile angerufen und gesagt, Detective Sergeant Collins beobachtet ihn mit Argusaugen, und Wilkes hat ihn angewiesen, Ihnen ja nicht zu helfen, weil er nicht will, dass sich Außenstehende in die Ermittlungen einmischen.«

»Bedenkt man, wie viele Verbrechen ich schon für die Polizei aufgeklärt habe, finde ich das ganz schön dreist«, erklärte Agatha. »Vielleicht fahre ich später mal zu ihm und sehe nach, ob er zu Hause ist. Haben Sie irgendwelchen Klatsch über Tilly Glossop gehört?«

»Nur dass sie nicht sehr beliebt ist. In Odley Cruesis gibt es bemerkenswert wenige Zugezogene, verglichen mit anderen Dörfern, aber die, die dort neu sind, beklagen sich alle, dass sie sehr unhöflich zu ihnen ist. May Dinwoody und Carrie Brother sind ziemlich beliebt. Miss Brother gilt als exzentrisch. Aber wie kommen Sie darauf, dass der Tod von Mrs. Courtney und der von Mr. Sunday zusammenhängen?«

»Weil es logisch ist«, antwortete Agatha. »Sie hatte Charles gesagt, dass sie sich an etwas erinnerte. Wahrscheinlich hatte sie es auch dem Täter oder der Täterin erzählt, der oder die daraufhin beschloss, sie zum Schweigen zu bringen.«

»Aber die Ermordung von Mrs. Courtney war recht ausgefeilt«, sagte Toni, »während es bei John Sunday eher aussieht, als hätte ihn jemand in einem Wutanfall erstochen.«

Tom lachte. »Wie gut, dass ich ein wasserdichtes Alibi habe, sonst wäre ich der Hauptverdächtige.« Er holte eine Packung feuchte Desinfektionstücher aus der Tasche und begann, sich die Hände zu säubern.

Agatha seufzte leise. Da saß er, der Inbegriff der Männlichkeit mit seinem hübschen Gesicht und seiner muskulösen Statur, und benahm sich wie eine alte Frau.

»Wo wohnen Sie, Mr. Courtney?«, fragte Mrs. Bloxby.

»Im The George in Mircester.«

»Haben Sie vor, länger zu bleiben?«

»Nur bis die rechtlichen Angelegenheiten geregelt sind. Es ist schon fast alles erledigt. In ein oder zwei Wochen sollte ich zurück in die Staaten können.«

»Wie ich gehört habe, haben Sie eine Schwester«, sagte Mrs. Bloxby.

»Ja, Amy. Sie überlässt mir alles Geschäftliche. Wir beerben Mutter zu gleichen Teilen.«

»Ihr Tod muss ein furchtbarer Schock für Sie beide gewesen sein.«

»Nun, Ma'am, das war er und auch wieder nicht. Mutter

hatte die unangenehme Angewohnheit, Leute gegen sich aufzubringen.«

»Aber sie wird doch kaum eine Frau gewesen sein, die jemanden zu einem Mord treibt!«

»Um ehrlich zu sein, habe ich mir auch schon das Gehirn zermartert, doch mir fällt da niemand ein«, sagte Tom bedauernd.

Agatha wunderte, dass Roy, der normalerweise sehr redselig war, stumm blieb. Sie blickte hinüber zu ihm und sah, dass er eingeschlafen war. Die Frühlingssonne schien auf sein schmales Gesicht. Zum ersten Mal fragte Agatha sich, warum er zu Besuch gekommen war, ohne vorher anzurufen. Das war erst ein einziges Mal vorgekommen, und da hatte er in Schwierigkeiten gesteckt.

»Roy!«, sagte sie scharf.

»Äh, was?«

»Ich fahre nach Mircester und versuche, mit Bill zu reden. Kommst du mit?«

Roy streckte sich und rieb sich die Augen. »Ja, klar.«

»Wollen wir uns vielleicht alle zum Abendessen in meinem Hotel treffen? Sagen wir um acht?«, fragte Tom.

»Ich kann nicht«, antwortete Toni. »Ich habe Sharon versprochen, dass ich mit ihr in die Disco gehe.«

»Und ich habe leider Gemeindepflichten«, sagte Mrs. Bloxby.

»Wir kommen gern«, antwortete Agatha und hoffte, Roy zum Bleiben überreden zu können. Tom war ein bisschen anstrengend, sonst nichts.

»Raus damit, Roy«, sagte Agatha auf der Fahrt nach Mircester.

»Womit?«

»Ich merke doch, dass dich etwas belastet.«

»Ach, das«, sagte Roy matt. »Ich schätze, es ist nichts weiter. Ich habe einfach nur das Interesse an meinem Job verloren.«

»Für was machst du gerade PR?«

»Einwegschlüpfer.«

»Ich dachte, die Dinger gibt es schon seit den Sechzigern nicht mehr.«

»Sie sind wieder da, und ich muss sie in die Medien bringen.«

»Na und? Dann machst du es wie immer. Du weißt doch, wie es geht, Roy. Denk an all die lausigen Aufträge, mit denen ich fertigwerden musste.«

»Ich kann nicht gut mit Ausländern.«

»Was für Ausländer?«

»Bulgaren. Die Mädchen sind hübsch, die sie als Models ausgesucht haben. Aber die Leute in der Firmenleitung behandeln mich wie Dreck. Um ehrlich zu sein, ist es ziemlich bedrohlich. Ich habe den Eindruck, wenn ich ihnen nicht die maximale Medienaufmerksamkeit verschaffe, fliege ich von der Westminster Bridge.«

»Mich erstaunt, dass dein Chef sie als Kunden angenommen hat.«

»Sie haben einen englischen Mittelsmann ins Büro geschickt, um alles auszuhandeln. Einen sehr korrekten Oberklassetypen. Ich will da raus.«

Agatha überlegte stirnrunzelnd. »Ich hab's«, sagte sie dann. »Wir halten heute irgendwann an, besorgen billiges Briefpapier, ziehen uns Handschuhe an und schicken einen netten anonymen Brief an die Sitte, in dem wir behaupten, dass das Ganze eine Tarnung für Zwangsprostitution ist und die Mädchen Sexsklavinnen sind.«

»Aggie!«

»Na, denk doch mal nach. Die Polizei wird sich verpflichtet fühlen, dem nachzugehen. Du erzählst deinem Chef, dass der Firmenruf auf dem Spiel steht, und schon bist du vom Haken.«

»Aber die Spurensicherung!«, jammerte Roy »Was, wenn wir auch nur auf das Papier *atmen?*«

»Du guckst zu viel CSI. Habe ich dich jemals enttäuscht?«

»Na ja …«

»Überlass die Sache mir.«

Sie hatten Glück, denn Bill Wongs sehr spezielle Eltern waren gerade einkaufen. Bills Mutter war eine Frau aus Gloucestershire, und sein Vater kam ursprünglich aus Hongkong. Agatha fand die beiden furchtbar, aber Bill betete seine Eltern an.

»Du gehst mir aus dem Weg«, warf Agatha Bill vor, als er ihnen öffnete.

»Es liegt an Collins. Wilkes will, dass ich nichts mit dir zu tun habe, und sie beobachtet mich die ganze Zeit.«

»Tja, jetzt ist sie nicht da«, sagte Agatha munter. »Lass uns rein. Wir müssen reden.«

Bill führte sie ins Wohnzimmer. Dort stand eine neue in Plastik gehüllte Dreisitzgarnitur. »Sie sollten dieses Plastikzeug lieber abnehmen, bevor es wärmer wird«, bemerkte Agatha, »sonst klebt es wie Hölle.«

»Oh, so bleibt alles noch ein bisschen sauber«, entgegnete Bill. »Was ist los?«

»Miriam Courtneys Sohn ist angekommen. Er will, dass ich herausfinde, wer seine Mutter umgebracht hat.«

»Warum jetzt?«, fragte Bill in seinem weichen Gloucestershire-Akzent. Er hatte ein angenehmes rundes Gesicht und große dunkle Augen. »Ich meine, er hat es nicht mal für nötig gehalten, zur Beerdigung zu kommen. Genau wie seine Schwester.«

»Anscheinend hatte sich Miriam so wenig wie möglich mit den beiden befasst, und sie haben sie nicht gemocht. Er ist hier, um den Verkauf des Grundstücks zu regeln. Deshalb ist er plötzlich aufgetaucht.«

»Man sollte meinen, dass er zuerst zur Polizei geht, bevor er eine Privatdetektivin engagiert.«

»Ich bin sehr gut in meinem Job«, sagte Agatha.

»Trotzdem wenden sich Leute unter solchen Umständen erst an eine Detektei, wenn sie alle anderen Möglichkeiten ausgeschöpft haben. Vorher fragen sie bei der Polizei nach.«

»*Habt* ihr denn irgendwas?«, fragte Agatha.

»Nein, und wir haben es wirklich versucht. Die Dorfbewohner sind eine eingeschworene Gemeinschaft. Nimm den Fall John Sunday. Er war überall so unbeliebt, dass zig Leute seinen Tod gewollt haben könnten.«

»Ganz besonders Tilly Glossop.« Agatha erzählte ihm, was Toni erfahren hatte.

»Wir haben sie mehrmals befragt«, sagte Bill. »Jemandem zu sagen, ›Das wird dir noch leidtun‹, ist wohl kaum ein Haftgrund.«

»Und Tom Courtney war definitiv auf den Cayman-Inseln?«

»Ja.«

»Und seine Schwester?«

»In Philadelphia. Sie ist mit einem Dr. Bairns verheiratet.«

»Und der Arzt bestätigt ihr Alibi?«

»Nein, er war auf einer Fachkonferenz in Seattle. Aber sie hatte eine Freundin besucht, Harriet Temple. Glauben Sie mir, es ist alles überprüft. Und Miriam hat Charles gesagt, sie hätte eine Spur. Bevor sie an dem Abend ihrer Ermordung ins Bett gegangen ist, hat sie noch die Vikarsfrau angerufen und ihr gesagt, sie wüsste, wer es gewesen ist.«

»Das habe ich nicht gewusst«, sagte Agatha begeistert. »Damit könnten es Penelope oder ihr Mann gewesen sein.«

»Daran haben wir natürlich auch gedacht. Aber Mrs. Timsons Hilfe war krank, und Mrs. Timson rief bei ihr an, um sich zu erkundigen, wie es ihr ging; dabei hat sie ihr erzählt, was Miriam gesagt hat. Die Hilfe, Mrs. Radley, hat dann sofort eine Menge Leute im Dorf abtelefoniert. Wir haben sie alle befragt. Aber diejenigen, die sie angerufen hatte, haben ihrerseits wieder andere informiert. Jeder muss es gewusst haben.«

»Es ist ein Rätsel«, seufzte Agatha. »Die beiden Morde scheinen so unterschiedlich. Der an John Sunday wirkt beinahe wie eine Tat im Affekt, der an Miriam hingegen eiskalt geplant.«

»Das ist ein Schuss ins Blaue«, sagte Bill, »und es passt nicht. Sie erzählt Charles, dass sie eine Spur hat, und im nächsten Moment ist sie tot. Sherry?«

»Ja, gerne«, antwortete Roy, der sich fragte, ob er Bill von Agathas verrückter Idee erzählen sollte, wie er die Bulgaren loswurde.

Bill ging in die Küche und kehrte mit einem kleinen Silbertablett zurück, auf dem drei winzige Sherrygläser standen. Roy war enttäuscht. Natürlich würde Agatha nicht wollen, dass er Bill von ihren Plänen mit den Bulgaren erzählte, und er hatte gehofft, ein anständiger Drink könnte ihm die notwendige Courage verschaffen.

»Ich finde, Tom Courtney sieht verdächtig aus«, sagte Roy. »Ich meine, das Motiv ist doch meistens Geld, oder nicht?«

»Daran dachten wir auch als Erstes, aber, wie schon gesagt, sein Alibi hält. Und für die Schwester bürgt eine Freundin.«

»Es ist ein Jammer, dass es nicht der Sohn oder die Tochter gewesen sein können«, sagte Agatha nachdenklich. »Ich meine, wie praktisch, dass es bereits einen Mord im Dorf gegeben hatte. Die Polizei musste ja glauben, dass beide Taten miteinander zusammenhingen.«

»Das tun wir noch«, sagte Bill. »Aber du hast recht. Der Mord an Miriam wirkt sorgfältig geplant. Jemand ist am Herrenhaus vorbeigekommen und hat die Lichter ausgehen und dann den flackernden Schein einer Kerze gesehen, als wäre Miriam unten am Sicherungskasten. Das Feuer brach aus, weil sie niedergeschlagen wurde und die Kerze, die sie wahrscheinlich gehalten hatte, in einer Pfanne mit Fett landete.«

»Das können die alles feststellen? Das Haus war doch ein loderndes Inferno. Ich hätte nicht gedacht, dass noch irgendwelche Spuren zu finden waren.«

»Wir haben die Brandquelle zum Herd zurückverfolgt und die Pfanne untersucht, in der sich Hinweise auf Kerzenwachs fanden. Der Sicherungskasten ist so gut wie heil geblieben, weil er durch eine schwere Metallabdeckung geschützt war. Der Strom war eindeutig abgeschaltet worden.«

»Wer ist da so spät am Abend noch vorbeigekommen?«

»Carrie Brother.«

»Und warum war sie um die Zeit noch unterwegs?«

»Sie hat ausgesagt, ihr kleiner Hund hätte Pipi gemusst, ihre Worte.«

»Ich glaube, die ist plemplem«, sagte Agatha.

Bill schüttelte den Kopf. »Ein bisschen exzentrisch, sonst nichts. Hat es Zweck, dir noch einmal zu sagen, dass du dich aus dem Fall raushalten sollst, Agatha?«

»Nein, gar keinen. Ich bin von Tom Courtney engagiert worden und brauche das Geld.«

»Weißt du irgendetwas über Bulgaren in London?«, fragte Roy.

»Nein, tut er nicht«, sagte Agatha. »Und wir müssen uns beeilen. Komm jetzt, Roy.«

Unter dem bohrenden Blick aus Agathas Bärenaugen gab Roy nach. »Was für Bulgaren?«, fragte Bill, als Agatha ihren Freund bereits aus dem Haus schob.

»Egal«, rief sie über die Schulter zurück.

In Carsely wanderte Roy beunruhigt im Cottage umher, während Agatha einen anonymen Brief an die Polizei verfasste. Schließlich steckte sie das Blatt in einen Umschlag. »Den schicke ich lieber nicht von hier ab«, murmelte sie. »Wenn sie den Stempel von Carsely sehen, spüren sie mich auf. Roy!«

»Ja, was?«, fragte er nervös.

»Du musst den Brief in London abschicken. Ich packe ihn in einen größeren Umschlag, damit du keine Fingerabdrücke hinterlässt. Lass ihn einfach da raus in den Briefkasten rutschen.« Sie zog sich ihre Handschuhe aus und bemerkte Roys erleichterten Gesichtsausdruck. »Und komm ja nicht auf die Idee, ihn zu zerreißen oder wegzuwerfen, wenn du in London bist. Wenn ich in den Nachrichten nichts von einer Razzia sehe, weiß ich, dass du gekniffen hast. Es ist für dich! Und jetzt würde ich heute Abend gerne mit Tom allein zu Abend essen. Ich glaube, er findet mich gut, und vielleicht kann ich mehr durch ihn erfahren. Er könnte sich an etwas erinnern, was er mir bisher nicht über seine Mutter erzählt hat.«

»Er findet dich kein bisschen gut«, erwiderte Roy verärgert. »Ich bin dein Freund. Du solltest dich um mich kümmern.«

»Roy, das ist meine Arbeit. Wir stecken mitten in einer Rezession, und ich brauche diesen Auftrag.«

»Ach, meinetwegen«, sagte Roy. »Vielleicht gehe ich in den Pub.«

Nachdem Agatha in einer Wolke französischen Parfüms weggefahren war, beschloss der rastlose Roy, sich auf den Weg nach Odley Cruesis zu machen. Er bildete sich ein, auch ein guter Detektiv zu sein. Und sollte er etwas Wichtiges herausfinden, würde Agatha ihm einen Job anbieten und er könnte die PR-Branche hinter sich lassen.

Er fuhr über die grünen Landstraßen, hatte das Seitenfenster geöffnet und atmete die ländliche Abendluft ein. Ihm fiel Licht im Gemeindesaal auf, einem Kastenbau neben der alten normannischen Kirche. Roy parkte den Wagen und ging hinein. Dort lief ein Bingoabend. Die Dorfbewohner waren über ihre Karten gebeugt, während Penelope Timson mit hoher, gepresster Stimme die Zahlen vorlas.

Roy setzte sich hinten in den Saal. Als Penelope schließlich eine Pause ausrief, standen alle auf und eilten zu einem Tisch an der Seite, auf dem ein großer Teespender und Platten mit aufgetürmten Sandwiches und Kuchenstücken standen. Und Roy hatte eine geniale Idee. Er liebte die Krimiserie *Poirot* nach Romanen von Agatha Christie. Ganz besonders mochte er die Episode, in der der großartige Detektiv in der letzten Szene einen nach dem anderen des Mordes bezichtigte, bevor er schließlich den wahren Täter enthüllte. Also lief Roy zum Mikrofon und rief: »Alle bitte mal herhören!«

Leute drehten sich zu ihm um. »Ich bin Roy Silver«, verkündete er, »und ich ermittle zu diesen Morden. Ich weiß, wer es getan hat und werde draußen warten. Die schuldige Person braucht nichts weiter zu tun, als zu mir zu kommen und zu gestehen. Ich werde mit der Polizei reden, um eine Strafmilderung zu erwirken. Danke.«

Roy verließ den Saal, in dem verdutztes Schweigen herrschte. Zufrieden mit sich wartete er draußen. Natürlich rechnete er nicht damit, dass der Mörder zu ihm kam. Sehr wohl aber erwartete er eine Schar von Dorfbewohnern, die mit ihm über die Morde reden wollten.

Nach einer halben Stunde konnte er Penelopes Stimme aus dem Saal hören, die wieder Bingozahlen rief.

Langsam kam er sich albern vor, war jedoch entschlossen, weiter zu warten. Im Dunkeln stand er neben seinem Wagen. Das Dorf war »grün« geworden und verzichtete auf nächtliche Straßenbeleuchtung, sodass die Silhouetten der alten Cottages finster und unheimlich wirkten.

Brav harrte Roy aus, bis das Bingo vorbei war. Schließlich kamen alle heraus. Niemand sprach. Sie unterhielten sich nicht einmal untereinander, sondern strömten stumm in unterschiedliche Richtungen davon und taten, als gäbe es Roy gar nicht.

Als die Letzten gegangen waren, sah er, wie Penelope den Gemeindesaal abschloss, und ging zu ihr. »Mrs. Timson!« Erschrocken drehte sie sich zu ihm um und bedachte ihn sogleich mit einem strengen Blick.

»Das war ein dummer Scherz.«

»Es war kein Scherz!«, widersprach Roy schrill.

»Ach, verschwinden Sie einfach, junger Mann«, sagte Penelope erschöpft.

Roy schlurfte zu seinem Wagen zurück. Ein kleiner Mond stand hoch am Himmel und warf Schatten auf die Straße vor ihm. Der Wind hatte aufgefrischt, und das Rascheln des Laubs in den Bäumen klang wie ein drohendes Wispern. Roy schüttelte sich. Das Landleben war definitiv nichts für ihn.

Im nächsten Moment traf ihn ein brutaler Schlag auf den Hinterkopf, und er stürzte nach vorn. Im Fallen glitt ihm sein neonfarbenes Mobiltelefon aus der Jackentasche und landete vor ihm, während Roy schwarz vor Augen wurde. Mit letzter Kraft drückte er die Taste drei, unter der er Agathas Nummer gespeichert hatte. »Hilfe«, krächzte er matt. »Mord.« Und dann verlor er das Bewusstsein.

Tilly Glossop rief Mrs. Timson an. »Dieser seltsame junge Mann liegt neben seinem Auto auf der Straße. Meinen Sie, es ist was mit ihm?«

»Sicher ist er betrunken«, antwortete die Vikarsfrau ungerührt. »Soll er da seinen Rausch ausschlafen.«

Agatha glühte vor Alkohol und Lust. Tom hatte ihr so viele Komplimente gemacht, dass sie sich wieder jung und attraktiv fühlte.

Beim Kaffee sagte er: »Ich habe einen sehr guten Brandy auf meinem Zimmer. Wie wäre es, wenn wir dorthin gehen?«

Das ist es, dachte Agatha. Jetzt oder nie. Nur einmal, dieses eine Mal, bevor ich richtig alt bin. Im Geiste hakte sie eine Checkliste ab. Beine rasiert, Achseln ebenso. Hätte sie sich die Bikinizone wachsen lassen sollen? Zu spät.

Als sie sein Hotelzimmer betraten, wünschte sie sich, er würde sie in die Arme nehmen und küssen. Stattdessen schenkte er ihr einen Brandy ein, dann sich selbst und setzte sich neben sie auf das rutschige Sofa in dem kleinen Wohnzimmer seiner Suite. Er lächelte. »Auf uns und die bevorstehende Nacht.« Sie stießen an.

»Als Erstes würde ich gern einige Dinge abklären«, sagte er. »Hast du schon mal eine Geschlechtskrankheit gehabt?«

Agatha betrachtete ihn mit versteinerter Miene. »Sonst noch etwas, oder wie lang ist deine Liste?«

Er grinste verlegen. »Ich weiß nicht, warum, aber ich mochte noch nie Schambehaarung bei einer Frau.«

»Das mögen Pädophile auch nicht. Hör zu, Tom, dies hier ist ein furchtbarer Fehler. Wenn du solche Bedingungen stellen willst, schlage ich vor, du gehst irgendwohin, wo du dafür bezahlst. Also, falls es dir nichts ausmacht …«

Ihr Mobiltelefon klingelte. Später sollte sie dem Himmel für Toms bizarres Verhalten danken, denn andernfalls hätte sie das Gespräch vielleicht nie angenommen. Jetzt indes lauschte sie erschrocken Roys Nachricht.

»Es ist Roy! Er ist verletzt.«

Sie rief die Polizei und einen Krankenwagen, bevor sie

aufstand und zur Tür eilte. »Du hast getrunken. Du darfst nicht fahren!«, rief Tom.

»Ach, halt den Mund, du Weichei«, fauchte Agatha und lief aus dem Zimmer.

Als Agatha nach Odley Cruesis kam, war die Polizei bereits dort und Roy wurde auf einer Trage in einen Krankenwagen geschoben. Sie sah Bill Wong und rannte zu ihm. »Ist Roy am Leben?«

»Gerade noch so. Er hat einen üblen Schlag kassiert.«

»Ich fahre mit ihm im Krankenwagen.«

»Agatha, du hast getrunken.«

»Na und? Ich fahre den Krankenwagen ja nicht.«

Unglücklich wartete Agatha im Krankenhaus, wo sich bald Toni und Sharon zu ihr gesellten. Bill hatte Toni angerufen. »Irgendeine Idee, wer das gewesen ist?«, fragte Agatha.

Toni schüttelte den Kopf. »Aber anscheinend hat Roy beim Bingoabend im Gemeindesaal behauptet, er wüsste, wer der Mörder ist, und dieser solle zu ihm nach draußen kommen und gestehen.«

»Ich hätte ihm nicht zu Weihnachten diese DVD-Box *Poirot* schenken dürfen«, jammerte Agatha. »Was ist nur in ihn gefahren? Und von welchen Morden hat er geredet? Es muss der erste gewesen sein, denn er wusste, dass ich mit Tom essen war.«

»Da kommt Bill«, sagte Sharon.

»Es sieht schlimm aus«, berichtete Bill ihnen. »Er hat eine Gehirnblutung. Sie operieren ihn jetzt. Fahrt am besten nach Hause. Hier könnt ihr nichts mehr tun.«

»Wird er überleben?«

»Wissen sie nicht. Aber für solch einen schwächlich wirkenden Mann scheint er einen eisernen Schädel zu haben, und das rettet ihn vielleicht.«

»Hat irgendjemand etwas gesehen?«

Bill berichtete ihr von dem Anruf bei der Vikarsfrau.

»Aber das ist lächerlich!«, rief Agatha aus. »Roy erzählt denen, dass er weiß, wer der Mörder ist, dann liegt er auf der Straße, und keiner kommt auf den Gedanken, nach ihm zu sehen?«

»Laut den Aussagen haben alle geglaubt, dass er betrunken war und seinen Rausch ausschlief.«

»Und wisst ihr, womit er geschlagen wurde?«

»Mit einem stumpfen Gegenstand. Vielleicht einem Hammer. Eigentlich mag ich Sergeant Collins nicht, aber sie hat diese Dörfler in der Luft zerrissen, an ihre Türen gehämmert, sie aufgeweckt und angebrüllt – es hätte dir das Herz gewärmt, Agatha. Und jetzt fahr nach Hause.«

»Kann ich mich nicht zu ihm ans Bett setzen?«, flehte Agatha. »Und, du weißt schon, mit ihm reden?«

»Agatha, wir sind hier nicht in einer Soap. Er ist nicht im Koma, sondern liegt betäubt auf einem OP-Tisch und bekommt Löcher in den Kopf gebohrt. Vielleicht darfst du morgen früh zu ihm. Fahr nach Hause und schlaf etwas.«

Agatha stieg gerade erschöpft ins Bett, als die Tür aufging und Charles hereinkam.

»Roy wurde auf den Kopf geschlagen«, sagte Agatha. »Womöglich überlebt er das nicht.«

Sie brach in Tränen aus. Charles setzte sich auf die Bettkante und hielt sie in den Armen, bis sie sich ausgeweint hatte. »Na, erzähl mal.«

Und das tat Agatha. Als sie fertig war, sagte Charles: »Ich habe schon an Tom Courtney gedacht.«

»Warum er?«, fragte Agatha. »Jedenfalls war er mit mir essen, als jemand versucht hat, Roy umzubringen. Und wieso sollte er John Sunday töten wollen?«

»Ach, ich dachte nur, dass er vielleicht schon geplant hatte, seine Mum umzubringen und das Haus abzufackeln und Rammschädel-John aus dem Weg räumen wollte, bevor der irgendwelche Einwände gegen ein teures Bauprojekt vorbringen konnte. Also war er mit dir zum Essen aus, und du kommst im Morgengrauen nach Hause und riechst immer noch wie eine Puffmutter. Bist du verführt worden?«

»Der Anruf von Roy hat es verhindert, zum Glück. Kannst du dir vorstellen, dass er gefragt hat, ob ich rasiert bin?«

Charles strich mit einer Hand über Agathas Gesicht. »So glatt wie ein Babypopo. Oh, du meinst das andere Ende. Was für ein Witz! Und was für ein Aufreißspruch!«

»Lass mich jetzt allein, Charles. Ich habe den Wecker gestellt und muss gleich morgen früh wieder ins Krankenhaus. Und dann sind da noch Sharons Augen.«

»Was ist mit denen?«

Doch ein leises Schnarchen war alles, was er als Antwort erhielt.

Drei Stunden später war Agatha wieder auf dem Weg zum Mircester Hospital. Charles fuhr. »Ich nehme an, du willst nicht mehr für Tom arbeiten«, bemerkte er. »Schau dir diese dummen Ringeltauben an. Alle hocken sie auf der Straße.«

»Eigentlich nicht«, antwortete Agatha. »Aber er könnte irgendwas mit diesen Morden zu tun haben oder jemanden kennen, der es hat. Ich vergesse den gestrigen Abend einfach und mache weiter wie üblich.«

»Was ist mit Sharons Augen? Von denen hast du letzte Nacht beim Einschlafen etwas gemurmelt.«

»Ach, das. Vielleicht war es, weil wir letzte Nacht alle so erschüttert waren, aber ihre Pupillen waren winzig klein. Ich frage Toni, wie es ihr geht.«

»Denkst du manchmal an unsere nette Reise nach Südfrankreich?«

Agatha blickte kurz zu ihm, doch Charles' Miene war vollkommen ruhig und neutral.

Sie rang sich ein kleines Lachen ab. »Hin und wieder. Damals war ich so froh, meinem furchtbaren Verlobten zu entkommen.« Agatha war kurzzeitig mit einem Mann aus dem Dorf verlobt gewesen, der mit ihr in die Normandie gereist war. Dort entpuppte er sich als so furchtbar, dass Agatha Charles angerufen hatte, der kam und sie rettete. Danach waren sie beide zu einem kurzen Urlaub nach Südfrankreich gereist.

»Und mehr war das nicht?«

»Wie du selbst es ausgedrückt hast, mein Lieber«, antwortete Agatha matt. »›Nun, das hat Spaß gemacht‹, hast du gesagt, ›aber zu Hause gibt es Probleme, und ich muss los.‹ Egal, sehen wir mal, wie es Roy geht.«

Roy sah wie ein verlassenes Küken aus. Sein Kopf war auf einer Seite kahlrasiert. Die Oberschwester kam ins Zimmer. »Nur Angehörige.«

»Tante und Onkel«, erwiderte Agatha. »Wie geht es dir?«, fragte sie Roy.

»Sie sind sehr zufrieden mit mir«, antwortete Roy. »Ich

soll mich eine Woche lang ausruhen und nicht fliegen. Und ich habe zwei Löcher im Kopf, sieh mal! Ich komme mir vor wie eine Bowlingkugel.«

»Was war denn in dich gefahren, so etwas Gefährliches zu machen?«, fragte Agatha.

»Ich dachte, dass ich auf diese Weise jemanden aufscheuchen kann, genau wie du immer. Übrigens habe ich Pedman angerufen, und sie haben Mary die Bulgaren gegeben.« Mary arbeitete in derselben PR-Agentur und versuchte ständig, Roy die Klienten auszuspannen. »Sobald ich hier rauskomme, reiche ich meine Kündigung ein.«

»Und was dann?«, fragte Charles.

»Weiß ich nicht. Vielleicht suche ich mir einen Job auf dem Land. Ich könnte für dich arbeiten, Agatha.«

»Die meisten meiner Fälle löse ich hier auf dem Land und in Dörfern, Roy. Und du bist ein Stadtmensch.«

Plötzlich fiel Roy wieder ein, wie unheimlich dunkel und still es in Odley Cruesis gewesen war, wo nicht mal ein knallroter Londoner Bus die beängstigende Ruhe durchbrach.

»Mir fällt schon noch was ein«, sagte er zuversichtlich.

Bill Wong und Inspector Wilkes kamen herein, um Roy zu befragen, und Agatha und Charles wurden ins Wartezimmer verbannt. »Ich fahre mal«, sagte Charles. »Bis dann.«

Agatha blätterte in einer Zeitschrift. Da waren Fotos von fröhlichen Leuten bei irgendwelchen Eröffnungen oder Jagd-Dinners. Wie glücklich die alle aussehen, dachte sie. Wie sehr die Kamera doch lügt. Nirgends waren die lautstarken Streitereien auf der Heimfahrt, die unmittelbar bevorstehenden Scheidungen, die drohenden Pleiten oder die gesellschaftlichen Ächtungen zu finden, weil Lady Irgendwer die Frau des Automechanikers vor den Kopf gestoßen hatte. Die Zeitschrift glitt von ihrem Schoß, und Agatha schlief ein.

Charles kam am späten Nachmittag wieder und weckte sie. »Du schläfst seit Stunden«, sagte er. »Toni und Sharon sind hier gewesen, genauso wie Phil und Patrick. Pedman hat einen Präsentkorb von Fortnum und Mason geschickt, an dem sich nun alle zu bedienen scheinen, mit Ausnahme von Roy. Sein echter Onkel und die echte Tante sind aufgetaucht. Sie holen ihn morgen zu sich nach Hause und kümmern sich um ihn. Komisch, ich hätte nicht gedacht, dass Roy überhaupt Angehörige hat.«

Sie gingen zu Roys Zimmer, wurden jedoch von einer Schwester informiert, dass er schlief und sie ihn lieber nicht störten.

Agatha blickte auf ihre Uhr. »Ich fahre ins Büro und höre mal, ob sie dort weitergekommen sind.«

»Dann bis morgen«, sagte Charles.

Sie beobachtete, wie er in seiner maßgeschneiderten, makellosen Kleidung den Korridor hinunter verschwand. Hatte ihm die kurze Affäre in Südfrankreich irgendetwas bedeutet? Vor heute hatte er sie mit keinem Wort erwähnt. Agatha holte ihren kleinen Taschenspiegel hervor und stieß einen spitzen Schrei aus, als sie ihr Gesicht sah. Ihre Wimperntusche hatte sich in kleine schwarze Flecken unter ihren Augen verwandelt, wie es die angeblich wasserfeste Version so gern tat. Da es ein Vergrößerungsspiegel war, hatte Agatha den Eindruck, ihre Poren ließen ihr Gesicht wie eine Mondlandschaft aussehen.

Bis sie sich gewaschen und frisch geschminkt hatte und zum Büro gefahren war, wollte Mrs. Freedman bereits für den Tag schließen. Sharon bürstete sich ihr langes blondes, violett gesträhntes Haar.

Agatha erzählte ihnen das Neueste von Roy. »Die anderen sind noch drüben in diesem schrecklichen Dorf und versuchen, etwas herauszufinden«, sagte Mrs. Freedman. »Möchten Sie, dass ich bleibe?«

»Nein, Sie können gehen. Sharon, Sie würde ich gern kurz sprechen.«

Sharon warf ihre Haarbürste hin und zog sich an ihren Schreibtisch zurück. »Was ist jetzt wieder?«

Agatha wartete, bis Mrs. Freedman die Bürotür hinter sich geschlossen hatte, ehe sie fragte: »Was für Drogen nehmen Sie?«

»Gar keine.«

»Lügen Sie mich nicht an. Was ist es? Kokain, Crystal Meth, Heroin – was?«

»Nichts. Ich muss los.«

»Ihre Pupillen sind winzig. Sie nehmen doch was. Und dann können Sie nicht für mich arbeiten.«

»Und was ist mit Ihnen, Sie versoffene alte Schachtel mit Ihren Kippen und dem Gin?«, erwiderte Sharon. »Stecken Sie sich Ihren Job sonst wohin.«

Sharon stürmte aus dem Büro und hinterließ nichts als eine Duftwolke von Schweiß und billigem Parfüm.

Was interessiert mich das, dachte Agatha. Ich bin nicht ihre Mutter.

Als sie in ihrem Cottage ankam, stand ein riesiger Strauß pinkfarbener Rosen auf dem Küchentisch, und daneben lag ein Zettel von Doris. *Die sind heute gekommen. Hast du einen Verehrer?*

Agatha las die Karte, die in den Rosen steckte. *Sei nicht böse auf mich. Liebe Grüße, Tom.*

Freak, dachte Agatha verbittert. Sie trug die Rosen zum Pfarrhaus. »Die sehen vielleicht hübsch in der Kirche aus«, sagte Agatha und reichte die Blumen Mrs. Bloxby.

»Wie nett von Ihnen!«

»Ich fürchte, Nettigkeit ist hier nicht im Spiel. Ich will sie nur loswerden.«

»Kommen Sie trotzdem auf einen Kaffee herein. Wie geht es Roy? Ich habe alles aus den Nachrichten erfahren.«

»Er erholt sich ganz gut.«

Agatha sank müde in die weichen Polster des alten Sofas. »Die Blumen sind von Tom Courtney. Er hat mich gestern Abend zum Essen ausgeführt. Dann fragte er mich, ob ich irgendwelche Geschlechtskrankheiten hatte und ob ich vollständig rasiert bin.«

»*Rasiert?* Oh, verstehe.« Die Vikarsfrau wurde ein wenig rot. »Ich werde nie verstehen, wo heutzutage die Romantik geblieben ist. Es kommen oft Paare hierher, die Ratschläge für die Ehe haben wollen. Natürlich machen sie es hauptsächlich, weil die Frau eine kirchliche Trauung möchte, und für gewöhnlich waren sie seit ihrer Taufe nie wieder in der Nähe einer Kirche. Einmal hat ein junger Mann vor Alf gesagt, ›Wir reisen nach Antigua in die Flitterwochen, also sollte meine Verlobte in ein Sonnenstudio gehen und sich rundum bräunen lassen. Ich will ja nicht, dass sie am Strand wie ein Haifischbauch aussieht.‹ Anscheinend dürfen Männer dieser Tage alle möglichen *Forderungen* stellen, wofür sie früher ins Bordell gehen mussten.«

»Ja, es geht doch nichts über die alten Zeiten«, sagte Agatha kichernd.

»Tja, die Romantik ist jedenfalls dahin. Und möchte man sie heraufbeschwören, wird man nur enttäuscht. Gewiss wollen Sie jetzt nicht mehr für Tom arbeiten, oder?«

»Doch. Das Geld ist knapp, und er bezahlt gut. Es ist schon komisch. Mein Gefühl sagt mir, dass Tom Courtney fähig wäre, seine eigene Mutter umzubringen, aber er hat ein wasserdichtes Alibi. Ich frage mich auch, was mit seiner Schwester ist. Ich meine, sie könnte ihre Freundin überredet haben zu schwören, dass sie zur Tatzeit bei ihr war. Oh, das hatte ich vergessen. Es gibt keinen Beweis dafür, dass sie in England eingereist war.«

»Und es geht um so viel Geld«, sagte Mrs. Bloxby.

»Sie könnten jemanden bezahlt haben«, überlegte Agatha laut. »Ich hätte nicht übel Lust, nach Philadelphia zu fliegen und mich dort mal umzuschauen. Ah, ich hab's! Ich besuche Roy noch einmal und lasse ihn das Gerücht streuen, dass ich ihn in ein Wellnessresort bringe und erst in einigen Tagen zurück bin.«

Roy saß im Bett und aß Weintrauben aus einem riesigen Obstkorb auf seinem Nachttisch. »Rate mal, wer mich eben besucht hat, Aggie.«

»Die Obstfee?«

»Mr. Pedman höchstpersönlich! Er hat mir all die schönen Früchte gebracht. Erinnerst du dich an meine Idee, einen anonymen Brief an die Polizei zu schicken und zu sagen, die Bulgaren würden Menschenhandel betreiben?«

»Tatsächlich war das meine Idee.«

»Wie auch immer, es hat sich herausgestellt, dass es stimmt. Drogen- und Mädchenhandel. Diese Kuh Mary hat ein Loblied auf die Bulgaren geträllert und gesagt, ich würde bloß nicht für die vulgären Typen arbeiten wollen, weil bei mir die Luft raus ist. Jetzt ist sie *nicht* mehr Mitarbeiterin des Monats. Und ich bekomme eine Gehaltserhöhung!«

»Okay, und im Gegenzug für meine Hilfe – *meine* Hilfe, vergiss das nicht – möchte ich, dass du nun etwas für mich tust. Erzähl allen, die herkommen, einschließlich Bill – ganz besonders ihm –, dass ich einige Tage in ein Wellnesshotel gefahren bin. Und, nein, du weißt nicht, in welches.«

»Willst du mein Foto in der Lokalzeitung sehen?«

»Nein, du Narziss. Ich bin weg.«

Fünf

Agathas Stimmung war auf einem Tiefpunkt, als angesagt wurde, dass sich das Flugzeug im Landeanflug auf Philadelphia befand. Sie hatte begonnen, ihre Beweggründe für diese teure Reise infrage zu stellen. Was wusste sie dieser Tage denn noch über Männer? Vielleicht liefen die alle herum und stellten intime Fragen, bevor sie auch nur die Schlafzimmertür öffneten. Dennoch sagte ihr ihr Bauchgefühl, dass Tom Courtney wirklich seltsam war.

Die Alibis waren von der Polizei auf beiden Seiten des Atlantiks überprüft worden, was wollte sie hier also herausfinden?

Sobald sie durch die Einreisekontrolle war, öffnete sie Google Maps auf ihrem Mobiltelefon und bat einen Taxifahrer, sie zum Sellivex Drive zu fahren, dem Zuhause von Dr. und Mrs. Bairns.

Was, wenn sie nicht daheim sind, überlegte Agatha, als das Taxi in eine Auffahrt bog. Sie fragte den Taxifahrer, ob er warten könnte. »Klar doch, Lady, aber erst bezahlen Sie die Fahrt bis hier.«

Agatha tat es und gab ihm ein großzügiges Trinkgeld.

Das Haus war im Pseudo-Kolonialstil gehalten, aus rotem Backstein und mit weißen Säulen am Eingang. Eine gepflegte Rasenfläche trennte es von den identischen Nachbarhäusern zu beiden Seiten. Nirgends waren spielende Kinder zu sehen.

Agatha ging den rotgepflasterten Weg rechts vom Gebäude über den Rasen hinauf und an einer Garage vorbei, die den Anschein machen sollte, ein Stall zu sein, mitsamt einem Messingpferd auf dem Dach.

Dann läutete sie. »Sehen Sie nach, wer da ist, Sally«, rief eine Stimme von drinnen.

Die Tür wurde geöffnet, und eine untersetzte, grauhaarige Frau erschien. »Ja?«

Agatha reichte ihr ihre Karte. »Zu Mrs. Bairns, bitte.«

»Warten Sie hier.«

Agatha wartete.

Wenige Momente später kam Sally zurück. »Hier entlang, Ma'am. Aber ziehen Sie erst die Schuhe aus.«

Agatha schritt in eine Wolke künstlich heruntergekühlter Luft und weiter in ein großes, geräumiges Zimmer, das nur karg möbliert war. Die Bairns' schienen eine Menge von Minimalismus zu halten: Die Wände waren weiß, und die Bilder waren so düster, dass sie fast schwarz aussahen. Es standen nur drei Ledersessel mit spindeldürren Metallbeinen um einen schwarzen Marmorcouchtisch in dem Raum.

In einem von ihnen blieb Mrs. Amy Bairns sitzen. Sie war eine große blonde Frau mit dem typisch kalifornischen Look jener gelifteten Frauen, die alle gleich aussehen – wie Wesen vom Botox-Planeten.

Sie lächelte nicht. Wahrscheinlich würde ihr Gesicht auseinanderfallen, sollte sie es tun, dachte Agatha.

»Wie kann ich Ihnen helfen?«, fragte Amy. Agatha setzte sich.

»Tom Courtney hat mich gebeten, bei der Suche nach dem Mörder Ihrer Mutter zu helfen«, begann Agatha.

»Und was führt Sie hierher?«

»Da Sie seine Schwester sind, dachte ich, Sie haben vielleicht eine Idee, wer den Tod Ihrer Mutter gewollt haben könnte. Hatte sie Feinde?«

»Mutter war nicht beliebt. Aber nein, niemand hat sie genug gehasst, um sie zu ermorden.«

»Könnte ich eventuell mit Ihrer Freundin sprechen, Harriet Temple?«

»Wagen Sie es etwa, mein Alibi anzuzweifeln?«

»Nein, nichts dergleichen. Aber sie könnte etwas über Mrs. Courtney wissen.«

»Sie hat Mutter kaum gekannt. Nun, meine Zeit ist kostbar, auch wenn das bei Ihnen nicht der Fall scheint.« Amy musste einen versteckten Klingelknopf gedrückt haben, denn prompt erschien Sally.

»Mrs. Raisin möchte gehen.«

Agatha sah sie verblüfft an. Warum solche Feindseligkeit, wenn sie doch nur zu ergründen versuchte, wer die Mutter der Frau umgebracht hatte?

Sie folgte Sally in die Diele und setzte sich auf einen weißen Lederstuhl, um ihre Schuhe anzuziehen. Dann nahm sie ihre Geldbörse und zückte einen Hundert-Dollar-Schein. »Treffen Sie mich später?«

Sally kniete sich zu ihren Füßen hin. »Sie haben da einen Fleck auf dem Schuh. Den wische ich kurz weg.« Dann flüsterte sie: »Jimmy's Bar in der Peach Tree. Acht Uhr.«

Agatha nickte. Sie ging hinaus zu dem wartenden Taxi und bat den Fahrer, sie zu dem nächsten Hotel zu fahren. »Es gibt ein Motel am Freeway, nicht weit von hier«, sagte der Fahrer. »Aber Sie haben kein Auto.«

»Geben Sie mir Ihre Karte, und ich rufe Sie an, wenn ich Sie brauche.« Er reichte ihr eine verschmierte Karte.

»Und wo ist Jimmy's Bar in der Peach Tree?«

»Nur zwei Blocks hinter dem Motel.«

»Super.«

»Hören Sie, Lady, wenn Sie mich morgen brauchen, lassen Sie uns lieber eine Zeit ausmachen. Ich kann mir nicht leisten, herumzusitzen und auf eine Tour zu warten.«

»Holen Sie mich morgen früh um neun ab.«

Das Motel war sauber und erfüllte seinen Zweck. Agatha packte ein paar Sachen aus ihrer Reisetasche. Ihr war schwindlig von der Zeitverschiebung. Sie stellte ihren Wecker fünf Stunden zurück auf amerikanische Zeit, dann rief sie Patrick an.

»Sagen Sie es keinem, Patrick, aber ich bin in Amerika. Haben Sie die Notizen zum Courtney-Mord bei sich?«

»Ja, die sind hier irgendwo.«

»Das Alibi von Tom Courtneys Schwester ist eine Frau namens Harriet Temple. Konnten Sie ihre Adresse bei der Polizei herausbekommen?«

»Weiß ich nicht mehr genau. Augenblick.«

Agatha wartete ungeduldig. Draußen auf dem Freeway brauste der Verkehr vorbei, was wie mechanisches Wellenrauschen klang. Schließlich kam Patrick wieder ans Telefon. »Hab sie. Harriet Temple … haben Sie was zu schreiben?«

»Ja.«

»Geschieden. Die Adresse ist Camden Court, Apartment 5, Nummer 252. Eine Telefonnummer habe ich nicht.«

»Danke, Patrick. Ich erzähle Ihnen alles, wenn ich zurück bin.«

Agatha duschte und zog sich ein leichtes Hemdblusenkleid an. Dann machte sie sich auf die Suche nach Jimmy's Bar.

Wie der Fahrer gesagt hatte, war die Bar wirklich nur zwei Straßen hinter dem Motel. Über der Eingangstür stand in roter Leuchtschrift *Jimmy's*.

Agatha öffnete die Tür und ging hinein. Es saßen nur wenige Männer am Tresen und einige Gäste in Sitznischen aus rotem Kunstleder an der einen Wand.

Agatha wählte eine Nische, von der aus sie die Tür sehen konnte. Es war Punkt acht Uhr.

Dann bemerkte Agatha, dass es keine Bedienung gab. Sie ging zum Tresen und bestellte sich eine Flasche Budweiser. »Kann ich bitte ein Glas haben?«

Sie machte sich auf die üblichen Sind-Sie-Engländerin?-Fragen gefasst, aber der Barkeeper schien zu müde, um noch Konversation zu machen. »Ich nehme auch ein Bud«, sagte eine Stimme neben ihr. Agatha schaute hin und sah Sally. Sie bezahlte die Drinks und ging voraus zu der Nische.

»Also, was wollen Sie von mir?«, fragte Sally.

»Ich dachte, Sie wissen vielleicht, ob Mrs. Courtney Feinde hatte.«

»Kann ich nicht sagen. Es wurde ja kaum jemand ins Haus gelassen, so viel steht fest. Aber ich möchte Ihr Geld nicht für nichts annehmen, und vielleicht wollen Sie sich die hier mal ansehen. Miz Bairns hat gesagt, ich soll sie verbrennen, doch das hab ich glatt vergessen. Das sind alte Familienfotos. Kann sein, dass die helfen.«

Agatha holte zweihundert Dollar aus ihrer Börse und schob sie über den Tisch. Ihr war bewusst, dass sie wahrscheinlich nicht mehr bezahlen müsste, aber Sallys niedergeschlagene Miene ging ihr zu Herzen.

»Warum bleiben Sie in so einem Job?«, fragte Agatha.

»Die Bezahlung ist gut. Aber mit dem Geld von Ihnen reise ich gleich morgen früh zurück nach Atlanta. Lieber kellnere ich wieder, als für diese Frau zu arbeiten. Ich bin erst seit drei Wochen bei ihr, und sie verfolgt mich auf Schritt und Tritt wie eine Katze. Sucht überall nach Schmutz. Sie ist ganz besessen von Dreck, sage ich Ihnen. Am Ende der Woche gibt sie mir meinen Lohn. Das ist morgen. Den nehme ich noch, dann lasse ich ihr eine Nachricht da. Aber jetzt gehe ich lieber zurück.«

»Wer hat vor Ihnen dort gearbeitet?«

»Weiß ich nicht. Ich weiß nur, dass sie erst seit ein paar Monaten da wohnt.«

Agatha dankte ihr und wünschte ihr viel Glück. Sie steckte das Fotoalbum in ihre Aktentasche. Auf dem Weg zurück zum Motel dachte sie: Sehen wir mal, warum Amy diese Bilder so dringend verbrennen lassen wollte.

Zu ihrer Überraschung fand sie in ihrem Zimmer eine Obstschale und eine Flasche Sekt auf dem Nachttisch vor. Dazu eine Karte, auf der *Mit besten Empfehlungen* stand.

Das ist ja nett, dachte Agatha. Und wie eigenartig, dass ein solch funktionales Motel solch einen Service bot.

Sie nahm das Telefon auf und drückte die Taste für die Rezeption. »Ich wollte mich nur für das Obst und den Sekt bedanken«, sagte sie.

»Wir haben nichts auf Ihr Zimmer gebracht, Ma'am. Mizz Raisin, richtig?«

»Ja.«

»Vielleicht haben Sie einen Verehrer.«

Langsam legte Agatha den Hörer wieder auf. Sollte der Sekt vergiftet sein, könnte sie sich davon einschenken, sich schlafend stellen und abwarten, ob jemand ins Zimmer kam.

Andererseits würde man sie dann vielleicht umbringen. Sie wollte nicht zur Polizei gehen, weil es ewig dauern konnte, bis der Flascheninhalt analysiert war, und die amerikanische Polizei würde die in Mircester kontaktieren, die wiederum außer sich wäre, weil sie sich in die Ermittlung einmischte.

Agatha ging nach unten zur Rezeption und erklärte dem Angestellten dort: »Ich erwarte heute Abend spät eine Freundin aus England. Kann ich noch ein Zimmer buchen?«

»Klar, füllen Sie nur das Formular aus. Das Zimmer neben Ihrem ist frei. Wäre das okay?«

»Prima.«

Agatha kehrte auf ihr Zimmer zurück, schwenkte ein wenig von dem Schaumwein in einem Glas und goss die Hälfte des Flascheninhalts in die Toilette.

Dann richtete sie das Bett so her, dass es aussah, als würde jemand darin liegen, und stopfte eine Perücke, die sie auf Reisen immer bei sich hatte, mit Zeitungspapier aus, um sie auf das Kopfkissen zu legen. Als Letztes nahm sie die Bibel aus der Nachttischschublade und steckte sie anstelle des Fotoalbums in ihre Aktentasche.

Danach verließ sie den Raum, schloss die Tür ab und ging in das zweite Zimmer, das sie gebucht hatte.

Dort legte sie sich auf das Bett und wollte abwarten. Doch sie war geschafft und übernächtigt, weshalb sie bald einnickte und erst um vier Uhr morgens wieder aufwachte.

Vorsichtig trat sie aus dem Zimmer und ging langsam zu ihrem alten nebenan. Es waren keine Spuren von gewaltsamem Eindringen zu sehen. Agatha schloss die Tür auf und schaltete das Licht ein. Alles schien so, wie sie es verlassen hatte, bis auf eine Sache. Die Aktentasche war fort. In ihrer Panik packte sie ihre wenigen Sachen, leerte die Sektflasche, für den Fall, dass die Hausmädchen den Rest trinken würden, ging nach unten, bezahlte und rief ihren Taxifahrer an.

Er murrte, weil sie ihn mitten in der Nacht weckte, versprach aber zu kommen.

Als er da war, sagte sie ihm, er solle sie zu irgendeinem Fünf-Sterne-Hotel im Stadtzentrum bringen.

Er setzte sie vor dem Hilton Garden Inn ab. Als sie müde aus dem Taxi stolperte, ging ihre Handtasche auf, und der Inhalt ergoss sich auf das Straßenpflaster. Der Fahrer half ihr, alles wieder einzusammeln, einschließlich der Zigarettenschachtel. »Die werden Sie nicht brauchen«, sagte er.

»Warum nicht?«

»Das Hotel wirbt damit, dass überall ein Rauchverbot herrscht.«

»Oh, verdammt!«, heulte Agatha. »Bringen Sie mich irgendwohin, wo ich rauchen darf.«

Er fuhr sie einige Straßen weiter zu einem kleinen Hotel namens The Cloche. »Warten Sie hier«, befahl Agatha. »Ich will mir das erst mal ansehen.«

Der Eingangsbereich war ganz in Mahagoni und Messing gehalten. Ja, sagte der Nachtportier, er habe ein freies Raucherzimmer. Agatha ging nach draußen, bezahlte den Taxifahrer und folgte anschließend dem Portier, der ihre Tasche trug. Der Preis war hoch, doch das Zimmer, in das sie geführt wurde, war groß, gemütlich und verfügte über ein separates kleines Wohnzimmer.

Mit einem zufriedenen Seufzer steckte sich Agatha eine

Zigarette an und stellte fest, dass sie nicht mehr geraucht hatte, seit sie England verlassen hatte. Es schmeckte scheußlich.

Agatha beäugte die Schachtel misstrauisch und fragte sich, ob es sich um ein minderwertiges Schwarzmarktprodukt handelte, aber alles schien korrekt zu sein. »Mist!«, sagte sie zu den gleichgültigen Wänden und ging frustriert zu Bett, um bis mittags zu schlafen.

Nach dem Duschen und Anziehen bestellte sie sich Kaffee und Sandwiches aufs Zimmer und setzte sich hin, um das Fotoalbum anzusehen. Verwundert betrachtete sie die Bilder. Anscheinend war jemand aus ziemlich vielen von ihnen herausgeschnitten worden. Da war Tom, der seinen Arm um die Person gelegt hatte, die nun fehlte; genau wie auf mehreren der anderen Aufnahmen. Es gab wenige intakte Fotos von Miriam und ihren Ehemännern an den jeweiligen Hochzeitstagen.

»Keines von Amy«, sagte Agatha zu der Kaffeekanne. »Warum nicht?«

Als sie ihr leichtes Mittagessen beendet hatte, rief sie den Taxifahrer an. Sie nannte ihm die Adresse in Camden Court, und er sah sie verwirrt an. »Sagt Ihnen das was?«, fragte Agatha gereizt.

»Klar, und wo Sie jetzt in diesem vornehmen Hotel wohnen, wundert mich, dass Sie nach Camden Court wollen.«

»Warum?«

»Das ist eine Sozialsiedlung.«

»Ich muss dahin.«

»Okay, Lady. Sie sind der Boss.«

Seltsam, dachte Agatha, sehr seltsam. Wie kommt eine unterkühlte, reiche Schnepfe wie Amy zu einer Freundin in einer Sozialsiedlung? Man sollte meinen, die sterile Kuh kippt schon beim Anblick einer Kakerlake in Ohnmacht.

Die Siedlung war nicht ganz so übel, wie Agatha befürchtet hatte. Sie fand Nummer fünf und klopfte an die Tür. Eine große, müde wirkende mütterliche Frau mit einer schlechten Dauerwelle und geschwollenen Fesseln über abgetragenen Hausschuhen öffnete.

»Harriet Temple?«, fragte Agatha.

»Ich kaufe nichts.«

»Und ich verkaufe nichts. Ich bin Privatdetektivin und arbeite für Mr. Tom Courtney.«

»Mr. Courtney? Dann kommen Sie lieber rein.«

Agatha ging durch in ein unordentliches Wohnzimmer. Die Möbel waren schäbig, aber an einer Wand hing ein teurer Flachbildfernseher.

»Wie ich gehört habe, war Mrs. Bairns bei Ihnen, als ihre Mutter ermordet wurde?«

»Das stimmt.«

»Sind Sie eine alte Freundin von Mrs. Bairns?«

»Das war ich früher. Mein Mann war Arzt, hat aber seine Zulassung verloren und musste ins Gefängnis, weil er unter der Hand Medikamente verkauft hat. Trotzdem hat Amy mich noch ab und zu besucht. Sie hat mir den Fernseher gekauft. Richtig großzügig.«

»Es mag sich komisch anhören, aber haben Sie Fotos von Mrs. Bairns?«

Harriet lachte. »Das hat Amy mich auch gefragt. Ich hatte nur wenige, und die habe ich ihr gegeben. Allerdings habe ich das von meiner Hochzeit behalten, weil sie meine erste Brautjungfer war. Das gebe ich nicht her.«

»Darf ich es sehen?«

»Moment, ich hole es.«

Sie kehrte mit einem gerahmten Foto zurück und reichte es Agatha. »Wo ist Amy?«, fragte Agatha.

»Oh, sie hatte natürlich die vielen Schönheits-OPs. Das da ist sie.«

Agatha blickte staunend hin. Amy hätte beinahe ihr Bruder in Frauenkleidung sein können. »Sind sie und Tom Zwillinge?«

»Ja, sind sie. Allerdings hat sich bei ihr nicht bloß das Aussehen verändert. Sie war einfach nicht mehr dieselbe alte Amy. Hat auf einmal ein Theater um Keime und Infektionen gemacht. Wobei Tom und sie immer schon ein bisschen so waren.«

Eine Weile saß Agatha schweigend da, ehe sie nachdenklich fragte: »Besitzen Sie einen Pass?«

»Komisch, das hat Amy mich auch gefragt. Ich habe ihr gesagt, dass ich keinen habe. Da meinte sie, sie will mich vielleicht mal auf eine Reise einladen, um mich auf andere Gedanken zu bringen, wo mein Mann doch im Gefängnis sitzt. Sie hat gesagt, wenn ich ihr meine Geburtsurkunde und so gebe, besorgt sie mir einen. Aber danach habe ich nichts mehr gehört. Ich wollte sie besuchen – das muss nach all den kosmetischen Operationen gewesen sein –, und ich schwöre, so eine Veränderung habe ich noch nie erlebt. Sie hat mich nicht mal gebeten, mich zu setzen, sondern gesagt, dass sie jetzt an ihre gesellschaftliche Stellung denken muss, und mit der Frau eines Kriminellen befreundet zu sein, würde ihrem Ruf schaden. Sie hat mich gebeten, nicht wieder zu ihr zu kommen. Ich war so verletzt, dass ich nach Hause gefahren bin und mir die Augen aus dem Kopf geheult habe.«

Agatha holte einen kleinen Fotoapparat aus ihrer Handtasche. »Darf ich dieses Bild fotografieren?«

»Na ja, ich habe Amy versprochen, dass ich die alle loswerde … aber, was soll's? Sie ist ja keine Freundin mehr. Nur zu.«

»Sie haben ihr ein Alibi für die Zeit gegeben, in der ihre Mutter ermordet wurde. War sie da wirklich bei Ihnen?«

»Natürlich«, antwortete Harriet. »Ich bin keine Lügnerin. Würden Sie jetzt bitte gehen?«

Einen Tag später kam Inspector Wilkes in die Polizeizentrale von Mircester und erfuhr vom Sergeant vorn am Empfang, dass Mrs. Raisin da wäre und ihn sprechen wolle. Wilkes drehte sich um. Agatha Raisin saß tief und fest schlafend auf einem der harten Plastikstühle im Wartebereich. Ihr Mund war geöffnet, und sie schnarchte leise.

»Sagen Sie ihr, ich bin noch unterwegs«, befahl Wilkes dem Sergeant schroff.

»Sir, sie hat davon gesprochen, dass sie den Mord an Mrs. Courtney aufgeklärt hat.«

Wilkes Miene verfinsterte sich weiter. Er hasste es zuzugeben, dass Agatha ihm früher schon geholfen hatte. Dennoch entschied er, sie lieber zu wecken und sich anzuhören, was sie zu sagen hatte. Also packte er ihre Schulter und rüttelte sie wach. Als Agatha blinzelnd zu ihm aufblickte, fragte er barsch: »Was reden Sie da, dass Sie den Mord aufgeklärt haben?«

»Besorgen Sie mir einen starken Kaffee, dann erzähle ich Ihnen alles«, entgegnete Agatha.

Zum Glück für Agatha war Sergeant Collins außer Haus, sodass Bill Wong bei Wilkes saß, als Agatha mit ihrer Geschichte begann. Sie beschrieb, wie Amy Courtney ihr Aussehen drastisch verändert hatte, sodass sie nicht mehr wie das Spiegelbild ihres Zwillings Tom aussah. Agathas Theorie war, dass Amy als Tom verkleidet auf die Caymans gereist war, Harriet massiv bestochen hatte, damit die ihr ein Alibi gab und Tom Harriets Geburtsurkunde und die nötigen Daten gab. Tom hatte sich als Frau verkleidet, sich einen Pass auf Harriets Namen besorgt, war nach London geflogen und hatte seine Mutter ermordet, um deren Geld zu bekommen.

»Das ist alles sehr weit hergeholt«, folgerte Wilkes.

»Ich wette, Sie haben nicht überprüft, ob eine Harriet Temple nach England eingereist ist«, sagte Agatha.

»Aber warum sollte diese Harriet Temple weiterhin lügen?«

»Fragen Sie beim Flughafen nach, und dann sprechen Sie mit ihr. Wenn sie glaubt, dass sie wegen Mordes angeklagt werden könnte, wird sie Ihnen alles erzählen. Und ich denke, Amy ließ all die OPs rechtzeitig machen, falls die Polizei Fragen stellen und jemandem die Ähnlichkeit mit ihrem Bruder auffallen würde. Aber warum sollte es das? Der Mord hat sich in einem englischen Dorf ereignet, in dem es noch einen anderen ungeklärten Mord gibt. Tja, sie hat schlicht für alle Eventualitäten vorgesorgt.«

»Und Sie halten sich von Tom Courtney und dem Dorf fern, bis wir alles überprüft haben.«

An dem Abend ging Agatha zu Mrs. Bloxby, um ihr die jüngsten Neuigkeiten zu berichten. »Glauben Sie wirklich, die beiden würden so ausgefeilt vorgehen?«, fragte die Vikarsfrau.

»Ja, glaube ich. Es ist offenbar sehr viel Geld im Spiel. Und wo könnte man besser einen Mord begehen, als in einem kleinen englischen Dorf, in dem es schon einen gegeben hat?«

»Sie glauben aber nicht, dass Sunday ermordet wurde, um von dem anderen Mord abzulenken, oder?«, fragte Mrs. Bloxby.

»Nein, ich habe das Gefühl, dass der Mord an Sunday nichts mit dem Courtney-Mord zu tun hat. Wo ist Tom Courtney? Weiß das jemand?«

»Ja, er war heute Morgen hier und hat nach Ihnen gefragt. Er sagte, dass er für einige Tage in die Staaten fliegen will.«

»Das erzähle ich Wilkes lieber. Falls er schuldig ist, könnte er versuchen zu fliehen, und Harriet Temple braucht eventuell Schutz.«

»Nehmen Sie unser Telefon.«

»Ich dachte, Ihr Telefon gehört allein Ihrem Mann.«

»Ach, das wird Alf nichts ausmachen.«

Mrs. Bloxby ging ins Arbeitszimmer ihres Mannes, und Agatha musste grinsen, als sie die wütende Stimme des Vikars hörte. »Wir sind hier keine Detektei, und doch lässt du dich auf diese Frau und ihre Verrücktheiten ein!«

Agatha nahm ihr Mobiltelefon hervor und rief bei der Polizei an. Man teilte ihr frostig mit, dass Wilkes keine Zeit habe, mit ihr zu sprechen.

»Zum Teufel mit denen«, sagte Agatha. »Ich gehe jetzt nach Hause und schlafe meinen Jetlag aus.«

Das Erste, was sie sah, als sie vor ihrem Cottage vorfuhr, war Toni, die betrübt auf den Eingangsstufen hockte.

Agatha eilte zu ihr. »Toni, meine Liebe, was ist los?«

»Es geht um Sharon. Sie ist verschwunden.«

»Oh nein. Lassen Sie uns reingehen.«

»Wo sind Sie gewesen?«, jammerte Toni.

»In den Staaten. Kommen Sie mit in die Küche und erzählen Sie mir alles.«

»Sie ist vor ein paar Tagen bei mir zu Hause gewesen und hat gesagt, Sie haben sie gefeuert, und sie braucht einen Platz zum Wohnen. Ehrlich, ich wollte nicht schon wieder dieses Chaos, deshalb habe ich ihr gesagt, sie soll lieber gehen. Sie hat geweint. Warum haben Sie sie entlassen?«

»Ich hatte den Verdacht, dass sie Drogen nimmt. Da hat sie gesagt, ich könnte mir den Job sonst wohin stecken und noch einiges anderes, bevor sie aus dem Büro gestürmt ist.«

»Ich habe in den Clubs nach ihr gesucht«, sagte Toni. »Sie treibt sich mit einer Motorradgang herum, und das sind miese Typen. Vor allem der eine, Jazz Belter, und der ist auch schon uralt!«

»Wie uralt?«

»Um die vierzig.«

Agatha zuckte zusammen.

»Vorne gehen ihm schon die Haare aus, und er trägt einen Zopf. Ein richtiges Klischee. Ich glaube, er ist der, der sie mit Drogen versorgt hat. Die hängen im Shamrock Pub draußen an der Umgehung rum.«

»Ich gebe Sharon ihren Job zurück, doch sie muss clean werden, Toni.«

»Ich finde sie aber nicht!«

»Haben Sie das der Polizei gesagt?«

»Noch nicht.«

»Machen Sie Kaffee, ja? Ich rufe die Polizei an. Augenblick mal! Haben ihre Eltern sie nicht vermisst gemeldet?«

»Nein, denen hat sie gesagt, dass sie bei mir wohnt.«

»Ich rufe Bill an.«

Bill war im Büro und hörte sich Agathas Geschichte von der verschwundenen Sharon an.

»Sie wurde gefunden«, sagte er dann leise.

»Oh, das ist klasse! Die arme Toni ist ganz außer sich vor …«

»Agatha! Hör mir zu! Sharon ist tot.«

»Was? Wie? Wann?«

»Sie wurde vor wenigen Stunden entdeckt. Jemand hat sie erstochen und an einem Laternenpfahl in einer Seitengasse aufgehängt. Ihr wurde Gras in den Mund gestopft. Ich kenne einige dieser Motorradfahrer, bin mit ihnen zur Schule gegangen. Sie haben ausgesagt, dass Sharon getrunken und Drogen genommen und damit geprahlt hat, dass sie in Wahrheit undercover arbeiten würde. Ihr Freund, Jazz Belter, hatte gerade mit ihr Schluss gemacht, und die anderen vermuten, dass sie versucht hat, ihm Angst einzujagen.«

»Wer war das?«

»Momentan suchen wir nach Jazz.«

»Ich komme zu dir, sobald ich kann.«

»Du kannst nichts tun. Schlaf dich lieber richtig aus.«

Toni sah Agatha an und wurde kreidebleich, als Agatha langsam den Hörer auflegte.

Agatha erzählte ihr alles. Toni fing an zu weinen, und ihr unglückliches Schluchzen ließ ihren Körper beben.

Ratlos stand Agatha vor ihr und fragte sich, was sie tun sollte. Ich müsste sie in die Arme nehmen oder so, dachte sie.

Dann ging sie ins Wohnzimmer und rief Mrs. Bloxby an, die versprach, sofort zu kommen.

Fünfzehn Minuten später schritt Agatha rauchend in ihrem Garten auf und ab, während drinnen Mrs. Bloxby, die Fachfrau fürs Trösten, bei der Arbeit war. Durch die offene Küchentür konnte Agatha ihre beruhigende Stimme hören.

»Selbstverständlich hat ihr Tod nichts mit Ihnen zu tun, Toni. Es war nicht Ihre Schuld, dass sie angefangen hat, Drogen zu nehmen und sich mit üblen Leuten einzulassen. Jeder fühlt sich schuldig, wenn ein nahestehender Mensch stirbt, und fragt sich, was er hätte tun können. Jetzt trocknen Sie sich die Augen. Nein, trinken Sie keinen Kaffee, sondern diesen heißen, gesüßten Tee. Der ist viel besser bei Schock. Nehmen Sie Ihre Sachen. Sie kommen die Nacht mit zu mir.«

Agatha wollte schon mit ihnen gehen, aber Mrs. Bloxby bremste sie mit einem warnenden Kopfschütteln.

Doris Simpson hatte noch Agathas Kater bei sich. »Ich wünschte, ich hätte jemanden, der sich um mich kümmert«, sagte Agatha.

»Meine Schultern sind nicht sehr breit«, erklang eine vertraute Stimme. »Aber du könntest trotzdem versuchen, dich an sie zu lehnen.«

»Charles!« Agatha brach in Tränen aus.

»Du lieber Himmel, wo ist die alte eiserne Raisin geblieben? Komm her. Gehen wir ins Wohnzimmer, schenken uns einen Drink ein, und dann kannst du mir alles erzählen.«

Charles hörte zu, während Agatha von Sharons Tod und dann von ihrer Reise nach Philadelphia redete. »Das hast du gut gemacht«, sagte er, als sie fertig war. »Ich fand diesen

Courtney gleich merkwürdig. Und was Sharon betrifft, tja, da war eine Katastrophe vorprogrammiert, auch wenn du es anscheinend nicht gesehen hast.«

»Warum hast du nichts gesagt?«

»Hättest du auf mich gehört?«

»Vielleicht nicht.«

»Hast du ihr erzählt, sie soll undercover gehen und mehr über diese Motorradgang herausfinden?«

»Nein!«

»Tja, eben. Es ist eine verdammte Schande. Aber heute Abend können wir nichts tun. Versuchen wir, ein bisschen zu schlafen. Ich hole nur meine Tasche aus dem Wagen.«

Doch als Charles zurückkam, war Agatha bereits im Wohnzimmer eingeschlafen. Er hob ihre Beine auf das Sofa, holte von oben eine Bettdecke, um sie zuzudecken, und legte sich dann im Gästezimmer hin.

Früh am nächsten Morgen wurde Agatha vom Schrillen der Türklingel geweckt. Sie kämpfte sich vom Sofa hoch und ging öffnen.

Draußen stand eine Polizistin. »Mrs. Raisin, ich muss Sie bitten, mit mir zur Zentrale zu kommen, um Ihre Aussage durchzugehen.«

»Geben Sie mir ein paar Minuten, damit ich mich waschen und umziehen kann«, antwortete Agatha stöhnend. »Wollen Sie reinkommen?«

»Nein, ich warte im Wagen.«

Agatha duschte rasch und zog sich frische Sachen an. Dann ging sie ins Gästezimmer, wo Charles friedlich schlief. Sie rüttelte ihn wach. »Ich muss zur Polizei. Kommst du mit?«

Gähnend drehte er sich auf die Seite. »Das schaffst du schon allein.«

»Die Geschichte meines Lebens«, murmelte Agatha und stampfte die Treppe hinunter.

Sechs

Agatha erfuhr, dass die amerikanische Polizei aktuell nach Tom Courtney und dessen Schwester suchte. Tom hatte England einen Tag nach Agatha verlassen. Harriet Temple war eingeknickt und hatte ausgesagt, dass Amy ihr anfangs erzählt hätte, sie bräuchte eine Ausrede, weil sie eine Affäre habe. Dann hatte Harriet von dem Mord in der Zeitung gelesen, Amy angerufen, und die hatte gedroht, sie umzubringen, sollte sie auch nur ein Wort sagen. Dr. Bairns hatte geweint und verwirrt gesagt, er wisse nicht, wo seine Frau sei. Die Courtneys hatten ihre Bankkonten geräumt und waren verschwunden.

Agatha staunte, wie schnell die beiden gewesen waren. Es schien naheliegend, dass Tom geflohen war, nachdem Amy ihm von Agathas Besuch erzählt hatte.

»Und wenn die Polizei sie schnappt und an uns ausliefert, wird Courtney des Mordes an seiner Mutter und John Sunday angeklagt.«

»Aber wieso sollte er denn John Sunday töten?«

»Er wusste, wo seine Mutter wohnte. Der Mord an Sunday sollte bloß das Bild verfälschen.«

»Gibt es einen Beweis, dass er zu der Zeit in England gewesen ist?«

»Nein, aber daran arbeiten wir. Er könnte denselben Trick wie seine Schwester bei Harriet benutzt und sich einen Pass unter falschem Namen besorgt haben. Er bereitete die

Bühne vor. Wie sich herausgestellt hat, sind sowohl er als auch seine Schwester mehrfach wegen Drogenmissbrauchs und Depressionen klinisch behandelt worden. Es gibt psychiatrische Berichte, dass die beiden unter einer Form von narzisstischer Psychopathie litten. Die zwei stammen aus Mrs. Courtneys erster Ehe. Und Tom dachte, wenn es in dem Dorf bereits einen Mord gegeben hat, würden wir ihn uns nicht näher ansehen.«

»Warum hat er mich dann engagiert?«

»Weil er sich vollkommen sicher war, dass Sie nichts finden würden. Er hat Bill Wong erzählt, es wäre eventuell ein Fehler, eine ›kleine Dorfschnüfflerin‹ anzuheuern, aber dass er alles versuchen wolle.«

»Ich glaube nicht, dass der Mord an John Sunday etwas damit zu tun hat«, sagte Agatha. »Das ist selbst für die beiden ein bisschen zu raffiniert.«

»Behaupten Sie. Doch soweit es uns betrifft, ist der Mord aufgeklärt. Die US-Polizei wird ein Geständnis aus ihm herausbekommen.«

»Falls sie ihn erwischen«, erwiderte Agatha zynisch. »Im Moment setze ich alles daran, das Schwein zu kriegen, das Sharon umgebracht hat.«

»Nicht nötig. Es war Jazz Belter. Sein richtiger Name ist Fred Belter. Er sitzt schon in einer unserer Zellen.«

»Wie haben Sie ihn so schnell gefasst?«

»Detective Wong hat eine alte Dame befragt, die in einer Wohnung mit Blick auf die Gasse wohnt, in der die Tote gefunden wurde. Die Dame schläft schlecht und hat gesehen, wie Belter Sharon aus dem Kofferraum eines Wagens gezerrt, ihr Gras in den Mund gestopft und ein Seil über einen dieser altmodischen Laternenpfähle geworfen hat, bevor er das Mädchen daran aufgehängt hat. Er war so high, als wir ihn einkassiert haben, dass vier Officers nötig waren, um ihn festzuhalten und ihm Handschellen anzulegen.«

Niedergeschlagen verließ Agatha die Polizeizentrale. Irgendwie hätte sich der Tod des Mädchens weniger sinnlos angefühlt, wäre die Suche nach dem Mörder komplizierter gewesen.

Plötzlich kam ihr ein Bild in den Sinn, wie sie vom Bürofenster aus Sharon und Toni beobachtet hatte, die abends lachend Arm in Arm losgezogen waren.

Sie fuhr ins Büro. Patrick und Toni waren beide unterwegs, um Fälle zu bearbeiten. Mrs. Freedman war einkaufen gegangen, und Phil Marshall hielt am Telefon die Stellung. Phil war in den Siebzigern, ein ruhiger Mann mit schlohweißem Haar, der sich seine gute Figur erhalten hatte, und ein exzellenter Fotograf.

»Schlimme Sache, das mit Sharon«, sagte Phil. »Mrs. Freedman ist bald wieder da. Möchten Sie, dass ich Ihnen kurz sage, an welchen Fällen wir alle gerade dran sind?«

»Jetzt nicht. Ich muss mich wieder mit dem Mord an John Sunday befassen, um mich von Sharons Tod abzulenken.«

»Demnach glauben Sie nicht, dass es die Courtneys waren?«

»Nein. Mir will nicht aus dem Kopf, dass es jemand aus dem Dorf war. Das Problem ist, dass ich eine Städterin bin, keine Frau aus einem Dorf, die dieser Tage erlebt, wie laufend neue Leute hierherziehen«, erklärte Agatha. »Ich habe das Gefühl, dass ich das Dorfleben gar nicht richtig kenne und nicht weiß, was in den Leuten vorgeht. Es ist nicht mal wie in diesen Fernsehserien, die angeblich das Dorfleben wiedergeben. Da ist immer alles so politisch korrekt. War der pensionierte Major in der Army, ist er entweder Faschist oder ein Homosexueller, der seine Sexualität verleugnet. Und die Kleinkriminellen sind immer nette Leute und nur missverstanden. Ich habe schon mal eine Serie gesehen, in der es acht Morde gab und nicht ein Reporter weit und breit zu sehen war. Nein, ich nehme an, es gibt unterschwellige Feindseligkeiten in Orten wie Odley Cruesis, die nicht auf der gängigen Touristenroute liegen. Es sei denn, es war jemand von Johns Arbeit ... Ah, Mrs. Freedman, da sind Sie ja wieder! Könnten Sie mir bitte die Akte über John Sunday raussuchen?«

»Nicht nötig«, sagte Phil. »Ich habe alles im Computer.«

Agatha nahm sich einen starken Kaffee und zündete sich eine Zigarette an. Mit einem unterdrückten Seufzer öffnete Mrs. Freedman das Fenster. Agatha setzte sich vor den Computer und begann, alle Berichte und Phils Fotografien durchzusehen. »Etwas fehlt«, sagte sie dann.

»Was denn?«, fragte Phil.

»Wo hat John Sunday gewohnt?«

»Daran erinnere ich mich. Ein Reihenhaus. Oxford Lane in Mircester. Patrick sagte, die Polizei hätte nichts gefunden, was mit dem Mord in Zusammenhang gebracht werden konnte.«

»Und wer hat das Haus bekommen?«

»Warten Sie, ich schaue in mein Notizbuch.«

»Phil, das sollte hier drin sein, zusammen mit allem anderen.«

Agatha verkniff den Mund. Der Mord an Miriam und gleich danach ihre eigene Hüftoperation hatten dafür gesorgt, dass sie zu leichtfertig eine Verbindung zwischen den beiden Morden angenommen hatte.

»Mal sehen.« Phil kam mit einem Notizbuch zurück und blätterte durch die Seiten. »Ah, hier ist es. Ich war zusammen mit Patrick dort. Nummer sieben Oxford Lane. Das sind Reihenhäuser mit Maisonettes, zwei Stockwerke oben, zwei unten. Kleiner Vorgarten. Die Gegend ist ein bisschen runtergekommen. Sunday war nie verheiratet. Seine Schwester, eine Mrs. Parker, hat geerbt. Wahrscheinlich hat sie das Haus verkauft.«

»Oder auch nicht. Ich würde mich gerne mal in ihm umsehen, falls noch etwas da ist. Fahren wir hin.«

Das Haus hatte einen kleinen Vorgarten. Als Agatha die Pforte aufschob, öffnete eine Nachbarin die Tür und rief: »Sind Sie von der Räumungsfirma?«

»Ja«, antwortete Agatha spontan.

»Warten Sie, ich hole den Schlüssel«, sagte die Nachbarin. »Mrs. Parker ist noch oben im Norden, aber sie kommt morgen zurück. Ihr ging es richtig schlecht, und sie konnte nicht eher kommen, um irgendwas wegen dem Haus von ihrem Bruder zu regeln. Sie hat sich ja bei Ihnen gemeldet, damit Sie alles verkaufen. Sie und ihr Bruder hatten sich wohl schon vor langer Zeit zerstritten, und sie will nichts mit seinem Kram zu tun haben. Kurz nach dem Mord ist sie hier gewesen – der arme Mann – und hat einige Sachen mitgenommen, aber den Rest wollte sie nicht.«

»Wir sollten das nicht tun«, murmelte Phil.

»Psst! Das ist eine glänzende Gelegenheit.«

Als die Nachbarin mit dem Schlüssel kam, sagte Agatha: »Mich wundert, dass Mrs. Parker so lange gebraucht hat, um uns anzurufen und das Haus zum Verkauf anzubieten.«

»Na, wie gesagt, es geht ihr nicht gut, und sie hat vorher nicht die Zeit gehabt. Bringen Sie mir den Schlüssel wieder, wenn Sie fertig sind.«

Sobald sie drinnen waren, sagte Phil wütend: »Und was machen wir, wenn die echten Leute aufkreuzen?«

»Wir lassen die Haustür offen«, antwortete Agatha ungerührt. »Wenn wir sie kommen hören, schleichen wir uns einfach hinten raus.«

Das untere Stockwerk bestand aus einem Wohnzimmer und einer Küche zu einer Seite des dunklen Flurs und einem Arbeitszimmer auf der anderen. Oben waren zwei Schlafzimmer und ein Bad.

»Ich würde sagen, wir fangen im Arbeitszimmer an«, sagte Agatha, »obwohl die Polizei sicher alle seine Papiere behält, bis seine Schwester sie einfordert.«

»Ich sehe mal in die anderen Zimmer«, entgegnete Phil. »Haben Sie überlegt, was passiert, wenn die richtige Räumungsfirma hier auftaucht, die Nachbarin der Polizei alles meldet und ihr eine Beschreibung von uns gibt?«

»Mir kam sie sehr kurzsichtig vor«, meinte Agatha hoffnungsfroh.

Phil entfernte sich, und Agatha begann, gründlich zu suchen; doch schon bald wurde offensichtlich, dass die Polizei jeden Fitzel Papier mitgenommen hatte, den sie in die Finger bekommen hatte. Agatha zog die Schreibtischschubladen heraus, falls etwas auf den Unterseiten festgeklebt war, doch da war nichts. Unter den Boden einer Schublade war allerdings mit Filzer *A119X* geschrieben worden. Agatha notierte es.

Sie verbrachten über eine Stunde damit, mögliche Verstecke abzusuchen, fanden aber nichts. Das Haus war sehr karg mit gerade mal dem Nötigsten möbliert. Anscheinend hatte John Sunday gern Rätsel gelöst und Puzzles gelegt. Und so zeugte im Wohnzimmer lediglich ein Bücherregal voller Puzzles und Kreuzworträtselbücher von ein wenig Menschlichkeit. Keine Fotos. Über dem Kamin hing ein Spiegel, der den deprimierenden Raum doppelte. Phil dachte, dass die Häuser früher vielleicht mal für Arbeiter gebaut worden waren, denn dieses Reihenhaus ging nach Norden und bekam nicht viel Sonnenlicht; außerdem war ihm aufgefallen, dass minderwertige Backsteine verbaut worden waren.

Sie sahen sogar unter den Polstern des schäbigen braunen Cordsofas und in den Ritzen der beiden Sessel nach. Phil berichtete, dass nur eines der Schlafzimmer oben genutzt worden war und das andere komplett leer stand.

Als sie gingen und abschlossen, hatte Agatha eine Idee. Sie brachte der Nachbarin den Schlüssel zurück und aktivierte den Birmingham-Akzent ihrer Jugend, als sie sagte: »Boah, voll den Fehler gemacht, gute Frau. Unser Haus ist gleich ums Eck in der Oxford Terrace. Sagen Sie mal Mrs. Parker bitte nichts, sonst kriegen wir mächtig Ärger, was?«

Die Nachbarin sah sie blinzelnd an. »Ach, da machen Sie sich mal keine Sorgen. Passiert uns ja allen, wenn wir älter werden, nicht? Ich habe gestern erst den Kessel aufgesetzt und es total vergessen, bis es hier fast gebrannt hat.«

»Die Frau sieht so gut wie nichts«, murmelte Agatha Phil verärgert zu. »Ich habe Hunger und brauche etwas zu essen.«

Sie beschlossen, sich ein Pub-Lunch im The George in Mircester zu gönnen. »Wenn ich doch nur wüsste, wofür A119X steht«, sagte Agatha, »und warum das auf der Unterseite der Schublade stand. Er hat Rätsel gemocht. Hatte einen fiesen, verschlagenen Verstand, würde ich tippen. Wahrscheinlich war er der Typ, der sich lieber verrenkte, um Sachen richtig kompliziert zu verstecken, statt sich einfach ein Schließfach zu mieten.«

»Bücherei!«, kam es auf einmal von Phil.

»Welche Bücherei?«, fragte Agatha.

»Ich meine, A119X sieht aus wie eine Katalognummer auf einem Buchrücken in der öffentlichen Bücherei von Mircester. Die schicken ihren Bücherbus über die Dörfer, und ich leihe mir Bücher von ihnen. Die Bücherei nutzt immer noch das alte Katalogisierungssystem.«

In der Bücherei erfuhren sie am Tresen, dass A119X ein Buch mit dem Titel *Go to the Ant* von Percival Bright-Simmel war. »Ich fürchte, das wurde bisher nicht zurückgegeben«, sagte die Bibliothekarin. »Wir wollten das übliche Erinnerungsschreiben rausschicken, dass die Rückgabezeit überschritten ist, aber als wir hörten, dass John Sunday ermordet wurde … na ja, wir haben es einfach als Verlust gemeldet. Den Band hätten wir ohnehin ziemlich bald ausgemustert, weil ihn schon lange niemand sonst ausgeliehen hatte.«

»Was ist das für ein Buch?«, fragte Phil.

»Es stand in der Abteilung für Sachbücher zum Thema Religion.«

Draußen sagte Agatha: »Wir müssen zurück zu Sundays Haus und die Bücherregale absuchen. Was war so wichtig an diesem Buch?«

Doch als sie bei Sundays Haus ankamen, stand dort ein Lastwagen mit der Aufschrift *Pyrson's House Clearance* vor der Tür. Und die Haustür stand weit offen. Agatha blickte sich vorsichtig nach nebenan um, doch von der Nachbarin, die ihnen den Schlüssel gegeben hatte, war nichts zu sehen.

»Was machen Sie denn?«, zischte Phil, als Agatha auf die Haustür zu marschierte.

»Ich weiß schon, was ich tue«, versicherte sie ihm und ging nach drinnen. Dort verpackten zwei Männer Sachen in Kisten.

»Guten Tag! Ich bin von der öffentlichen Bücherei in Mircester«, sagte Agatha. »Der vorherige Hausbesitzer hat es versäumt, eines unserer Bücher zurückzugeben. Macht es Ihnen etwas aus, wenn ich kurz danach sehe?«

»Nee, machen Sie ruhig«, sagte einer der Männer. »Bei denen sind wir noch gar nicht.«

Zögerlich folgte Phil Agatha ins Wohnzimmer, wo sie beide anfingen, die Bücherregale abzusuchen. »Lauter Rätselbücher«, murmelte Agatha. »Vielleicht ist etwas hinter den Büchern versteckt.« Sie begann, die Bücher vorzuziehen. Phil stand auf einem Stuhl und suchte die oberen Regale ab. »Hier habe ich etwas«, sagte er plötzlich. »Ja, das ist es. Es stand weit hinter den anderen, zusammen hiermit.«

»Hiermit« war eine Whiskyflasche. »Ey!«, rief jemand von den Entrümplern. »Die Flasche gehört zum Hausinhalt!«

»Und die dürfen Sie gerne haben«, erklärte Agatha. »Wir wollen bloß das Buch.«

Sie übergaben die Flasche und eilten mit dem Buch aus dem Haus.

»Was ist, wenn uns die Nachbarin gesehen hat?«, fragte Phil beunruhigt. »Sie haben ihr erzählt, dass wir eigentlich zu einem anderen Haus um die Ecke sollten.«

»Ach, sie wird denken, dass wir einfach Kollegen von

denen hier sind«, tat Agatha seinen Einwand ab. »Fahren wir zurück ins Büro und sehen es uns genau an, auch wenn man es kaum ein Buch nennen kann.« *Go to the Ant* war ein dünnes, billig gemachtes Bändchen mit der Illustration eines blonden, blauäugigen Jesus auf dem Einband, der anklagend mit dem Finger nach vorn zeigte, ähnlich den Plakaten im Ersten Weltkrieg, auf denen stand *Dein Land braucht dich*.

Toni saß an ihrem Computer und tippte Notizen ein, als sie ins Büro kamen. Agatha fiel auf, dass sie sehr blass und apathisch wirkte. Ich muss noch jemanden Junges einstellen, dachte Agatha. Vielleicht muntert sie das auf. Agatha war bewusst, dass Toni der Mord an Sharon schwer getroffen hatte.

»Hören Sie auf zu tippen, Toni, und helfen Sie uns hierbei.« Sie erzählte der jungen Frau, wie und warum sie an das Buch gekommen waren.

Das Werk entpuppte sich als eine Art religiöse Abhandlung, geschrieben 1926. Es handelte sich um eine Reihe von Moralgeschichten über Leute, die sich wie die Grille in Äsops Fabel benahmen und am Ende verhungerten oder im Armenhaus landeten.

»Man würde nicht denken, dass er religiös war«, sagte Phil. »Na ja, wir wissen allein von zwei Kirchen, denen er Schwierigkeiten gemacht hat. Hier gibt es keine Hinweise, nicht mal unterstrichene Wörter.«

»Lassen Sie mich mal sehen.« Toni nahm das schmale Buch und begann, die Seiten durchzublättern. »Ich glaube, ich habe etwas.« Sie strich leicht mit den Fingern über die Seiten. »Unter einigen Buchstaben sind Nadelstiche.«

»Sehr gut!« Agatha griff sich einen Stift. »Lesen Sie vor.«

»Auf dieser Seite sind sie unter einem U und einem N.

Nichts auf der nächsten Seite. Moment. Hier sind es ein T und ein E.« Sie arbeitete sich weiter durch den Band, bis sie eine ganze Nachricht hatte. Und die lautete: *Unter dem Gartenschuppen.*

»Am besten fahre ich heute Abend noch mal hin«, sagte Agatha. »Aber warum eine geheime Botschaft an sich selbst? Wenn er etwas unter dem Gartenschuppen vergraben hatte, wozu dieser Aufwand? Sind Sie bereit für einen weiteren Besuch, Phil?«

Toni sah Phils Gesichtsausdruck und bot an: »Ich komme mit Ihnen.«

»Gehen Sie sich ein bisschen ausruhen«, sagte Agatha. »Ich hole Sie gegen Mitternacht ab.«

Als sie zu ihrem Cottage kam, war keine Spur mehr von Charles zu sehen. Auf einmal fühlte sie sich verlassen. Dabei sollte sie inzwischen daran gewöhnt sein, dass er einfach so auftauchte und wieder verschwand. Sie kraulte ihre treulosen Kater, die von ihr weg zur Küchentür liefen, um in den Garten gelassen zu werden.

Agatha bereitete sich eine Fertiglasagne in der Mikrowelle zu und aß lustlos an ihrem Küchentisch. Sie beschloss, eine Anzeige für einen Nachwuchsdetektiv oder eine Nachwuchsdetektivin in den Zeitungen zu schalten. Wenn Toni jemanden in ihrem Alter anlernen musste, lenkte sie das vielleicht von Sharon ab. Was wäre, wenn ich Sharon nicht gesagt hätte, dass sie bei Toni ausziehen soll?, fragte Agatha sich und bekam ein schlechtes Gewissen. Würde sie dann noch leben? Nein, entschied sie. Sie hätte womöglich angefangen, die Motorradfahrer mit zu Toni nach Hause zu bringen, und dann könnte es jetzt zwei Leichen geben anstelle von einer.

Agatha zog sich dunkle Kleidung an, stellte ihren Wecker auf halb zwölf und legte sich aufs Sofa. Während sie einnickte, fragte sie sich, warum sie nie eine Katzenklappe in die Gartentür eingebaut hatte.

Agatha parkte um die Ecke von John Sundays Haus und ging mit Toni durch die stille, verlassene Straße. Es nieselte leicht, und Wasser begann, von den Bäumen entlang der Straße zu tropfen.

Leise öffneten sie die Gartenpforte und gingen über den gepflasterten Weg seitlich am Haus vorbei. Agatha riskierte, den kleinen Garten mit dem dünnen Strahl ihrer Taschenlampe abzuleuchten. Da waren ein ungepflegtes Rasenstück, mehrere Lorbeerbüsche und die schwarze Silhouette eines kleinen Schuppens in der hinteren rechten Ecke.

Wieder schaltete Agatha die Taschenlampe ein und richtete sie auf die Tür. »Da ist ein Vorhängeschloss«, flüsterte Toni.

»Dachte ich mir schon«, sagte Agatha und angelte einen Drahtschneider aus einer Plastiktüte. »Das haben wir gleich.«

»Aber was ist, wenn die Schwester das aufgebrochene Schloss findet und meldet, dass in den Schuppen eingebrochen wurde?«

»Ich habe ein neues Schloss dabei«, antwortete Agatha munter. »Keiner wird den Unterschied bemerken.«

Sie durchtrennte das Schloss und öffnete die Tür. Der Schuppen hatte einen Holzboden. Agatha reichte Toni die Taschenlampe. »Ihre Augen sind besser als meine. Sehen Sie mal nach Spuren, ob da irgendwo etwas versteckt ist. Wir wollen ja nicht den ganzen Boden aufstemmen.«

Toni kroch eine Weile über den Boden und schüttelte dann den Kopf. »Nichts.«

»Das hatte ich befürchtet«, sagte Agatha finster. »Wir müssen versuchen, die Dielenbretter anzuheben.«

»Warten Sie mal.« Toni verlagerte ihr Gewicht nach hinten und hockte sich auf die Fersen. »Dieser Schuppen ist ein bisschen erhöht gebaut worden. Was ist, wenn wir nur nach draußen gehen und unter ihm nachsehen müssen?«

»Prima, das versuchen wir. Ich bringe schon mal das neue Schloss an, falls wir schnell wegmüssen.«

Draußen legte Toni sich bäuchlings in das nasse Gras und leuchtete mit der Taschenlampe unter den Schuppen. »Hier ist was«, sagte sie.

Von nebenan erklang eine Stimme: »Ich bin mir ganz sicher, Officer. Ich habe jemanden in Mr. Sundays Garten gehört.«

»Mist«, murmelte Agatha. »Schnappen Sie sich, was auch immer da ist, und dann nichts wie weg.«

Toni zog einen kleinen Metallkasten unter dem Schuppen hervor, dann rannten sie zum Ende des schmalen Gartens. Toni schwang sich mit dem Kasten über die Pforte; Agatha warf ihre Tüte hinüber, stemmte sich über die Pforte und plumpste auf der anderen Seite auf den Boden.

»Leise!«, zischte Toni, die fand, dass Agatha einen Lärm wie ein stampfender Elefant machte, als sie den Weg entlangliefen. Sie erreichten Agathas Wagen und fuhren erleichtert davon.

In Agathas Cottage stellte Toni den Metallkasten auf den Küchentisch. »Der ist abgeschlossen«, sagte sie. »Was machen wir jetzt?«

Agatha öffnete eine Küchenschublade an der Spüle und nahm einen Meißel heraus. Sie gab Toni ein Paar Latexhandschuhe und zog sich selbst auch welche an. Als Nächstes schob sie das flache Ende des Meißels unter den Deckel und drückte das Werkzeug fest nach unten. Es gab ein lautes Knacken, und der Deckel flog auf.

Im Kasten lag ein stramm in weiße Plastikfolie gewickeltes Päckchen. Agatha nahm die Küchenschere und schnitt es auf. Es waren Fotografien und Briefe. »Sehen Sie sich das an!«, rief Agatha aus. »Das ist die nackte Tilly Glossop auf einem Mann. Aber wer ist der Mann?«

»Das Gesicht ist verzerrt und schwer zu erkennen. Aber es sieht verdächtig nach dem Bürgermeister von Mircester aus. Ich suche mal online nach einem Foto von ihm.«

»Ja, gut, und ich sehe mir die anderen Bilder an. Ach du Schreck!«

Toni blieb an der Tür stehen. »Was?«

»Hier ist ein Foto von Penelope Timson, die wild mit einem Kerl knutscht, und es ist nicht der Vikar. Der fiese kleine Mann muss Leute erpresst haben.« Toni ging an den Computer, während Agatha die wenigen Briefe durchsah. Es waren leidenschaftliche Liebesbriefe von Leuten, die sie nicht kannte, geschrieben an Leute, deren Namen Agatha genauso wenig sagten.

Sie zündete sich eine Zigarette an und fragte sich, was sie tun sollte. Toni kam wieder herein. »Ja, es ist der Bürgermeister. Wollen wir morgen zu ihm fahren und ihn zur Rede stellen?«

»Nein«, antwortete Agatha, »er wird bloß seinen Anwalt rufen. Und die Polizei. Die wird wissen wollen, woher wir dies hier haben. Warum wir Beweise zurückhalten. Penelope

Timson ist eine Freundin von Mrs. Bloxby. Das Foto behalte ich. Wir wischen alles ab, was wir angefasst haben, und schicken die Kiste an die Polizei. Nein, das geht nicht. Sie müssen sie selbst finden. Verdammt, wir müssen sie zurückbringen.«

»Was ist mit dem aufgebrochenen Schloss?«

»Ich habe genauso einen Metallkasten. Bevor ich ein richtiges Schmuckkästchen hatte, habe ich darin meinen Schmuck aufbewahrt. Ich hole ihn, wir packen alles um und schieben es zurück unter den Schuppen.«

»Und wie findet die Polizei den Kasten?«

»Ich rufe von einer Telefonzelle aus an und benutze dieses kleine Ding. Den tragbaren Stimmverzerrer.«

Diesmal schafften sie es in den Garten und wieder hinaus, ohne gehört zu werden. Agatha rief die Polizeizentrale an, und dann fuhren sie zu einem durchgehend geöffneten Restaurant an der Autobahn, um zu frühstücken.

Nach einem Frühstück aus Würstchen, Bacon, Eiern, Pommes frites und zwei Tassen schwarzem Kaffee sagte Agatha: »Als Erstes sollten wir beide ein bisschen schlafen. Ich denke, ich rede mal mit Mrs. Bloxby über Penelope und schlage vor, dass wir beide mit ihr sprechen. Die große Frage ist, was mit Tilly Glossop ist. Sie und Sunday könnten den Bürgermeister gemeinsam erpresst haben. Ich meine, jemand muss ja da gewesen sein, um das Foto zu machen.«

»Soll ich es bei Tilly versuchen?«

»Ich glaube, Patrick würde sich besser dafür eignen. Er sieht immer noch wie ein Polizist aus und könnte ihr genug Angst machen, dass sie gesteht oder sich verplappert.«

Agatha schlief nur wenige Stunden und war am nächsten Morgen um neun im Büro, um Patrick seine Anweisungen zu geben. Dann sagte sie zu Mrs. Freedman, dass sie eine Anzeige für jemand Neues aufgeben solle. »Aber jemand, der angelernt werden muss«, betonte Agatha. »Eine angehende Studentin oder ein Student im Brückenjahr ist völlig in Ordnung. Ich fahre zu Mrs. Bloxby, um etwas mit ihr zu besprechen. Es scheint ein ruhiger Vormittag zu werden. Möchten Sie mitkommen, Toni?«

Toni bejahte. Sie trauerte noch um ihre Freundin Sharon und empfand das Pfarrhaus und Mrs. Bloxbys ruhige Art als wohltuend.

Trotz des lautstarken Protests des Vikars – »Hier geht es zu wie am Piccadilly Circus!« – führte Mrs. Bloxby sie ins Wohnzimmer, denn draußen regnete es. »Angeblich sollte es ein Grillsommer werden«, sagte Agatha. »Ein Jammer für all die Familien, die ihren Urlaub dieses Jahr in England gebucht haben.«

»Der britische Tourismus ist erstaunlich«, bemerkte Mrs. Bloxby, die mit einem beladenen Tablett aus der Küche kam. »Die Leute fliegen in alle möglichen Länder und verstehen andere Ethnien und Kulturen trotzdem nicht. Wie Libellen, die über einen Teich schwirren und nicht sehen, was unter der Wasseroberfläche ist. Sie wirken ungewöhnlich ernst, Mrs. Raisin.«

Agatha öffnete ihre voluminöse Handtasche, zog einen weißen Umschlag hervor und reichte ihn der Vikarsfrau. »Bevor Sie das ansehen, verrate ich Ihnen, woher wir es haben.«

Sie beschrieb, wie sie das Metallkästchen unter Sundays

Schuppen gefunden hatten. »Ich habe das eine Foto hier im Umschlag aus dem Kästchen herausgenommen, was bedeutet, dass ich Beweise zurückhalte, aber ich wollte zuerst mit Ihnen sprechen.«

Mrs. Bloxby nahm das Foto aus dem Umschlag und setzte sich langsam hin. »Ach du meine Güte. Was sollen wir tun?«

»Ich dachte, da Sie sie kennen, fahren wir zusammen hin und reden in Ruhe mit ihr. Ich kann mir nicht vorstellen, dass Mrs. Timson mit jemandem zu tun hatte, der zu einem Mord fähig wäre. Und falls Sie doch glauben, sie könnte sich mit irgendwelchen Schurken eingelassen haben, kann ich das hier anonym an die Polizei schicken.«

»Nehmen Sie Tee und Scones«, drängte Mrs. Bloxby. »Tee und Scones beruhigen den Geist.«

»Haben Sie jemals irgendwelchen Tratsch über Mrs. Timson gehört?«, fragte Toni.

»Nein, nie«, antwortete Mrs. Bloxby. »Du meine Güte, vielleicht wäre es besser gewesen, die Sache der Polizei zu überlassen. Wahrscheinlich hätten sie eine Polizistin geschickt und …«

»Wahrscheinlich hätten sie Detective Sergeant Collins geschickt, die Mrs. Timson zu Tode erschreckt und sie vor aller Augen in Handschellen abgeführt hätte«, unterbrach Agatha sie.

Mrs. Bloxby seufzte. »Ja, ich komme lieber mit Ihnen. Was für ein Sündenbabel diese Dörfer doch sein können!«

Es hatte zu regnen aufgehört, als sie in Agathas Wagen nach Odley Cruesis fuhren. Sonnenlicht vergoldete die Pfützen auf der Straße, und glitzernde Tropfen fielen von den Bäumen über ihnen. Als sie vor dem Pfarrhaus ausstiegen, duftete die Luft süß und frisch.

Penelope öffnete ihnen und lächelte. »Kommen Sie herein. Mein Mann ist drüben in der Kirche.«

»Gut«, sagte Agatha. »Wir wollten auch zu Ihnen.«

»Kommen Sie ins Wohnzimmer. Kaffee?«

»Nein, wir hatten eben erst Tee«, antwortete Agatha. Sie öffnete ihre Handtasche, nahm den Umschlag heraus und gab Penelope das Foto. Penelope sank auf das Sofa, beugte sich vor und schlang die Arme um ihren schmalen Oberkörper. Mrs. Bloxby setzte sich zu ihr und legte einen Arm um sie. »Mrs. Timson, Mrs. Raisin geht ein großes Risiko ein, indem sie der Polizei dieses Foto vorenthält. Hat Mr. Sunday Sie erpresst?«

Penelope schluckte und brach in Tränen aus. Toni holte eine Schachtel Papiertaschentücher von einem Beistelltisch und gab sie ihr. Unterdessen wartete Agatha ungeduldig und hoffte, der Vikar würde nicht hereinplatzen. Schließlich seufzte Penelope zittrig. »Ja, das hat er.«

»Wer ist der Mann auf dem Bild?«, fragte Agatha.

»Ein amerikanischer Prediger, der hier zu Besuch war. Giles hatte mich gebeten, ihm die Cotswolds zu zeigen. Wir haben uns angefreundet. Er ist Witwer und hat eine Menge lustige Geschichten erzählt. Giles ist nie witzig. Das kann sehr verführerisch sein«, sagte sie nachdenklich.

»Also hatten Sie eine Affäre?«

»Oh nein!« Penelope sah schockiert aus. »Das hier war an dem Morgen seiner Abreise. Wir waren auf dem Kirchhof, und er hat sich bei mir bedankt, weil ich mich um ihn gekümmert hatte, und dann nahm er mich in die Arme und küsste mich. Danach lachte er und sagte: ›Das hätte ich nicht tun sollen.‹ Ich habe gesagt: ›Nein, hätten Sie nicht‹, und er hat mir auf die Schulter geklopft und ist nach drinnen gegangen, um sich von Giles zu verabschieden.«

»Und da hat Sunday angefangen, Sie zu erpressen?«

»Nicht ganz. Er kam am Morgen drei Tage später hierher, als Giles in einer Nachbargemeinde war, und hat mir das Foto gezeigt. Ich habe ihm erklärt, dass es nur ein Kuss war, aber er meinte, mein Mann würde das niemals glauben, wenn er das Foto sähe. Ich habe ihn gefragt, was er wollte, und er hat fies gelacht und gesagt, er würde sich wieder melden.«

»Und wann war das?«, fragte Mrs. Bloxby.

»Drei Tage bevor er ermordet wurde«, flüsterte Penelope. »Er rief mich an dem Tag vor dem Treffen hier an und sagte, ich müsste es absagen oder er würde Giles das Foto schicken. Ich ertrug das alles nicht mehr. Es heißt doch immer, dass Erpresser nie aufhören. Und da habe ich Giles das Ganze erzählt.«

Mrs. Bloxby blickte mitfühlend. »Giles muss wütend gewesen sein.«

»Schlimmer noch«, sagte Penelope. »Er hat schallend gelacht. ›Vergiss es‹, hat er gesagt. ›Ich meine, schau mal in den Spiegel. Jeder weiß, dass Amerikaner mit ihren Zuneigungsbekundungen übertreiben. Ich gehe und rede mit Sunday, und wir werden nie wieder hiervon hören.‹ Nach dem Mord habe ich ihn gefragt, ob er der Polizei etwas von der Sache erzählt habe, nachdem er bei Sunday war, aber er meinte, er hätte noch keine Zeit gehabt, zu Sunday zu gehen, und nicht vor, das Foto gegenüber der Polizei zu erwähnen.«

Was habe ich getan?, fragte Agatha sich unglücklich. Ich hätte das Bild dalassen sollen, damit die Polizei es findet, auch wenn ich Penelope glaube. Aber die Polizei hätte Giles gegrillt und seine Angaben überprüft, wo er sich überall aufgehalten hat. Er war nicht bei dem Treffen, als John erstochen wurde.

»Belassen wir es vorerst dabei«, sagte Agatha.

Als sie das Pfarrhaus verließen, sagte Mrs. Bloxby: »Gehen wir irgendwohin, wo es ruhig ist. Ich fange an, mich an Sachen zu erinnern.«

»Meine Küche ist der ruhigste Ort hier in der Gegend«, antwortete Agatha und fuhr zu ihrem Cottage.

Sobald sie in Agathas Küche saßen, begann Mrs. Bloxby zu erzählen. »Ich erinnere mich an den letzten Herbst und an den Gastprediger aus Amerika. Er hieß Silas Cuttler und kam von irgendeiner episkopalen Kirche dort. Ein rundlicher, fröhlicher Mann. Ungefähr zu der Zeit begann Mrs. Timson, sich netter zu kleiden und sogar Make-up aufzulegen.«

»Wird Penelope Timson psychisch misshandelt?«, fragte Agatha.

»Ach, nur der übliche Kram in einer Ehe. ›Was soll das Geschmier in deinem Gesicht? Du bist albern.‹ Solche Sachen. Giles ist ein ziemlich kalter, reizbarer Mann.«

»Ich denke, ich sollte ihm einige Fragen stellen«, sagte Agatha.

»Meine liebe Mrs. Raisin, er würde Ihnen eiskalt vorwerfen, Beweise zurückzuhalten und Sie persönlich zur Polizei bringen. Und dann bekämen Sie wirklich Schwierigkeiten. Ich bin mir sicher, dass Mr. Timson seine Frau nie und nimmer für fähig hält, Ehebruch zu begehen.«

»Und ich kann den Bürgermeister nicht befragen, weil

die Polizei dann wissen will, wie ich auf ihn gekommen bin. Vielleicht warte ich einfach einige Tage ab und lasse Patrick dann bei seinen Polizeikontakten nachfragen, was passiert ist.«

Agatha fragte Toni, ob sie die Bewerbungen durchsehen und einige geeignete Kandidaten aussuchen wolle, aber Toni trauerte noch zu sehr, und so nahm Agatha eines Abends einen Stapel Unterlagen mit nach Hause.

In der Anzeige hatte gestanden, dass Bewerber Kopien ihrer Schulzeugnisse und ein Foto mitschicken sollten.

Patrick kam vorbei und folgte Agatha in die Küche, wo die Briefe und Fotos auf dem Tisch ausgebreitet waren. »Ich suche nach einem oder einer Auszubildenden«, erklärte Agatha. »Aber die hier scheinen alle hoffnungslos. Was führt Sie her?«

»Gute Neuigkeiten. Tom Courtney ist außerhalb von Washington verhaftet und wegen Mordes an seiner Mutter angeklagt worden. Er hat bei einer Frau in Mount Vernon gewohnt, und die hat ihn bei der Polizei gemeldet. Sie hat nicht gewusst, dass er wegen Mordes gesucht wurde, bekam aber Angst, als er anfing, alle ihre Schränke und Regale abzuschrubben und sie an die fünfmal täglich zum Duschen zwang. Sie bat ihn zu gehen, und als er sich weigerte, rief sie die Polizei. Sie dachten, es wäre ein Fall von häuslicher Gewalt, aber ein wacher Polizist erkannte Tom auf dem Fahndungsfoto auf der Wache.«

»Wann liefern sie ihn aus?«

»Das wird ewig dauern, sofern überhaupt.«

»Wenigstens muss ich nicht befürchten, dass er hier aufkreuzt. Was ist mit seiner Schwester Amy?«

»Nichts, und er schwört, dass er nicht weiß, wo sie ist. Der Ehemann hat nichts von ihr gehört und beschwert sich, dass sie das gemeinsame Konto geplündert hat, bevor sie verschwunden ist. Jedenfalls sagt Tom Courtney, dass er nichts mit Sundays Tod zu tun hat. Natürlich wollte die hiesige Polizei den Fall abschließen und glaubte ihm zunächst nicht. Doch wie ich von meinen Kontakten weiß, haben sie Briefe und ein anzügliches Foto vom Bürgermeister unter dem Schuppen in Sundays Garten gefunden und widerwillig beschlossen, die Ermittlungen wiederaufzunehmen. Tilly Glossop und der Bürgermeister hatten eine gemeinsame Nacht nach einer Party im Rathaus, bei der viel getrunken wurde, aber beide beteuern, dass sie nicht erpresst wurden. Die E-Mails schien er von Computern im Büro gestohlen zu haben. Er hat sie benutzt, um seine Macht zu zeigen, nicht um an Geld zu kommen. Anscheinend konnte er deswegen seine Stelle trotz der vielen Beschwerden über ihn behalten.«

»Setzen Sie sich, Patrick. Ein kaltes Bier?«

»Sehr gern. Ich fahre zwar, aber eines wird nicht schaden.« Obwohl er längst pensioniert war, sah Patrick mit dem kurzen braunen Haar, den schwermütigen Zügen, der ordentlich gebügelten Kleidung und den blankpolierten schwarzen Schuhen immer noch wie ein Polizist aus.

»Abgesehen von Tilly Glossop hat niemand sonst eine Verbindung zu Odley Cruesis«, sagte Patrick. »Sie wird noch befragt und musste ihren Pass abgeben.«

Schuldbewusst dachte Agatha an den Beweis, den sie unterschlagen hatte.

Sie reichte Patrick ein Glas Bier, setzte sich neben ihn an den Tisch und zündete sich eine Zigarette an. »Sehen Sie sich diese Bewerbungen an«, sagte sie und blies eine Rauchwolke über den Tisch. »Die meisten von denen scheinen nicht einmal schreiben zu können. Das hört sich dann wie Textnachrichten an.«

»Eine Bewerbung ist unter den Tisch gefallen«, sagte Patrick, bückte sich und hob die Bewerbung auf. »Oh, sehen Sie sich den an. Sieht er nicht aus wie aus einer Produktion von *Il Pagliacci?*«

»Palli-was?«, fragte Agatha mürrisch, denn sie befürchtete, dass es eine intellektuelle Anspielung war, die ihr lückenhaftes Wissen in Bezug auf Kunst zeigen sollte.

»Der Clown in der Oper. Der, der *On With the Motley* singt.«

»Lassen Sie mal sehen.«

Patrick reichte ihr ein Foto. Es zeigte Kopf und Schultern eines Teenagers. Er hatte dichte schwarze Locken, große Augen mit schweren Lidern, eine große Nase und einen breiten Mund. »Vier A-Levels«, sagte Patrick. »Will keinen Studienkredit aufnehmen und lieber gleich arbeiten. Er sagt, dass er intuitiv und fleißig ist und gut mit Leuten auskommt. Achtzehn Jahre alt.«

»Ich lade ihn zu einem Vorstellungsgespräch ein. Toni braucht jemanden Junges, der sie aufmuntert.«

»Wie heißt er?«, fragte Patrick.

»Simon Black.«

Simon betrat Agathas Büro am nächsten Abend um sieben Uhr. Er entpuppte sich als recht klein, nur knapp einen Meter sechzig groß, sehr schlank und zierlich, weshalb sein Kopf überproportional groß wirkte. Seine schwarzen Augen blitzten mit einer Kombination von Humor und Intelligenz.

Agatha fand, dass er aussah, als wäre er dem Set von *Der Herr der Ringe* entflohen.

»Erzählen Sie mir von sich«, forderte Agatha ihn auf.

»Ich denke, es steht alles in meinem Lebenslauf.«

»Hören Sie, mein Junge, wenn Sie diesen Job wollen, versuchen Sie, sich zu verkaufen.«

»Darf ich mich setzen?«

»Nur zu.«

Simon zog sich einen Stuhl hervor, um Agatha gegenüber Platz zu nehmen. »Ich kann Leute gut deuten«, sagte Simon mit einem leichten Gloucestershire-Akzent. »Ich erkenne instinktiv, wenn jemand lügt. Ich bin überdurchschnittlich intelligent und …«

»Und Sie haben eine sehr hohe Meinung von sich«, fiel Agatha ihm ins Wort.

»Dann hören Sie sich nicht gern an, wie ich mich verkaufe?«, fragte Simon, was aufrichtig neugierig klang.

Agatha musste grinsen. »Ich hatte einen schlechten Tag. Wohnen Sie bei Ihren Eltern?«

»Nein, allein. Meine Eltern sind tot, letztes Jahr bei einem Autounfall gestorben. Mir blieb nicht viel außer Schulden, auch noch nachdem das Haus verkauft war. Deshalb habe ich entschieden, dass es besser ist zu arbeiten, als jetzt auch noch Schulden für ein Studium zu machen. Von denen habe ich schon genug.«

Die Bürotür ging auf, und Toni kam herein. »Ich habe etwas auf meinem Schreibtisch vergessen.«

Agatha versetzte es einen Stich, Tonis trauriges Gesicht zu sehen. Und plötzlich hatte sie eine Idee. »Toni, dies ist Simon Black, der morgen bei uns anfängt. Simon, Toni Gilmour. Sind Sie gerade beschäftigt, Toni?«

»Ähm … nein.«

»Dann nehmen Sie sich ein bisschen Geld aus der Portokasse und laden Sie Simon auf einen Drink ein. Sie können ihm erzählen, worum es in einer Detektei geht. Und die Zeit können Sie sich als Überstunden aufschreiben.«

»Ist gut«, sagte Toni matt.

»Simon, seien Sie morgen früh um neun hier, dann gibt unsere Sekretärin Ihnen einen Vertrag, den Sie unterzeichnen.«

»Danke vie…«, begann Simon, doch Agatha winkte bereits ab. »Ziehen Sie los.«

Agatha wartete, bis die beiden die Treppe hinunter und auf der Straße waren. Dann stand sie auf und trat ans Fenster. Die beiden gingen in weitem Abstand zueinander und sprachen nicht.

Sieben

Im Pub The George neben der Polizeizentrale bestellte Simon ein Bier und Toni ein halbes Lager.

»Auf welcher Schule warst du?«, fragte Toni.

»Mircester Grammar.«

»Da hätte ich auch hingehen können, aber meine Mutter hat gesagt, sie kann sich die Uniform nicht leisten.«

»Können viele Schüler nicht. Deshalb gibt es in der Schule einen Secondhand-Laden für Uniformen.«

»Tja, meine Mum hatte damals einige Probleme«, sagte Toni. »Reden wir über den Job. Was willst du wissen?«

»Als Erstes möchte ich wissen, ob Agatha Raisin eine gute Chefin ist. Du siehst ziemlich niedergeschlagen aus.«

»Ich habe eine Freundin verloren, mit der ich zusammengearbeitet habe.«

»Diese Sharon, die ermordet worden ist?«

Toni nickte.

»Ist der Job so gefährlich?«

»Nein. Eigentlich nicht. Normalerweise ist es Routinekram – vermisste Haustiere und Kinder, untreue Ehepartner. Sharon hatte sich auf üble Typen eingelassen. Biker.«

»Gehst du zu einer Trauerberatung?«

»Nein, ich war ja nicht mit ihr verwandt. Sie war nur eine Freundin, und zwar eine, von der ich echt die Nase voll hatte, kurz bevor sie gestorben ist.«

»Bist du schon mal im Pyrt Park gewesen?«

Toni sah ihn verwundert an. »Nein, warum?«

»Die haben da eine richtig heftige Achterbahn. Trink aus, dann fahren wir hin.«

»Warum sollte ich denn …«

»Wart's ab.«

Er hatte ein Motorrad auf dem Marktplatz geparkt und gab Toni einen Helm, bevor er seinen eigenen aufsetzte.

»Das ist irre«, sagte Toni, als sie zum Eingang des Freizeitparks kamen.

»Vertrau mir.«

»Ich bin noch nie mit einer Achterbahn gefahren. Vielleicht wird mir schlecht.«

»Wird es nicht. Folge mir.«

Als sie angeschnallt waren, fuhren sie los, höher und höher, bis Toni die Malvern Hills in der Ferne sehen konnte. Ganz oben klammerte Toni sich an Simons Arm. »Ich glaube nicht, dass ich das aushalte.« Die Gondel stürzte nach unten, und Toni schrie und schrie. Als Simon ihr am Ende aus der Gondel half, knickten ihre Beine leicht ein.

»Was war das denn?«, fragte sie schwach.

»Schreitherapie. Ich bin hergekommen, nachdem meine Eltern bei einem Unfall starben. Keine Sorge wegen des Jobs. Ich werde das schnell durch Beobachten und Machen lernen. Oh, sieh mal, Zuckerwatte. Ich hole uns welche.«

Er tänzelte davon, wobei er sich noch einmal umblickte und ihr zugrinste. Was für ein komischer Junge, dachte Toni. Wie ein Hofnarr. Fehlt nur noch die Kappe mit den Glöckchen.

Doch in dieser Nacht schlief sie so tief wie seit Sharons Ermordung nicht mehr.

Am nächsten Morgen unterschrieb Simon seinen Vertrag. Er blinzelte, als er den großzügigen Lohn las, und schaute hinüber zu Agatha. »Ich heuere Sie in Vollzeit an, weil ich da so eine Ahnung habe, was Sie betrifft«, erklärte sie. »Aber denken Sie dran, dass Sie vorerst in der Probezeit sind. Eigentlich wollte ich Ihnen als Erstes kleinere Fälle geben, aber jetzt brauche ich schnell ein frisches Paar Augen. Haben Sie von dem Mord an John Sunday gelesen?«

»Ja.«

»Ich möchte, dass Sie sich alles durchlesen, was wir bisher dazu haben. Nehmen Sie sich das für heute vor, und sehen Sie mal, ob Ihnen etwas dazu einfällt. Es ist alles im Computer auf dem Schreibtisch da drüben.«

Agatha bemerkte Tonis Blick und dachte verärgert: Ja, ich weiß, dass es Sharons Schreibtisch war, aber ich kann wohl schlecht einen Kranz drauflegen und Kerzen anzünden. Agatha stellte Simon den anderen Mitarbeitern vor.

Dann setzte sich Simon und machte sich an die Arbeit. Er nahm vage wahr, wie Agatha andere Aufträge besprach, konzentrierte sich jedoch auf die Dokumente im Computer. Dabei blendete er alles andere aus, einschließlich seiner Gedanken an Toni. Er war schon einmal verliebt gewesen, was in einem Desaster geendet hatte, und wollte nie wieder so leiden. Toni mit ihrem hübschen Aussehen, ihrer Klugheit und der entwaffnenden Aura von Unschuld war gefährlich.

Während er die Berichte las, versuchte er, sich die Szene im Pfarrhauswohnzimmer vorzustellen, als der sterbende Sunday an der Terrassentür erschien. Außer Miriam Courtney und Miss Simms schien niemand den Raum verlassen zu haben. Als Simon eine halbe Stunde später aufblickte, war nur noch Mrs. Freedman im Büro. »Warum Miss Simms und Mrs. Bloxby?«, fragte er.

»Ich verstehe nicht«, sagte Mrs. Freedman.

»Keine Vornamen.«

»Oh, sie sind Mitglieder des Frauenvereins von Carsely, da ist es von jeher Tradition, dass man keine Vornamen benutzt.«

Dann widmete er sich Tilly Glossop. Sie sollte eine Affäre mit Sunday gehabt haben. Hatte er das Foto von ihr mit dem Bürgermeister genutzt, um ein bisschen Gratissex für sich zu bekommen?

Sein Magen grummelte, und Simon blickte verwundert zur Uhr. »Ich gehe was essen«, sagte er. »Danach fahre ich nach Odley Cruesis, um mir das mal anzusehen. Kann ich Ihnen etwas mitbringen?«

»Nein, danke, ich hatte schon ein Sandwich am Schreibtisch. Meinen Sie nicht, Sie sollten vorher Mrs. Raisin anrufen und ihr sagen, wohin Sie wollen?«

»Ich bin mit dem Motorrad unterwegs und habe einen Helm auf. Ich will bloß ein Gefühl für den Ort bekommen.«

Simon ging zum nächsten Burger King und schlang einen Hamburger und Pommes herunter, bevor er auf sein Motorrad stieg und nach Odley Cruesis fuhr. Vorsichtig rollte er durchs Dorf und parkte auf einem Hügel oberhalb des Orts.

Cotswolds-Besucher ließen Dörfer wie Odley Cruesis, die sich zwischen den Hügeln versteckten, oft links liegen. Sie wählten stattdessen malerische Flecken wie Chipping Campden, Bourton-on-the-Water oder Stow-on-the-Wold.

Es war sehr still im Dorf. Wind heulte in den Kronen der alten Ulmen, die den dreieckigen Dorfanger umrahmten. Die Cottages, die Simon sehen konnte, waren alle sehr klein und so von Rankpflanzen bewachsen – Blauregen, Clematis und Jungfernrebe –, dass sie selbst wie ein Teil der Vegetation wirkten.

Simon näherte sich auf dem Motorrad der Kirche und sah auf das Anschlagbrett. Die meisten Aushänge wirkten alt und ausgeblichen, doch es gab einen neuen, der erst seit Kurzem dort hängen konnte. Darauf stand: *Zimmer in antikem Haus mit viel Charme zu vermieten. Kontakt: Miss May Dinwoody*. Dann folgten eine Adresse und eine Telefonnummer.

Er holte sein Mobiltelefon hervor und rief Agatha an. Als er fertig war, quiekte sie entsetzt: »Sie wollen da wohnen? Das könnte gefährlich sein. In dem Dorf gab es schon zwei Morde, und ein Freund von mir wurde niedergeschlagen und ist im Krankenhaus gelandet. Und was in aller Welt wäre denn Ihre Erklärung, warum Sie dahin ziehen wollen?«

»Meine Eltern sind beide bei einem Autounfall ums Leben gekommen – was wahr ist. Ich will Ruhe und Frieden, um mich von dem Trauma zu erholen. Außerdem überlege ich, Geistlicher zu werden.«

»Tun Sie das?«

»Ein Besuch in der Bücherei von Mircester, und ich weiß eine Menge zu dem Thema. Ich bin gut darin, mich anzupassen.«

»Na schön. Versuchen Sie es, und erstatten Sie mir jeden Abend Bericht. Wir halten die Sache geheim. Kommen Sie nicht ins Büro. Ich werde allen erzählen, dass Sie sich entschieden haben, den Job doch nicht anzunehmen. Haben Sie genug Geld für die Kaution?«

»Ja. Ich werde nichts überstürzen, also könnte es ein bisschen dauern. Erinnern Sie sich noch, wo genau sie wohnt?«

»In der alten Mühle. Es gibt da einen Weg, der hinter dem Dorfladen dort runter führt.«

Simon blickte zum Dorfladen, als er daran vorbeikam. Das Gebäude sah finster aus, und vorn hing ein altes Banner über der Tür: EUER DORFLADEN – NUTZT IHN ODER VERLIERT IHN. Dann kaufe ich lieber da ein, dachte Simon. Wahrscheinlich gilt eine Fahrt zum Supermarkt hier als Hochverrat. Komisch. Es fühlt sich hier kein bisschen ruhig und friedlich an, eher so, als würden mich hundert Augen beobachten.

Er rollte den Weg über den feuchten, unkrautüberwucherten Pfad zu dem alten Mühlenhaus an dem algengrünen Teich hinunter. Dort klingelte er bei Wohnung 2, und durch die Gegensprechanlage bat ihn eine Stimme einzutreten.

May Dinwoodys erste Worte, als sie ihn sah, klangen enttäuscht. »Ich hatte auf jemand Älteres gehofft«, sagte sie mit dünner Stimme. »Vielleicht auf einen älteren Herrn. In diesem Dorf hat es Morde gegeben, und alle haben Angst.«

Simon lächelte. »Vielleicht wäre ein junger Mann ein besserer Schutz.«

»Ach, na gut, kommen Sie rein. Setzen Sie sich.«

Die grauhaarige May Dinwoody trug einen komischen Stilmix: eine verfilzte braune Strickjacke über einem roten Paillettentop, Haremshose und dazu Turnschuhe.

»Ich hoffe, Sie haben gute Referenzen«, sagte sie.

»Was ich habe«, antwortete Simon, »sind meine Schulzeugnisse und mein Führerschein. Ich habe keine Arbeitszeugnisse, weil ich noch nie gearbeitet habe. Meine Eltern sind letztes Jahr bei einem Autounfall umgekommen, und es hat lange gedauert, bis alle Angelegenheiten mit den Anwälten geregelt waren. Mein Zuhause ist Nummer 22, Blackberry Avenue in Mircester, aber das steht zum Verkauf. Ich möchte für eine Weile irgendwohin, wo es sehr ruhig ist, bis ich mich entschieden habe, wie es weitergehen soll. Und ich überlege ernsthaft, Geistlicher zu werden.«

»Ich denke, Sie passen sehr gut hierher«, sagte May. »Trinken wir einen Kaffee und gehen rüber zum Pfarrhaus, damit Sie den Vikar kennenlernen. Doch vorher zeige ich Ihnen Ihr Zimmer. Es ist ein bisschen klein und leider nicht mit Blick über den Teich. Der war es, der mich überzeugt hat, hierherzuziehen.«

Wie solch ein fauliger, trüber Teich auf irgendwen anziehend wirken konnte, entzog sich Simons Vorstellungsvermögen, aber er folgte ihr zu einem Raum hinten im Haus. Das Zimmer war zwar klein, hatte aber ein großes Fenster mit Blick zum Dorfanger.

»Der vorherige Besitzer war ein Künstler und hat das Fenster einbauen lassen«, sagte May. »Was für eine Entweihung! Heute würde er dafür keine Genehmigung mehr bekommen.«

Das Zimmer war schlicht eingerichtet mit einem Einzelbett, einem Kleiderschrank, einer Kommode, einem Schreibtisch am Fenster und drei Stühlen.

»Jetzt zeige ich Ihnen das Bad. Sie müssen Ihre eigenen Handtücher und Laken mitbringen, fürchte ich.«

»Das ist in Ordnung«, sagte Simon. »Kein Problem.«

»Kommen Sie mit. Rechts vom Wohnzimmer ist die Küche. Wir müssen uns den Kühlschrank und die Regale teilen. Ich werde meine Lebensmittel in den beiden oberen Regalen und einem Kühlschrankfach lagern. Der Schrank hier oben links ist auch Ihrer.«

»Sieht gut aus.«

»Es gibt noch ein Zimmer, aber das nutze ich als Werkstatt. Ich mache Spielzeug.«

»Wow!«

Mays Stimme begann zu zittern. »Jetzt kommen wir zur Miete und der Kaution.«

»Wie viel?«

»Fünfundsiebzig Pfund die Woche und drei Monate im Voraus.«

»Okay. In bar oder als Scheck?«

May blinzelte.

»Wenn Sie sagen, dass ich ein Neffe bin, könnte ich in bar zahlen, und Sie hätten keine Steuerabzüge«, sagte Simon.

»Das wäre doch verboten!«

Simon grinste. »Ja, wäre es.«

»Ist das denn nicht ein bisschen, nun ja, ungehörig?«

»Nur ein bisschen.«

»Ach, na schön«, sagte May. »Wie gut, dass John Sunday tot ist. Er hätte das sicher bald rausgefunden.«

»Davon habe ich gelesen. Vielleicht sollte ich, bevor ich den Vikar kennenlerne, zu mir nach Hause zurückfahren und meine Sachen und das Geld von der Bank holen?«

»Aber ja! Ja, sicher doch«, trällerte May.

»Soll ich schottisch sein, wie Sie?«

»Nein, nicht nötig. Meine arme Schwester, die verstorben ist, war mit einem Engländer verheiratet. Sie hatten keine Kinder, aber das weiß niemand im Dorf.«

Simon verabschiedete sich, und May setzte sich hin und blickte zu dem sich kräuselnden Wasser des Mühlenteichs. Sie hatte ein bisschen Geld mit dem Verkauf ihrer Spielsachen auf Märkten verdient, aber ihre Rente gab nur sehr wenig her. Ihr letzter Luxus war das Rauchen, und jeden Tag überlegte sie, es aufzugeben. Was, wenn dieser komisch aussehende junge Mann nicht wiederkam?

Doch zwei Stunden später erschien Simon in dem alten Morris Minor seines Vaters. Er fand, dass der Wagen passender war als ein Motorrad, um das Image eines jungen Mannes zu wahren, der Geistlicher werden wollte. Er trug einen Karton mit Laken, Handtüchern und Kissenbezügen ins Haus, bevor er May einen Umschlag voller Geld gab.

Simon kehrte zum Wagen zurück, um einen Koffer zu holen, und während er dann im Haus seine Sachen aufhängte, bedauerte er kurz, dass er Toni eine Weile nicht wiedersehen würde. Agatha Raisin schien eine ziemlich anspruchsvolle Frau zu sein, aber es hieß, dass sie eine Menge Fälle gelöst hatte, und das sprach für ihre Intelligenz.

Einmal in der Woche war in Mircester auf dem kleinen Platz vor dem Kloster Markt. Agatha liebte es, dort herumzuschlendern, kaufte oft verlockendes frisches Obst und Gemüse, das sie dann irgendwie nie zu essen schaffte und letztlich weggab.

Als sie an diesem Tag über die Stände blickte, sah sie Tom Courtneys Schwester Amy Bairns. Ihr Magen vollführte einen unangenehmen Hüpfer. Für Agatha stand zweifelsfrei fest, was Amy in dieser Gegend wollte. Kehrten entkommene Mörder oder, in Amys Fall, Helfershelfer nicht immer an den Ort des Verbrechens zurück, um Rache zu üben?

Sie schlich um die Stände herum, bis sie hinter der Frau war, packte sie fest von hinten und schrie: »Polizei! Hilfe!«

Zwei Polizisten, die auf dem Markt Dienst hatten, kamen herbeigelaufen. »Lassen Sie mich los!«, rief Amy mit einem amerikanischen Akzent. »Diese Frau ist wahnsinnig!«

»Und diese Frau«, keuchte Agatha, »ist die Schwester des Mörders Tom Courtney.«

Die Polizisten übernahmen. Sie legten Amy Handschellen an und führten sie ab. Agatha folgte ihnen.

Sie wurde angewiesen, im Eingangsbereich der Polizeizentrale zu warten. Und sie fühlte sich beschwingt vor Triumph.

Eine halbe Stunde später kam ein großer Mann hereinmarschiert, ging auf den Empfangstresen zu und fragte laut: »Was machen Sie mit meiner Frau?«

»Wie ist der Name Ihrer Frau?«

»Maisie Berger. Wir sind hier im Urlaub, und mir wurde gesagt, dass irgendeine Frau auf dem Markt die arme Maisie angeschrien hat und Maisie dann hierhergebracht wurde.«

Der Sergeant am Empfang drückte den Summer. »Wenn Sie mit durchkommen wollen, Sir?«

In Agathas Bauch formte sich ein Eisklumpen. Sie konnte sich nicht irren. Natürlich – die beiden hatten gefälschte Pässe!

Noch eine halbe Stunde verging. Die Plastikpalme im Wartebereich war staubig. Vom Markt draußen klangen heitere Geräusche herein. Mehrere Presseleute waren gekommen und wollten wissen, wer verhaftet worden war. Sie drehten sich um, sahen Agatha und gingen bereits auf sie zu, als Inspector Wilkes rief: »Mrs. Raisin, wenn Sie bitte kommen wollen.«

Agatha wurde durch die Tür gelassen und in einen Befragungsraum geführt. Als sie sich gegenüber von Wilkes hinsetzte, fiel ihr als Erstes auf, dass er allein war, und als Zweites, dass das Band nicht lief.

»Die Frau, die Sie gepackt haben, ist genau die, die sie zu

sein behauptet«, sagte Wilkes. »Wie sind Sie denn nur auf die Idee gekommen, dass es sich um Amy Bairns handeln könnte?«

»Es liegt an diesem kalifornischen Lifting. Die sehen alle aus, als kämen sie vom selben fremden Planeten.«

»Wir haben uns in aller Form bei ihnen entschuldigt, bezahlen ihre Hotelrechnung und einen Satz Golfschläger für den Ehemann sowie eine Woche in einem Wellnesshotel für beide, damit sie auf eine Anzeige verzichten. Für all das schicken wir Ihnen die Rechnung, und im Gegenzug werden wir Sie nicht dafür belangen, dass Sie unsere Zeit verschwendet haben. Sie gehen durch die Hintertür, und Sie werden nicht, ich wiederhole, nicht mit der Presse reden. Haben Sie das verstanden?«

»Ja, verstanden«, antwortete Agatha unglücklich.

Wilkes Züge wurden ein klein wenig weicher. Er musste zugeben, dass auch er beim Anblick von Mrs. Berger zunächst erschrocken war, denn sie sah der vermissten Amy Bairns zum Verwechseln ähnlich.

»Beschäftigen Sie sich wieder mit harmloser Detektivarbeit, Mrs. Raisin. Das wäre alles.«

Er betätigte eine Klingel. »Bringen Sie Mrs. Raisin zur Hintertür«, sagte er dann zu der Polizistin, die hereinkam.

Als Agatha wieder in ihrem Büro war, wies sie Mrs. Freedman an: »Falls die Presse anruft, ich bin nicht zu sprechen.«

»Da waren schon einige Anrufe«, entgegnete Mrs. Freedman.

Patrick schenkte sich einen Kaffee ein. »Was ist los?«

Agatha erzählte es ihm. »Wie konnte ich so blöd sein?«, endete sie.

Eine Weile lang betrachtete Patrick sie nachdenklich. »Haben Sie jemals ein Foto von Dr. Bairns gesehen?«, fragte er dann.

»Nein, warum? Ach, vielleicht habe ich es ja doch. Ich glaube, da war ein körniges Bild in einer der Zeitungen.«

»Ich sehe mal im Computer nach«, sagte Patrick. »Ich habe jemanden bei der Polizei in Philadelphia kontaktiert, und er hat mir einige Sachen geschickt.«

»Sie müssen die Personen sein, die sie behaupten zu sein«, entgegnete Agatha. »Sie hatten Pässe und alles, schätze ich.«

»Geben Sie mir ein paar Minuten. Rauchen Sie eine, und entspannen Sie sich.«

Mrs. Freedman seufzte laut, als Agatha sich eine Zigarette anzündete, und öffnete demonstrativ das Fenster neben ihrem Schreibtisch so weit wie möglich.

»Ich schließe die Tür ab«, sagte Agatha. »Ich höre schon das Poltern der Presseleute auf der Treppe.«

Patrick tippte auf seiner Tastatur, während Agatha das Läuten an der Tür und die Rufe durch den Briefschlitz ignorierte.

»Ich hab's«, sagte Patrick schließlich. »Kommen Sie her, und sehen Sie sich das an.«

Agatha ging hinüber und schaute sich das Bild auf seinem Monitor an. »Das ist er!«, rief sie. »Der Mann, der behauptet, Berger zu sein. Was bedeutet, er ist Dr. Bairns und sie ist Amy! Schnell, Patrick. Drucken Sie das aus, und wir bringen es zu Wilkes.«

»Was will sie denn jetzt schon wieder?«, fragte Wilkes, als ihn der Sergeant vom Empfang anrief und ihm mitteilte, dass Mrs. Raisin und Patrick Mulligan mit wichtigen Informationen da wären und eine Mörderin entkäme, sollten sie ihn nicht sofort sprechen können. Die Presse hatte der Sergeant ausgesperrt, aber Mrs. Raisin hatte ihnen ein Statement versprochen, nachdem sie bei Wilkes gewesen war.

»Ich schicke jemanden, der sie holt«, sagte Wilkes. »Auch wenn ich glaube, sie ist endgültig durchgedreht.«

Detective Sergeant Collins erschien. Ihre Augen funkelten boshaft, und ihr Haar war wie immer zu einem so strammen Knoten gebunden, dass Agatha sich fragte, ob die Frau nicht permanent Kopfschmerzen hatte.

»Diesmal haben Sie es wirklich geschafft, Sie alte Pute«, sagte Collins. »Das wird ein Fest für die Presse.«

»Oh ja, wird es«, antwortete Agatha süßlich.

Wilkes kam ihr auf dem Korridor entgegen. »Kommen Sie rein«, sagte er schroff. »Was haben Sie jetzt für eine verrückte Idee?«

Patrick und Agatha folgten ihm in den Befragungsraum. »Zeigen Sie ihm das Foto, Patrick«, sagte Agatha.

Patrick legte das ausgedruckte Bild vor Wilkes auf den Schreibtisch. »Das«, sagte Agatha, »ist eine Aufnahme von Dr. Bairns, Amy Bairns' Ehemann. Erkennen Sie das Gesicht?«

Wilkes brüllte, »Warten Sie hier!«, und rannte aus dem Raum. Sie konnten ihn hektisch Anweisungen rufen hören. Agatha ging ans Fenster. Uniformierte stürmten aus dem Gebäude und in Richtung The George Hotel, und Streifenwagen rasten los. Patrick kam zu ihr.

»Sehen Sie sich die an«, sagte er. »Es gibt einen witzigen Spruch, den ich mal gehört habe, über einen Ritter, der auf sein Pferd sprang und wild in alle Richtungen davonpreschte.«

»Warum ist Amy ausgerechnet hierhergekommen?«, fragte Agatha.

»Wahrscheinlich dachte sie, es wäre der letzte Ort, an dem jemand sie zu sehen erwartet. Oder sie will sich an Ihnen rächen. Sie scheint ihrem Bruder sehr nahezustehen. Bei Zwillingen ist das nicht ungewöhnlich. Wahrscheinlich sind die beiden längst über alle Berge.«

»Ist man nie auf die Idee gekommen, dass der Ehemann mit in der Sache stecken könnte?«

»Nein, gar nicht. Guter Republikaner, der jedes Jahr an den Polizeifonds von Philadelphia spendet. Ein Vorzeigebürger.«

»Ich frage mich, warum Tom Courtney wollte, dass ich den Mörder finde. Hat er mich für solch eine Amateurin gehalten, dass ich nie auf ihn kommen würde?«

»Vielleicht hat er eine so hohe Meinung von sich, dass er dachte, Sie verlieben sich in ihn.«

»Dann muss er wahnsinnig sein«, entgegnete Agatha und wurde rot.

»Bei Gott! Sehen Sie! Sie haben die zwei!«, sagte Patrick. Amy und ihr Mann wurden von einer Gruppe Uniformierter und Detectives über den Platz gebracht.

»Wird Zeit, ein bisschen Werbung für die Detektei zu machen.« Agatha grinste. »Gehen wir raus zur Presse.«

Patrick ging voraus zur Tür, wo er sich verwundert zu Agatha umdrehte. »Es ist abgeschlossen.«

»Das können die nicht machen!«, wütete Agatha. »Sie wollen nicht, dass ich da draußen erzähle, wie sich die Polizei zum Affen gemacht hat.«

Sie hämmerte an die Tür. Schließlich öffnete Wilkes ihnen.

»Ich möchte, dass Sie wieder durch die Hintertür gehen, Mrs. Raisin«, sagte er. »Ich rede mit der Presse.«

»Ohne mich hätten Sie die zwei niemals geschnappt!«, heulte Agatha.

»Hören Sie, wenn Sie nicht still und leise gehen, sorge ich dafür, dass Sie nie wieder Hilfe von uns bekommen.«

»Wie bitte? Wann haben Sie mir denn jemals geholfen?«

»Sie tun, was man Ihnen sagt. Gehen Sie. Detective Sergeant Wong wird Sie nach draußen begleiten.«

Am Hinterausgang drehte Agatha sich wütend zu Bill um. »Ich fasse nicht, dass du das mitmachst!«

»Was erwartest du von mir?«, fragte Bill. »Dass ich mich Befehlen widersetze? Hör mal, sobald ich hier wegkann, komme ich zu dir und erzähle dir so viel, wie ich kann.«

»Ich schleiche mich nicht weg«, sagte Agatha, als Bill gegangen war. »Dies ist ein freies Land. Gehen wir vor das Gebäude und stellen uns hinten in die Menge. Ich will hören, was Wilkes denen erzählt.«

Die Presse war vor dem Gebäude versammelt. Wilkes ließ sich Zeit. Immer mehr Presseleute kamen, und ein Übertragungswagen vom Fernsehen fuhr auf den Platz.

Schaulustige gesellten sich hinzu. »Wir bleiben einfach hier hinten«, sagte Agatha.

Eine Stunde und noch eine halbe vergingen, bevor Wilkes vor der Polizeizentrale erschien, und Agatha taten bereits die Füße weh. Als Wilkes endlich herauskam, wurde er von Chief Superintendent Jack Petrie auf der einen Seite und einer strahlenden Detective Sergeant Collins auf der anderen flankiert.

»Nur eine kurze Mitteilung«, sagte Wilkes. »Ein Mann und eine Frau wurden im Zusammenhang mit dem Mord an Miriam Courtney verhaftet. Morgen wird es eine weitere Pressemitteilung geben. Das ist alles. Danke, dass Sie gewartet haben.«

»Eine Minute!«, rief eine laute Stimme. Agatha stellte sich auf die Zehenspitzen und erkannte den Lokalreporter Jimmy Torrance, der sich nach vorn drängelte. »Detective Sergeant Collins hat mir vorhin gesagt, die Privatdetektivin Agatha Raisin hätte sich lächerlich gemacht, indem sie die falsche Frau verhaften ließ. War es tatsächlich die falsche Frau oder doch die richtige?«

»Ich hatte recht!«, rief Agatha.

Die Presse drehte sich um und begann, sich um Agatha zu scharen. Wilkes sah zu Collins und sagte streng: »Folgen Sie mir.«

Agatha fand, dass sie allen Grund hatte, sich zu verteidigen, und erzählte der versammelten Presse ihre Version der Geschichte, wobei sie sorgsam alles ausließ, was später dem Prozess schaden könnte. Sie sagte lediglich, dass sie eine Frau erkannt hatte, die sie für eine Verdächtige in einem Mordfall hielt, und die Polizei zu Hilfe gerufen hatte. Ihr, Agatha, war mitgeteilt worden, dass sie einen furchtbaren Fehler gemacht habe. Aber ihr Detektiv Patrick Mulligan hatte einen Fotobeweis gefunden, der ihr doch Recht gab. Agatha endete mit der taktvollen Bemerkung, dass sich die Presseleute an die Polizei wenden müssten, sollten sie mehr Details wissen wollen.

Acht

Es war später Abend, als Bill Wong endlich zu Agatha kam. In ihrer Küche fand er Toni, Patrick und Phil vor, die alle gespannt auf seine Neuigkeiten warteten.

»Dies hier ist inoffiziell«, sagte Bill müde, »aber du hast mir einen großen Gefallen getan, Agatha. Collins ist vom Dienst suspendiert. Ich hasse diese schreckliche Frau.«

»Sie wird davonkommen«, erwiderte Agatha. »Sie ist ja nicht die erste Polizistin, die von einem Reporter auf dem falschen Fuß erwischt wurde.«

»Oh, es wird noch schlimmer. Gib mir einen Kaffee, und ich erzähle euch alles, was ich kann.«

Sobald er mit einem Kaffee am Tisch saß, begann Bill.

»Amy hat alles gestanden. Sie ist vollkommen eingeknickt, ehe ihr Mann einen Anwalt besorgen konnte. Sie sagt, alles sei die Idee ihres Bruders gewesen. Es war so, wie wir dachten. Sie war mit dem Pass ihres Bruders auf die Caymans geflogen und er mit ihrem gefälschten hierher. Laut Amy war der Mord an Sunday für sie schlicht ein Glücksfall, denn dadurch sah der an ihrer Mutter aus wie das Werk derselben Person. Sie und Tom haben ihre Mutter gehasst und wussten, dass sie millionenschwer war.«

»Aber warum die aufwendige Inszenierung?«, fragte Agatha. »Sie hätten doch einfach warten können, bis sie in die Staaten kommt, und es dann wie einen Überfall aussehen lassen.«

»Beide Geschwister waren schon wegen Nervenzusammenbrüchen in Behandlung. Man nimmt an, dass Tom Courtney schizophren ist.«

»Aber wenn er der Mörder ist, warum hat er mich dann engagiert?«

»Er hatte in der Polizeizentrale angerufen und mit Collins gesprochen, was sie allerdings nicht gemeldet hat. Jedenfalls hat er ihr erzählt, er habe einen Anruf von seiner Mutter vor deren Tod erhalten, bei dem sie ihm erzählte, dass sie eine Privatdetektivin angeheuert hätte, um den Mord an Sunday aufzuklären, und wollte wissen, wer das war. Collins hat ihm gesagt, dass du eine Pest bist und die Polizei vor allem bei ihren Ermittlungen behinderst. Deshalb dachte er, dass es gut aussähe, wenn er dich ebenfalls engagiert und es für ihn nicht gefährlich werden könnte.«

Agatha wurde rot. Um ein Haar wäre sie mit einem Wahnsinnigen und Mörder ins Bett gegangen, der sie für eine Versagerin hielt.

»Ich weiß, dass du wütend bist«, sagte Bill, der ihre Röte für Zorn hielt, »aber das war ein weiterer Nagel in Collins' Sarg, glaube ich. Allerdings scheint sicher, dass die Courtneys nichts mit dem Mord an Sunday zu tun hatten, also sind wir in dem Fall wieder bei null. So oder so hielt Amy die Gesichtsveränderung für eine gute Investition.«

»Im Gefängnis gibt es keine Schönheitschirurgen«, sagte Toni. »Ich frage mich, wie sie aussehen wird, wenn der Prozess beginnt. Ach so, soll ich eigentlich Simon einarbeiten? Ich habe ihn heute nicht gesehen.«

»Ich habe entschieden, ihn doch nicht einzustellen«, log Agatha und bekam ein schlechtes Gewissen, als Toni traurig »Oh« sagte.

»Warum nicht?«, fragte Phil. »Er schien doch ganz passend.«

»Darüber möchte ich jetzt nicht reden«, wich Agatha aus.

»Soll ich mich mal ein bisschen in Odley Cruesis umsehen?«, fragte Phil.

»*Nein!*«, fuhr Agatha auf, und als alle sie verwundert ansahen, ergänzte sie: »Entschuldigt, ich wollte nicht laut werden. Aber wir haben Fälle zu lösen, und mit der jüngsten Publicity kommen wahrscheinlich noch eine Menge mehr rein. Ist Tom Courtney schon ausgeliefert worden?«

»Wir warten noch, aber jetzt, da wir Amy haben, dürfte es nicht mehr lange dauern.«

Bills Handy klingelte. Er verließ die Küche und sagte: »Seid alle still. Wenn Wilkes hört, dass ich hier bin, flippt er aus.«

Nach wenigen Minuten kam er zurück. »Ich muss gehen. Riesenärger. Sie sind tot«, verkündete er.

»Wer?«, fragten alle im Chor.

»Beide, Amy und ihr Mann. Sie haben Gift genommen.«

»Wie sind sie an Gift gekommen?«, fragte Agatha.

»Sie hatten jeder Zyanid in einem Jackenknopf versteckt. Ich bin weg.«

»Verfluchter Mist«, schimpfte Agatha. »Damit fliege ich aus den Schlagzeilen.«

»Kopf hoch«, sagte Patrick. »Für die Morgenausgaben ist es schon zu spät.«

»Stimmt! Wer möchte Champagner?«

Am darauffolgenden Sonntag beschloss Toni, den Gottesdienst in Odley Cruesis zu besuchen. Sie verstand nicht, warum Agatha anscheinend kein Interesse mehr an dem Fall hatte. Und sie dachte, ein Besuch in der Kirche, wenn alle glaubten, die Lage hätte sich beruhigt, könnte ihr ein Gefühl für den Ort geben. Doch sie erinnerte sich an den Angriff auf Roy Silver, weshalb sie sich lieber verkleidete.

Agatha hatte einen Karton mit diversen Verkleidungen im Büro. Mit ihrem Schlüssel öffnete Toni die Bürotür, holte den Karton hervor und wählte eine schwarze Perücke, die sie über ihr kurzes blondes Haar stülpte. Allein das veränderte ihre äußere Erscheinung schon sehr. Zudem trug sie ein konservatives blaues Leinenkostüm und flache Schuhe. Toni betrachtete sich im Spiegel über den Aktenschränken und fand, dass sie wie der Inbegriff einer Kirchgängerin aussah.

Es war ein perfekter Tag, und die Schönheit der Cotswolds lag unter einem weiten blauen Himmel. Die schwüle Hitze der letzten Zeit und der jüngste Regen bedeuteten, dass die Vegetation ringsum üppiger denn je wirkte und die Landstraßen in grüne Tunnel verwandelte.

Anfangs war Toni überrascht, wie voll die Kirche war, stellte jedoch bald fest, dass es sich bei vielen Besuchern um Leute von außerhalb handeln musste. Zweifellos hatten die neuesten Entwicklungen im Fall Miriam Courtney einige jener Leute angelockt, die Toni insgeheim »Gaffer« nannte und die sich verlässlich einfanden, wo immer es einen Mord oder einen schlimmen Unfall gegeben hatte.

Sie setzte sich in eine Kirchenbank ganz hinten, und während der Predigt sprach sie ein stummes Gebet für Sharons Seele. Toni war nicht sicher, ob sie an irgendetwas glaubte, aber die Stille in der alten Kirche, trotz der vielen Besucher, beeindruckte sie. Als würden die Steine hier den Frieden atmen, den sie den Sorgenvollen und Leidenden über Jahrhunderte geschenkt hatte.

Als der Gottesdienst endete, stand Toni auf und ging hinaus auf den Kirchhof. Sie beobachtete die Leute, die aus dem Portal traten. Da war Mrs. Carrie Brother, die stehenblieb, um mit dem Vikar zu sprechen. Dann kamen zwei alte Ehepaare, die Summers und die Beagles, bald darauf gefolgt von Tilly Glossop. War Tilly nicht die Frau, die beim Sex mit dem Bürgermeister fotografiert worden war? Toni könnte noch ein wenig weiter ermitteln. Und dann erschien May Dinwoody, die sich auf den Arm von … Simon Black stützte!

Nach ihnen kam Penelope Timson heraus und unterhielt sich mit Simon und May, bevor sie beide zum Pfarrhaus führte. Simon sagte etwas, drehte sich um und lief zurück in die Kirche. Wenige Augenblicke später kam er wieder heraus, ging dicht an Toni vorbei und ließ ein Stück Papier fallen, bevor er wieder zum Pfarrhaus eilte.

Toni hob das Papier auf. *Triff mich um drei Uhr heute Nachmittag auf Dover's Hill.*

Toni war schon auf Dover's Hill gewesen, um sich die alljährlichen Cotswold Olimpicks anzuschauen. Bei dem Hügel handelte es sich um ein natürliches Amphitheater ungefähr eine Meile von Chipping Campden entfernt. Toni erinnerte sich, dass sie das Schienbeintreten, das seit dem frühen 17. Jahrhundert in Großbritannien praktiziert wurde, besonders amüsant gefunden hatte. Anfang des 20. Jahrhunderts wurde die Sportart als zu schmerzhaft untersagt, jedoch 1951 wiedereingeführt. Anders als bei früheren Spielen, vor denen sich die Teilnehmer ihre Schienbeine mit Hammerschlägen abhärteten und Stiefel mit Metallkappen trugen, traten die modernen Spieler mit langen Hosen und Strohpolstern darunter an. Der Trick bestand darin, den

Gegner zu Boden zu bringen, indem man ihm gegen die Schienbeine trat. Weitere Sportarten waren Hindernislauf, Falknerei und Morris-Dance, und zum Abschluss fand eine Fackelprozession zum Marktplatz in Chipping Campden statt, wo alle die Nacht durchtanzten.

Die diesjährigen Spiele waren schon im Mai gewesen. Als Toni auf den Dover's Hill kam, parkten nur wenige Touristen dort. Die weltweite Rezession und eine Kombination aus Schweinepest und starkem Pfund hielt die meisten fern.

Im Amphitheater ging Toni ganz nach oben und bewunderte die Aussicht. Einige Leute machten Picknick auf dem Rasen, und ein sehr englischer Duft nach heißem Tee waberte über den Hügel.

Toni kehrte zum Parkplatz zurück und sah Simon in einem alten Morris Minor vorfahren. Er winkte ihr, und sie stieg zu ihm in den Wagen.

»Was machst du in Odley?«, fragte Toni.

»Ich arbeite undercover.«

»Mit Agathas Erlaubnis?«

»Ja. Sie will aber nicht, dass es jemand weiß. Ich wohne bei May Dinwoody zur Untermiete. Erzähl Agatha nicht, dass du mich gesehen hast, sonst kriege ich gleich was auf den Deckel.«

»Nein, verrate ich nicht. Aber was ist deine Tarnung?«

»Ich nehme mir eine Auszeit nach dem Tod meiner Eltern und interessiere mich für frühe englische Kirchenarchitektur. Ich habe dem Vikar gesagt, dass ich nicht zum Mittagessen bleiben kann, weil ich eine wichtige Verabredung habe, und bin weg, ehe er mich fragen konnte, was für eine.«

»Wie kommst du klar?«

»Bestens. Zum Glück hört sich Giles, der Vikar, gern

selbst reden. Er hält mir ohne Ende Vorträge, also brauche ich nichts weiter zu tun, als ihm zuzuhören. May Dinwoody stellt Spielzeug her, das sie auf Märkten verkauft, und dabei helfe ich ihr. Am Dienstag sind wir in Morton.«

»Weiß jemand im Büro, was du tust?«

»Nein.«

»Dann sei lieber vorsichtig. Wenn es im Büro ruhig ist, geht Phil Marshall manchmal zum Einkaufen auf den Markt. An deiner Stelle würde ich sicherheitshalber eine Kappe und Sonnenbrille tragen. Apropos Verkleidung: Wie hast du mich mit dieser Perücke erkannt?«

Simon lachte. »Einmal gesehen, nie mehr vergessen. Besteht Hoffnung, dass ich dich wiedersehe?«

»Im Moment lieber nicht. Ich hoffe nur, dass unser Treffen nicht zu riskant für dich ist.«

Simon blickte sich um. »Keine Sorge, hier sind nur Touristen. Ich habe eine Idee! Nächsten Sonntag könnte ich mir freinehmen – ich erzähle einfach, dass ich Verwandte besuche. Dann können wir uns in Mircester treffen.«

»Ich gebe dir meine Telefonnummer«, sagte Toni.

»Die habe ich schon. Ich habe sie aus der Akte im Büro, genau wie deine Mobilnummer.«

»Und warum hast du die nicht angerufen, als du mich auf dem Kirchhof gesehen hast?«

»Überleg mal, Toni. Alle hätten dich angestarrt, wenn dein unheiliges Telefon inmitten der Grabsteine losgebimmelt hätte.«

»Okay, bis dann.« Toni stieg aus Simons altem Auto und in ihres, das sich aufgeheizt hatte, weil es in der Sonne stand. Sie öffnete die Seitenfenster, nahm die schwarze Perücke ab und legte sie auf den Sitz neben sich. Als sie den Motor anließ und beim Ausparken nach hinten blickte, hatte sie das komische Gefühl, beobachtet zu werden. Doch sie sah nur die üblichen Touristen und eine Busladung Rentner auf einem Tagesausflug aus Wales. *Evans Luxury Tours, Cardiff* stand seitlich auf dem Bus, der so altersschwach wirkte wie die Fahrgäste, die mit steifen Bewegungen in ihn einstiegen.

Toni wollte schon wegfahren, als ihr Handy klingelte. Es war Simon. »Vor lauter Begeisterung, dich zu sehen, habe ich vergessen, dir von einem furchtbaren Artikel über Agatha im *Sunday Cable* zu erzählen.«

In Chipping Campden hielt Toni bei einem Zeitungsladen und kaufte eine Ausgabe der Zeitung.

Sie blätterte durch die Seiten, bis sie zu einem großen Porträtfoto von Agatha kam. Die Überschrift lautete: ENGLANDS ANTWORT AUF INSPECTOR CLOUSEAU.

Es war ein grausam witziger Artikel, der mit Agathas erstem Versuch begann, James Lacey zu heiraten, was ihr Ehemann, den sie für tot gehalten hatte, verhinderte, indem er bei der Trauung aufkreuzte. Dann folgten Einzelheiten über die vielen Male, die Agatha von der Polizei gerettet werden musste, was die Steuerzahler teuer zu stehen gekommen war. Sie wurde als Amateurin betitelt, die von Fall zu Fall stolperte, rauchte, trank und Leute schikanierte, bis sie jemand aus lauter Angst angriff. Der Autor war ein Reporter namens Dan Palmer.

Toni fuhr direkt zu Agatha, um nachzusehen, wie diese damit fertig wurde.

Sie traf Charles an der Tür. »Ich bin da, um ein bisschen Händchen zu halten«, sagte er. »Haben Sie den Artikel gesehen?«

Toni nickte, und Charles klingelte. Nichts geschah. Charles

klappte den Briefschlitz auf. »Ich bin es, Charles, zusammen mit Toni«, rief er hindurch.

Sie warteten, und kurz darauf wurde die Tür geöffnet. »Kommt rein«, sagte Agatha schroff. »Ich schätze, ihr beide habt den Artikel im *Cable* gesehen. Lasst uns in den Garten gehen.«

Charles und Toni setzten sich an den Gartentisch. Agatha trug ein altes Hauskleid und war ungeschminkt.

»Willst du das Blatt verklagen?«, fragte Charles.

»Kann ich nicht. Tatsächlich ist die Polizei in all diesen Fällen zu meiner Rettung gekommen, einschließlich des letzten Mals, als Scotland Yard, die River Thames Police und die Küstenwache aufgefahren wurden.«

»Aber wie er Sie genannt hat!«, rief Toni aus.

»Wie Sie sicher gesehen haben, schreibt er ›meiner Meinung nach …‹ Man kann niemanden wegen seiner Meinung verklagen.«

»Was hast du dem eigentlich getan?«, fragte Charles. »Nein, sieh nicht weg. Raus damit!«

»Okay, es ist so. Als ich PR für eine Bademodenfirma gemacht habe, hatte ich die Presse zur Einführung einer neuen Kollektion eingeladen. Bei Bademoden kommen männliche wie weibliche Reporter, aus offensichtlichen Gründen. Er war einer von ihnen. Ich hatte ihn erwischt, wie er sich hinter einem Paravent in der Umkleide versteckte, seine Kamera über die obere Kante hielt und Fotos von den Models machte, wie sie sich auszogen. Ich warf den Paravent um und ließ ihn von einem meiner Fotografen knipsen. Das Foto habe ich dann mit einer offiziellen Beschwerde an seinen Chefredakteur geschickt. Zu der Zeit war er beim *Express* und wurde gefeuert.«

»Sollte er denn solche Fotos machen?«, fragte Toni.

»Nein, die waren für ihn privat. Er hatte einen guten Fotografen im Publikum, der Aufnahmen für die Farbbeilage der Zeitung machte. Der Artikel hier könnte mich ruinieren.«

»Scheint ein kranker Typ zu sein«, sagte Toni. »Ich hab's, wir müssen etwas gegen ihn in der Hand haben.«

»Und wie kommen wir da dran?«

»Wir sind doch Detektivinnen, oder nicht?«, fragte Toni munter. »Geben Sie mir ein paar Tage in London, Agatha.«

»Er würde Sie erkennen«, erwiderte Agatha.

»Ich könnte mich verkleiden.«

»Ich fahre hin«, sagte Charles.

»Aber Sie sind kein Detektiv!«, rief Toni aus.

»Jetzt bin ich gekränkt. Sein Foto ist neben dem Artikel abgedruckt, also erkenne ich ihn. Und überhaupt weiß ich mehr über die Kehrseite von London als deine Philosophie dich träumen lässt, Horatio.«

»Wieso nennst du sie Horatio?«, fragte Agatha.

Charles fuhr am nächsten Tag nach London, ließ seine Tasche in seinem Club und begab sich zu einem weniger gepflegten am Beecham Place. Tatsächlich war Letzterer eine Mischung aus Club für die harten Trinker und Bordell.

Charles fragte den Barkeeper, ob sein Freund Tuppy da sei. »Normalerweise kommt er um diese Zeit«, antwortete der Barkeeper. Charles bestellte sich einen Drink und wartete. Zehn Minuten später kam Lord Patrick Dinovan herein, der für seine Freunde Tuppy hieß. Er war ein kleiner Mann mit einem zerknautschten Gesicht. Charles fand immer, dass Tuppy eine Erscheinung war, die man getrost vergessen konnte.

Er winkte Charles entzückt zu. »Nimm Platz, Tuppy«, sagte Charles. »Ich möchte, dass du etwas Kriminelles für mich machst.«

»Warum machst du das nicht selbst?«

»Weil ich erkannt werden könnte.«

»Was springt für mich dabei heraus?«

»Eine Gratisjagd. Die Fasansaison ist schneller da, als man sich's versieht.«

Dan Palmer trank allein in der Horse Tavern, einem Pub am Fluss, der von den Mitarbeitern des *Cable* frequentiert wurde. Dan stand in dem Ruf, nach wenigen Drinks fies zu werden, weshalb seine Kollegen einen großen Bogen um ihn machten. Schließlich dämmerte auch seinem betrunkenen Hirn, dass keiner mit ihm reden wollte, und mit einer hämischen Grimasse leerte er seinen Drink und ging nach draußen. Er war erst wenige Schritte getorkelt, als er mit einem kleinen Mann zusammenstieß.

»Tut mir leid«, sagte der Mann. »Lassen Sie mich das wiedergutmachen. Ein Drink?«

»Nicht da«, antwortete Dan, wobei er mit dem Daumen zurück zum Pub zeigte.

»Ich habe ein Hotelzimmer ganz in der Nähe und eine gute Flasche Malt, falls Sie sich zu mir gesellen wollen«, sagte Tuppy.

Dan kniff seine kleinen Augen zu Schlitzen zusammen. »Sie sind doch nicht schwul, oder?«

»Hüten Sie Ihre Zunge! Ach, vergessen Sie es.«

Doch nun dachte Dan an den Gratisdrink. Und er wollte mehr trinken. »Okay, wie heißen Sie?«

»John Danver.«

»Dann bring mich mal zu dem Malt.«

Das Hotel war klein, sah aber teuer aus. Dan sank in einen Sessel in Tuppys Suite und nahm dankbar ein großes Glas Malt entgegen.

»Du bist dieser berühmte Reporter Dan Palmer, oder?«, fragte Tuppy.

»Der bin ich.«

»Erzähl mir von deinen besten Storys. Ich bin fasziniert.«

Fast vergaß Dan seinen Drink vor lauter Lust am Prahlen. Als er fertig war, fragte Tuppy: »Ist diese Detektivin, Raisin, wirklich so blöd?«

Dan wollte sich an die Nase tippen, war jedoch schon recht betrunken, sodass er sich versehentlich ins Auge piekte. »Aua!«, jaulte er. »Ach, die, Aggie Raisin. Nee, die ist gerissen wie ein Fuchs.«

»Und wieso hast du dann ihren Ruf ruiniert?«

»Weil ich noch eine alte Rechnung mit ihr offen hatte. Hab ich aber nicht schlecht gemacht, was? Da steht nix, wofür sie mich rankriegen kann.«

»Also ist sie wirklich gut?«

»Und ob! Das macht es ja umso witziger.«

»Verstehe ich nicht … Oh, dein Glas ist leer, lass mich nachschenken. Soll das heißen, wenn einer von euch Reportern beim *Cable* sich an jemandem rächen will, kann er einfach so was schreiben?«

»Nur, wenn er so schlau ist wie ich.«

»Und dein Chefredakteur hat keine Ahnung gehabt, dass du eine alte Rechnung begleichst?«

»Der? Der erkennt nicht mal den Unterschied zwischen seinem Arsch und einem Loch im Boden.«

»Er muss doch ziemlich gut in seinem Job sein, wenn er Chefredakteur geworden ist, oder nicht?«

»Eine Null! Ich könnte den Job mit gefesselten Händen besser machen. Er hat die Nichte vom Eigentümer geheiratet.« Er nahm noch einen großen Schluck und lallte inbrünstig: »Alls klaa? So läuffas. Da mussu so schlau wie ich sein, wenn du oben blei'm wisst. Is'n Dschungel da draußen, n Dschungel!«

Er brabbelte noch weiter, bis er plötzlich einschlief.

Tuppy nahm ihm das Whiskyglas aus der Hand. Dann schaltete er das kleine Tonbandgerät aus, das er hinter einer Blumenschale auf dem Tisch zwischen ihnen versteckt hatte.

Er ging nach unten, setzte sich eine Baseballkappe auf, die er aus seiner Tasche holte, und zog den Schirm tief in die Stirn. Er hatte einen Boten geschickt, der das Zimmer auf den Namen Dan Palmer gebucht und im Voraus bezahlt hatte, plus Anzahlung für eine Verlängerung um einen Tag. Im Foyer war noch reichlich Betrieb, weil eben eine ganze Gruppe Gäste eingetroffen war. Als Tuppy mit Dan gekommen war, hatte der Rezeptionist gerade telefoniert und sie beide kaum zur Kenntnis genommen. Und Tuppy hatte vorher dafür gesorgt, dass er den Zimmerschlüssel bei sich hatte.

Dan wachte am nächsten Morgen um sechs mit einem üblen Kater auf. Mühsam stand er auf und ging nach unten. Auf der Straße winkte er sich ein Taxi heran, das ihn nach Hause fuhr, und dankte seinen Sternen, dass es sein freier Tag war.

Am nächsten Tag machte er sich auf den Weg in die Redaktion und ging in einen Zeitungsladen, um eine Ausgabe des *Cable* zu kaufen. Ein schwarzgerahmtes Kästchen auf der Titelseite fiel ihm ins Auge, in dem die Titelzeile ENTSCHULDIGUNG lautete.

Er las: *Der Cable entschuldigt sich in aller Form bei der Privatdetektivin Miss Agatha Raisin von der Raisin Detective Agency in Mircester für den kürzlich veröffentlichten und irreführenden Artikel und möchte den Lesern versichern, dass Miss Raisin eine der besten Privatdetektivinnen des Landes ist.*

Was in aller Welt …? Dan winkte sich ein Taxi heran, fuhr in den Verlag und rannte nach oben in die Redaktion, wo ihm die Sekretärin entgegenkam. »Mr. Dixon möchte Sie sprechen.«

Er folgte ihr ins Büro des Chefredakteurs. Dixon war ein untersetzter Mann mit schütterem Haar und kämpferischer Miene. Sein Büro war lichtgeflutet von der Sonne, die auf der Themse glitzerte.

»Hören Sie sich das an«, sagte Dixon und schaltete ein Tonbandgerät auf seinem Schreibtisch an.

Entsetzt lauschte Dan seiner Unterhaltung mit dem Mann, der sich als John Danver ausgegeben hatte.

»Ich bin reingelegt worden!«, japste er.

»Wir können von Glück reden, dass wir mit einer Entschuldigung davonkommen. Diese Raisin hätte uns bis dorthinaus verklagen können. Tja, wir hatten Ihnen hin und wieder erlaubt, etwas zu schreiben, aber ich habe mir Ihre Arbeit noch einmal angesehen. Ihre wenigen Artikel scheinen allesamt haarscharf an einer Verleumdungsklage vorbeizuschrammen. Sie dürfen gehen und Ihren Schreibtisch räumen. Hier sind Sie fertig.«

»Aber …«

»Muss ich den Sicherheitsdienst rufen?«

Dan ging zurück zu dem Hotel, wo er erfuhr, dass er selbst die Suite gebucht hatte. Auf dem Weg dorthin hatte er einige Drinks genommen. Ihm wurde sehr nachdrücklich erklärt, dass die Suite auf seinen Namen gebucht worden war und man ihm nicht mehr sagen könne. Sie würden ihm die Anzahlung für den zweiten Tag zurückgeben.

Dan hasste Agatha Raisin, wie er noch nie zuvor jemanden gehasst hatte.

Charles bereute, dass er Tuppy eine Gratisjagd angeboten hatte. Immerhin war er von den Einnahmen der Fasanensaison abhängig, um sein Anwesen zu finanzieren. Und er hatte Tuppy auch das Hotelzimmer und den Malt-Whisky bezahlt.

Also unterbrach er Agathas überschwänglichen Dank. »Leider hat die ganze Angelegenheit eine Menge Geld gekostet – Bestechung und so.«

»Wie viel?«

»Fünftausend Pfund.«

»Du lieber Himmel! Ach, na gut.« Agatha angelte ihr Scheckbuch hervor, schrieb ihm einen Scheck über die Summe aus und gab ihn ihm. »Bleibst du hier?«

»Nein, ich habe noch Sachen zu erledigen, muss Leute treffen …« Charles kam sich ein bisschen gierig vor, aber Geld war Geld, und ein Anwesen wie seines schien es geradezu aufzusaugen. »Aber weißt du was? Ich lade dich zur Feier des Tages zum Lunch ein.«

»Ich kann nicht«, antwortete Agatha. »Ich habe eine wichtige Verabredung.«

»Du siehst verschlagen aus. Mit wem triffst du dich?«

»Kümmere dich um deinen eigenen Kram.«

Agathas Verabredung war in Evesham mit Simon Black. Wegen der Rezession sah Evesham noch deprimierender als sonst aus. Sie trafen sich im Thai-Restaurant in der High Street.

Nachdem sie bestellt hatten, fragte Agatha: »Wie kommen Sie voran?«

»Langsam«, antwortete Simon. »In einem Dorf wie Odley Cruesis gilt man immer als Außenseiter, sofern man nicht dort geboren ist. Die Leute sind nett zu mir, weil der Vikar mich wirklich mag. Reden vor allem übers Wetter und die Ernte. Ich bin im Laden gewesen und habe den Mord an Sunday angesprochen. Da war es kurz sehr still, und dann haben sie angefangen, über was anderes zu reden. Manchmal denke ich, sie könnten alle dahinterstecken. Und ich habe May ermuntert, Wein zum Abendessen zu trinken, in der Hoffnung, dass es ihre Zunge löst.«

»Was ist mit Penelope Timson?«, fragte Agatha.

»Sie ist total nervös und fahrig. Immerzu umarmt sie mich, was sich wie Betatschen anfühlt, und sagt, ich sei wie der Sohn, den sie gern hätte.«

»Seien Sie vorsichtig«, warnte Agatha ihn. »Eine Woche noch, dann verschwinden Sie von da.«

An dem Abend überredete Simon May, noch ein drittes Glas Wein zu trinken, doch sie schüttelte den Kopf. »Nein, ich habe genug. Ich will ja nicht zur Trinkerin werden. Oh, das hätte ich fast vergessen! Der Vikar möchte, dass Sie morgen um neun zu ihm kommen. Er denkt, es wird Zeit, dass Sie bei den Gemeindepflichten helfen.«

»Aber ich bin nicht von der Gemeinde eingestellt«, entgegnete Simon.

»Ja, schon, doch es ist nicht gesund für einen jungen Mann Ihres Alters, nichts zu tun. Und Sie haben solch ein Interesse an der Kirche gezeigt – was dieser Tage selten ist. Ihnen wird aufgefallen sein, dass es im Dorf nicht viele junge Leute gibt. Wir haben Kinder, aber keine Teenager.«

Wahrscheinlich, weil sie diesen verdammten Ort verlassen, sobald sie können, dachte Simon. Laut sagte er: »Was soll ich machen?«

»Ich glaube, jemanden irgendwohin fahren.«

Als Simon am nächsten Morgen beim Pfarrhaus klingelte, begrüßte ihn der Vikar begeistert. »Unser Mann der Stunde! Mr. und Mrs. Summer und Mr. und Mrs. Beagle werden gleich hier sein. Sie möchten zum Einkaufen nach Cheltenham.«

»Ich glaube nicht, dass ich die alle in mein Auto bekomme«, sagte Simon.

»Sie können meinen Van fahren. Der ist groß genug für Sie alle. Ah, da kommen sie! Vielleicht möchten Sie die vier zu einem kleinen Imbiss einladen. Ich erstatte Ihnen das Geld natürlich.«

Der Vikar half den Paaren beim Einsteigen. Es war ein warmer, sonniger Tag, doch sie schienen alle ziemlich dick eingepackt.

»Ein schöner Tag«, sagte Simon.

Schweigen.

»Wie wäre es, wenn wir etwas zusammen singen?«, schlug Simon vor, den die drückende Stille nervös machte.

»Seien Sie still und fahren Sie«, grummelte Fred Summer. »Und gucken Sie auf die Straße.«

Die Fahrt nach Cheltenham schien ewig zu dauern. Alte Blasen bedeuteten häufige Zwischenstopps.

In Cheltenham gab es ein Kloster aus dem Jahr 803. Alfred der Große hatte den Ort wegen seiner Ruhe geschätzt, doch im 18. Jahrhundert begann mit der Entdeckung der berühmten Heilquellen der plötzliche Aufstieg des Orts. Leute wie Händel und Samuel Johnson kamen zur Erholung her.

Simon fuhr auf den Parkplatz in der Evesham Road. Er musste seine Fracht vor dem Einparken rauslassen, weil die Lücken so schmal waren, dass sich die Wagen nur hineinquetschen ließen.

Er holte die beiden Paare ein, als sie schon auf dem Weg vom Parkplatz waren. »Sie kommen nicht mit uns«, teilte Fred ihm mit. »Treffen Sie uns hier um fünf wieder.«

Simon blickte auf seine Uhr. Es war erst halb elf. Vielleicht könnte Toni sich mit ihm hier treffen. Er rief sie auf ihrem Handy an.

»Toni, hier ist Simon«, sagte er.

»Ah, hallo, Lucy«, antwortete Toni munter. »Ich bin im Büro.«

»Ich sitze in Cheltenham fest. Falls du über Mittag wegkannst, komm um eins zu dem Pasta-Restaurant in der Parade.«

»Gut, ich versuch's. Jetzt muss ich Schluss machen.«

Nachdem er aufgelegt hatte, stellte Simon fest, dass er kein toller Detektiv war. Immerhin war jeder aus dem Dorf verdächtig. Er hätte seinen Fahrgästen folgen und schauen sollen, was sie vorhatten. Sie gingen sehr langsam, konnten also noch nicht weit sein. Doch als er den Hang hinunter ins Ortszentrum lief, konnte er sie nirgends sehen.

Als ihm klar wurde, wie idiotisch er war, brach er seine

Suche ab. Seine vier Passagiere waren im Pfarrhaus gewesen, als der Mord begangen wurde.

Also verbrachte er eine angenehme Zeit mit einem Bummel durch die Geschäfte, bevor er sich auf den Weg zu dem Restaurant in der Parade machte, wo er Toni zu treffen hoffte. Er konnte einen Tisch draußen ergattern, bestellte sich ein Glas Lager und sagte, er würde mit der Essensbestellung warten, bis seine Freundin da war.

Eine Viertelstunde später glaubte er bereits, Toni würde es nicht schaffen, als er ihre schmale Gestalt mit dem goldblonden Schopf durch die Menge in seine Richtung kommen sah.

»Hi«, sagte Toni. »Was machst du in Cheltenham? Ich dachte, du suchst im Dorf nach Verdächtigen.«

»Ich bin verdonnert worden, vier Greise für den Tag hierherzufahren.«

»Welche vier?«

»Die Summers und die Beagles.«

Toni sprang auf und kollidierte beinahe mit dem Kellner. »Du Idiot!«, fauchte sie. »Die wissen, wie ich aussehe. Deine Tarnung fliegt auf, wenn sie uns zusammen sehen.« Mit diesen Worten lief sie davon.

Simon blickte ihr unglücklich nach, als sie durch die Menge lief und schließlich verschwand. Betrübt bestellte er sich ein überbackenes Käsebaguette. Jetzt kam er sich wirklich wie der Idiot vor, als den Toni ihn bezeichnet hatte. Er fand sie sehr attraktiv, aber wenn er in diesem Job erfolgreich sein wollte, sollte er sich lieber ganz auf ihn konzentrieren, bis er etwas Hilfreiches entdeckt hatte. Die einzige Person im Dorf, die bereit schien, ihm Tratsch zu verraten, war May Dinwoody. Die wahrscheinlichste Verdächtige war Tilly

Glossop. Sie hatte, wie es schien, eine Affäre mit Sunday gehabt. Er hatte ein Foto von ihr in einer kompromittierenden Situation mit dem Bürgermeister. Von letzterer Affäre war nichts an die Presse durchgesickert.

Simon konnte nur vermuten, dass alles unter Verschluss gehalten wurde. In dem Bericht, den er gelesen hatte, schrieb Patrick, dass Tilly behauptete, es wäre eine kurze Affäre gewesen, und in den Bankunterlagen des Bürgermeisters wies nichts darauf hin, dass er erpresst wurde. Wie war Sunday an das Foto gekommen? Tilly schwor, dass sie es nicht wusste.

Ich muss mich bei Tilly einschmeicheln, dachte Simon, als er sich nach einem langen Nachmittag in Cheltenham schließlich auf den Rückweg zum Parkplatz machte.

Seine Schützlinge kamen pünktlich um fünf mit mehreren Plastiktüten beladen zurück. Aus ihrer Unterhaltung – keiner sprach direkt mit ihm – folgerte er, dass sie neben dem Einkaufen auch mehrfach ihre Blasen erleichtert hatten.

Auf der Rückfahrt zum Dorf mussten sogar noch mehr kurze Pausen eingelegt werden, sodass es dunkel war, als sie endlich zu Hause waren und Simon ihnen aus dem Van half, bevor er ihn zurück zum Pfarrhaus brachte und vor der Tür abstellte.

Entweder spielte seine Fantasie verrückt, oder Odley Cruesis war ein unheimlicher Ort. Als er über den Dorfanger und den Weg hinunter zum alten Mühlenhaus ging, war es vollkommen still. Kein Hund bellte, keine Stimmen klangen durch die Abendluft, nicht einmal das Plärren eines Fernsehers war zu hören.

Simon seufzte. Noch ein Abend höfliche Konversation

mit May. Würde er doch nur etwas, irgendetwas finden, damit er von hier verschwinden konnte. Ein großer gelber Mond stand am Himmel und färbte das Wasser im Mühlenteich golden.

Simon stand am Rand und schaute ins Wasser. Plötzlich spürte er einen heftigen Stoß zwischen die Schulterblätter und fiel in den Teich.

Instinktiv blieb er so lange wie irgend möglich unter Wasser. Seine Furcht rief Bilder von mittelalterlichen Dörflern in seinem Kopf hervor, die mit Spitzhacken und Hippen am Teichufer auf ihn warteten. Letztlich musste er auftauchen, schüttelte sich das Wasser aus den Augen und blickte sich ängstlich um, doch es war niemand da. Er kämpfte sich das steile Ufer hinauf und lag für einen Moment keuchend im Gras.

Anstatt ins Mühlenhaus zu gehen, rannte er zu seinem Wagen und fuhr so schnell er konnte zu Agatha nach Carsely.

Agatha öffnete und musterte verwundert seine durchnässte Kleidung. »Kommen Sie rein. Was ist mit Ihnen passiert?«

Simon erzählte ihr von dem Angriff. »Ich bin ein guter Schwimmer, sonst wäre ich ertrunken.«

»Ich lasse Ihnen ein heißes Bad ein«, sagte Agatha. »Mein Freund Charles hat einen Morgenmantel und einige andere Sachen im Gästezimmer deponiert. Brandy? Nein, lieber nicht. Heißer, süßer Tee ist besser.«

»Stimmt«, antwortete Simon, »trotzdem hätte ich gern den Brandy.«

»Legen Sie Ihre Sachen vor die Badezimmertür, dann stecke ich sie in den Trockner. Wie gut, dass Sie ein T-Shirt und eine schlichte Hose tragen und nicht Ihren besten Anzug.«

Nachdem Simon gebadet hatte, wartete er in Charles' Morgenmantel darauf, dass seine Sachen trockneten. »Tja, das war es mit Ihrem Einsatz im Dorf«, sagte Agatha. »Was haben Sie heute gemacht?«

Er erzählte es ihr, konnte jedoch nicht verraten, dass er Toni getroffen hatte. Aber jemand musste ihn gesehen haben. Vielleicht die alten Leute. Nur konnten die keine Zeit gehabt haben, nach ihrer Rückkehr mit jemandem aus dem Dorf zu tratschen. Natürlich hätten sie dort anrufen können. Doch keinen dieser Gedanken sprach Simon laut aus.

»Ich möchte, dass Sie alles aufschreiben, woran Sie sich erinnern«, sagte Agatha. »Beschreiben Sie Ihren Aufenthalt in dem Dorf von Anfang bis Ende; was die Leute gesagt haben, welchen Eindruck Sie von ihnen hatten. Ich nehme an, sie alle hoffen, dass Tom Courtney Sunday aus irgendeinem verrückten Grund umgebracht hat. Sie könnten mehr wissen, als Sie glauben. Nehmen Sie sich morgen frei, um alles genau aufzuschreiben. Ich informiere die anderen, dass Sie doch für mich arbeiten. Also, melden wir die Sache der Polizei? Nein, die wird toben, weil wir uns einmischen. Rufen Sie lieber May Dinwoody an und erzählen Sie ihr, dass Sie einen Freund besuchen, und dann ziehen Sie aus. Nein, ich rufe sie an und gebe mich als Ihre Tante aus. Ich kann sehr gut Akzente nachmachen.«

Agatha rief May an und sprach in einem Ton, von dem sie glaubte, er würde sich nach Gloucestershire anhören. Hinterher sagte sie munter zu Simon: »Sie ist ein bisschen traurig, Sie zu verlieren. Wollen Sie, dass ich Patrick oder Phil bitte, Ihre Sachen dort abzuholen? Anscheinend weiß in diesem verfluchten Dorf ohnehin schon irgendwer, dass Sie für mich arbeiten.«

»Nein, ich fahre selbst«, sagte Simon. »May und ich haben uns sehr gut verstanden, und ich will nicht, dass sie erfährt, was ich wirklich mache.«

»Wie Sie meinen. Dann empfehle ich allerdings, dass Sie hinfahren, sobald Ihre Sachen trocken sind, denn morgen früh wird der Klatsch im ganzen Dorf rum sein.«

Bei seiner Rückkehr zum Mühlenhaus stellte Simon fest, dass Agathas toller Gloucestershire-Akzent May nicht täuschen konnte. »Das war diese Raisin«, sagte sie. »Die unfreundliche Stimme habe ich sofort erkannt.«

Neun

May hörte sich Simons Erzählung an, dass jemand ihn in den Mühlenteich gestoßen hatte.

»Daran sind Sie selbst schuld«, sagte May. »Dies ist ein nettes Dorf. Sie werden schon noch herausfinden, dass es Tom Courtney war. Und sicher hat sich nur einer der Jungen aus dem Dorf einen kleinen Scherz mit Ihnen erlaubt.«

»Ich habe hier keine Jungen gesehen«, widersprach Simon. »Alle scheinen ziemlich alt zu sein.«

May wurde wütend. »Sie sind wohl kein besonders guter Detektiv, was? Wir haben einige Jungen und Mädchen, die mit dem Bus zur Schule nach Chipping Campden und zurück fahren.«

Plötzlich erinnerte Simon sich, dass der Vikar ihn gefragt hatte, ob er schwimmen könne. Weil er nicht zu irgendwelchen Dorfaktivitäten verdonnert werden wollte, hatte er verneint. Penelope war dabei gewesen.

»Wie auch immer, packen Sie Ihren Kram, Junge, und gehen Sie. Ich mag keine Verräter.«

Simon murmelte eine Entschuldigung und gehorchte.

Am nächsten Tag war Agatha Raisin in Kampflaune. Zum einen war sie verärgert, weil ihr berühmter Akzent nicht gewirkt hatte, zum anderen hatte sie beschlossen, dass es Zeit war, mit Toni und Patrick zurück in das Dorf zu fahren und von vorn mit den Befragungen anzufangen.

Patrick hatte von seinen Polizeikontakten erfahren, dass John Sundays berufliches Umfeld gründlich untersucht worden war und nichts Finsteres gefunden wurde. Tilly Glossop war mehrfach vernommen worden, ohne dass es Fortschritte ergeben hätte. Abgesehen von dem Foto des Bürgermeisters hatte Sunday noch diverse E-Mails von Kollegen ausgedruckt. In jeder hatte irgendetwas gestanden, was der Chef, die Ehefrau oder der Ehemann der jeweiligen Absender lieber nicht erfahren sollte; doch sie alle hatten wasserdichte Alibis für die Zeit von Sundays Tod. Anscheinend war Sunday kein gewöhnlicher Erpresser gewesen, sondern hatte sein Wissen allein als Druckmittel genutzt, um in seinem Job durchzusetzen, was immer er wollte.

Agatha bereute, dass sie das kompromittierende Foto von Penelope Timson unterschlagen hatte. Das hätte sie nicht tun sollen.

Als sie ins Dorf kamen, beschloss sie, selbst Penelope zu besuchen. Patrick sollte versuchen, etwas aus Tilly Glossop herauszubekommen, und Toni wurde zu Carrie Brother geschickt.

Toni hatte sich gefreut, Simon wieder im Büro zu sehen, wo Agatha allen einen kurzen Abriss seiner Abenteuer gab. Dabei fragte Toni sich, was ihre alten Schulfreundinnen von Simon halten würden. Mit seiner auffälligen Nase und dem breiten Mund sah er ein bisschen wie eine Kasperle-Puppe aus. Doch sein warmherziges Lächeln und das Leuchten seiner grauen Augen unter den schwarzen Locken machten ihn für Toni liebenswert. Und er war nett zu ihr gewesen.

Toni klingelte bei Carries Cottage und lauschte der Kakophonie von Gebell, bevor die Frau öffnete. Ihr breites Gesicht war tränenüberströmt.

»Was ist los?«, rief Toni aus. »Kann ich Ihnen helfen?«

»Ja, können Sie. Kommen Sie rein.«

Toni folgte ihr in das unordentliche Wohnzimmer, in dem es nach Hund roch. Carrie drehte sich zu ihr um. »Sie sind Detektivin. Ich will, dass Sie einen Mord aufklären.«

»Deshalb sind wir ja hier.«

»Ich meine doch nicht diesen Schnüffler Sunday. Der hatte verdient zu sterben. Ich rede von meinem Pooky.«

»Pooky?«

»Mein kleiner Hund. Mein lieber Kleiner.«

»Was ist passiert?«

»Es war gestern. Ich war draußen auf dem Dorfanger und habe Pooky runtergelassen, damit er ein bisschen herumlaufen kann. Da habe ich gesehen, dass er irgendwas fraß, was er gefunden hatte. Bis ich bei ihm war, hatte er es schon runtergeschlungen. Ich habe noch gesagt, ›Pooky, böser Junge. Du darfst nichts fressen, was Mummy dir nicht gegeben hat.‹« Frische Tränen stiegen ihr in die Augen. »Und Pooky hat sich bloß die Nase geleckt und mich mit seinen kleinen Augen angesehen. Ich habe ihn nach Hause gebracht und in sein Körbchen gelegt. Dann habe ich meinen Mittagsschlaf gemacht, und als ich aufgewacht bin, war er tot! Ich habe ihn zum Tierarzt gebracht und eine Autopsie verlangt.«

»Haben Sie das Ergebnis schon?«

»Noch nicht. Der blöde Tierarzt wollte mir einreden, dass Pooky wohl zu viel gefressen und sich zu wenig bewegt hat.«

»Wie alt war er?«

»Fast zwölf.«

»Das ist ein gutes Alter für einen Hund.«

»Unsinn. Er hatte noch Jahre vor sich.«

»Setzen Sie sich bitte, und lassen Sie mich Ihnen einen

Tee machen«, sagte Toni. »Sie haben einen schweren Schock.«

Ohne die Antwort abzuwarten, ging Toni in die Küche, machte einen Becher starken, süßen Tee und brachte ihn Carrie. Carrie trank einen Schluck und sagte: »Sie sind ein nettes Mädchen. Keinen scheint die Sache zu interessieren. Die sagen nur, dass mein Pooky den Dorfanger verschmutzt hat.«

»Falls Ihr Hund vergiftet wurde, wer könnte das gewesen sein?«

»Jeder von denen. Dies war mal ein nettes Dorf. Ja, wir hatten alle die Nase voll von Sundays Schnüffelei, aber das hat uns nur enger zusammengeschweißt. Auch wenn wir unsere kleinen Streitigkeiten hier und da hatten, waren wir eine eingeschworene Gemeinschaft. Sogar Miriam passte dazu. Wir ließen sie die Gutsherrin spielen, weil sie eine Menge für das Dorf getan hat. Eine Weile lang war alles wieder normal, weil sich alle sicher waren, dass es Tom Courtney gewesen ist, aber jetzt scheint es, als könnte es anders gewesen sein, und das heißt, wir haben einen Mörder unter uns.«

»Was glauben Sie, wer Sunday umgebracht haben könnte? Ich meine, vielleicht stellt sich heraus, dass es dieselbe Person war, die Ihren Hund getötet hat.«

Carrie sah Toni eine Weile lang nachdenklich an, während ihr Tränen aus den geröteten Augen rannen. »Ich verrate Ihnen, wer es war«, sagte sie schließlich. »Es war der Vikar, Giles Timson.«

»Aber warum?«

»Er hat nicht erlaubt, dass ich Pooky mit in die Kirche bringe. ›Was ist damit, dass alles Gottes Geschöpfe sind?‹, habe ich ihn gefragt. Er hat mich hämisch angesehen und gesagt, Gott hätte auch Dinge wie Pythons und Kakerlaken erschaffen und ob ich die vielleicht in der Kirche haben wolle. Und Pooky hat ihm in die Hand geschnappt. Sie hätten diesen bösen Blick sehen müssen. *Außerdem*«, sie senkte die Stimme, »habe ich seine Frau mit John Sunday im Café in Mircester gesehen, und da hat sie geweint, als würde er Schluss mit ihr machen.«

Wahrscheinlich das Foto, dachte Toni. »Hier ist meine Karte«, sagte sie. »Rufen Sie mich an, wenn Sie das Ergebnis der Autopsie haben.«

Agatha fand Penelope auf dem Kirchhof, wo sie Gras und hohes Unkraut um die alten Grabsteine herum ausrupfte. Sie trug einen rosa Strohhut mit breiter Krempe und einem rosa-weiß-gepunkteten dünnen Band um die Krone.

»Großartiger Hut«, bemerkte Agatha.

»Ach, der.« Penelope richtete sich auf und schob ihn weiter nach hinten. »Ich benutze ihn nur bei der Gartenarbeit, weil ich ihn hasse. Ich hatte ihn für die Hochzeit von jemandem gekauft, den ich nicht mochte, deshalb setze ich ihn sonst nie auf. Albern, ich weiß. Wollen Sie etwas?«

Toni hatte Agatha angerufen, als sie noch beim Pfarrhaus nach Penelope suchte.

»Ich habe gehört, dass ein junger Mann hier bei May Dinwoody gewohnt hat und gestern Abend von jemandem in den Teich gestoßen wurde.«

»Simon? So ein netter junger Mann. Warum sollte das jemand tun? Wahrscheinlich war es bloß ein Scherz.« Sie wurde leiser. »Hier gibt es Leute, die *zu viel trinken*.«

»Oder jemand hat geglaubt, er könne nicht schwimmen«, sagte Agatha. »Aber eigentlich wollte ich etwas anderes fragen. Anscheinend wurden Sie einmal mit Sunday in einem Café in Mircester gesehen. Ging es um das Foto? Was wollte er wirklich? Geld? Sagen Sie mir diesmal die Wahrheit. Er hatte dieses Foto, oder nicht?«

»Ja, aber er wollte kein Geld. Giles hat vor einiger Zeit ein Stück Land außerhalb des Dorfs gekauft. Er hat gemeint, wenn er in den Ruhestand geht, können wir uns dort ein Haus bauen. Doch ich wollte dann nicht länger auf dem Land wohnen, weil ich eher ein Stadtmensch bin.«

»Welche Stadt?«

»Ich komme ursprünglich aus Moreton-in-Marsh.« Was wohl kaum eine brummende Großstadt ist, dachte Agatha.

»Und was wollte Sunday? Das Baugrundstück?«

»Ja. Ich sollte Giles überreden, es ihm zu verkaufen, oder er würde ihm das Foto schicken.«

»Wann war das?«

»Eine Woche vor dem Mord.«

»Warum sollte er denn in Odley Cruesis leben wollen?«, fragte Agatha.

»Ich denke, dass er sich ein kleines Zentrum seiner Macht aufbauen wollte«, antwortete Penelope und wischte sich mit einer Hand übers Gesicht, sodass sie dort Erdstreifen hinterließ. »Ihm hat es Spaß gemacht, Leute zu triezen.«

»Und was haben Sie getan?«

»Ich habe ihn zum Tee eingeladen, damit er Giles fragen konnte, ob er ihm das Grundstück verkauft. Giles hat rundweg abgelehnt. Dann hat Sunday ihn gefragt, ob seine Ehe glücklich ist. Giles hat Ja gesagt, und John lachte und sagte: ›Genießen Sie es, solange sie hält‹. Ich habe tatsächlich davon fantasiert, ihn umzubringen. Jedenfalls habe ich Giles dann von dem Foto erzählt. Müssen Sie wirklich noch nachforschen, wer diesen Mord begangen hat? Sind Sie sicher, dass es nicht Tom Courtney war?«

»Vollkommen sicher. Und sehen Sie es mal so: Wenn der Mörder nie gefunden wird, verdächtigen sich hier alle weiterhin gegenseitig. Das Dorf wird nie wieder dasselbe sein. Nicht, dass es jemals besonders toll hier war.«

»Oh, aber es war ein reizender und friedlicher Ort, und wir alle haben uns gut verstanden. Manchmal ist es langweilig, natürlich.« Penelope nahm ihren Hut ab und setzte ihn einem steinernen Engel auf. »Doch man kann jederzeit nach Mircester fahren, wenn man etwas Kultur will. Haben Sie letztes Jahr *Die Hochzeit des Figaro* am hiesigen Theater gesehen?«

Das hatte Agatha tatsächlich in dem Versuch, ihren Horizont zu erweitern, und es furchtbar gefunden, was sie auf ihr mangelndes Musikverständnis schob. Sie ahnte ja nicht, dass es wahrhaft schrecklich gewesen war, und dies nicht zuletzt, weil die Rolle des Cherubino von der Frau des Chefredakteurs bei der Lokalzeitung gespielt worden war. Der wiederum hatte dafür gesorgt, dass die Aufführung glänzende Kritiken bekam, obwohl jener Cherubino eine Stimme hatte, mit der man Blei von einem Kirchendach schleifen konnte.

»Ja«, antwortete Agatha.

»So erhebend!«

»Ja, ja. Wir kommen vom Thema ab. Denken Sie noch einmal an den Abend, als Sunday ermordet wurde. Sind Sie sich ganz sicher, dass außer Miriam und Miss Simms keiner den Raum verlassen hatte?«

»Soweit ich mich erinnere, war niemand sonst draußen. Aber da war so viel Qualm von dem Feuer, und ich musste irgendwann raus, um die Brandy-Gläser zu holen.«

»Weder Tilly Glossop noch Carrie Brother waren dort.«

»Penelope!«, rief eine Stimme vom Pfarrhaus.

»Mein Mann. Ich muss gehen.« Penelope floh und ließ ihren Hut oben auf dem Engel.

Ziemlich überrascht stellte Patrick fest, dass Tilly Glossop mit ihm flirtete. Als sie ihm einen Becher Kaffee brachte, beugte sie sich halb über ihn, sodass ihre schweren Brüste auf seiner Schulter lehnten. Er entsann sich nicht, wann in den letzten zwanzig Jahren, seit seine Züge eine immer traurigere Form angenommen hatten, eine Frau mit ihm geflirtet hatte, doch er lächelte und versuchte, geschmeichelt auszusehen.

»Es ist so schön, einen Mann im Haus zu haben«, sagte Tilly, während sie sich über den Couchtisch neigte. Sie trug mehrere Armbänder an ihren dicken Handgelenken und Ketten mit baumelnden großen Anhängern um den Hals. Dazu war sie in ein langes, fließendes Kleid aus einer Art Chiffon gehüllt, das hinreichend durchsichtig war, um zu erkennen, dass sie darunter nur ein großes Bustier und violette French Knickers trug. »Probieren Sie von meinem Kuchen.«

»Wir interessieren uns immer noch für den Mord an Sunday«, sagte Patrick. »Da Sie ihm am nächsten standen, haben Sie vielleicht gehört, dass ihn jemand bedroht hat?«

Patrick glaubte, sie die Lippen schürzen zu sehen; andererseits schien ihr ganzes Gesicht geschürzt, so wie sich Fett und Falten vorwölbten.

»Keiner hat ihn besonders gemocht«, sagte sie und sank neben Patrick auf das Sofa, wobei eine Duftwolke von ihr aufstieg.

»Aber Sie wurden gehört, wie Sie mit ihm gestritten haben.«

»Ach, das war doch nur, weil ich ihm gesagt habe, dass ich fertig mit ihm bin«, erklärte Tilly. »Eine Zeit lang war er amüsant, doch so bin ich eben – wie gewonnen, so zerronnen.«

Wie machte sie das, fragte sich Patrick. Sie müsste schon die letzte Frau auf dem Planeten sein, damit ich auch nur davon träumte, sie zu wollen. »Ich dachte, es wäre andersherum gewesen«, sagte er.

»Da irren Sie sich. Die meisten Leute im Dorf haben ihn gehasst. Aber die Atmosphäre hier hatte sich schon verändert, bevor er gekommen ist.«

»Wie? Warum?«

»Das hier ist keines von diesen Agatha-Christie-Dörfern mit einem Lord oder einem pensionierten Colonel ganz oben in der Hierarchie und sonst nur Bauern, die auf eine Einladung zum Anwesen warten. Wir sind alle ziemlich gleichgestellt. Früher hat das Herrenhaus dem alten George Briggs gehört, und der ist sehr für sich geblieben. Dann ist Miriam gekommen und wollte die Gutsherrin spielen. Das hat das Gleichgewicht durcheinandergebracht, verstehen Sie? Also waren alle schon angespannt, als Sunday auf der Bildfläche erschien. Und dann gab es das Theater wegen der Rampe für Behinderte am Herrenhaus, und das hat Miriam auch gegen ihn aufgebracht. Ich glaube, sie hatte ihn zu seinen kleinlichen Rachefeldzügen ermuntert. Sie war oft mit Giles, dem Vikar, über Kreuz, hat gesagt, die Kirche sei zu *übertrieben*, all die Glocken und Gerüche, dass es ihm sowieso nur darum gehe, die schicken Gewänder zu tragen. Trotzdem hat sie für die Kirche gespendet. Doch ich würde schwören, dass der Vikar sie nicht ausstehen konnte. Er kann schrecklich aufbrausend sein.«

Patrick fragte sich, ob das alles nur eine teuflische Finte war. »Was ist mit dem Foto von Ihnen und dem Bürgermeister? Sie müssen doch wissen, wer das aufgenommen hat.«

»Das war Sunday. Es gingen zu viele Beschwerden über ihn ein, und der Bürgermeister hatte geschworen, etwas zu unternehmen.«

»Also hatten Sie ihm eine Falle gestellt?«

»Nicht ich. Ich hatte Sunday gesagt, dass ich eine kleine Affäre mit ihm anfangen würde, wenn die Frau vom Bürgermeister verreist ist, sonst nichts. Mir können Sie nicht die Schuld geben.«

Ihr starker Duft und ihre Nähe bereiteten Patrick zunehmend Unbehagen. »Jemand hier im Dorf muss der Mörder sein«, beharrte er. »Es gab einen Angriff auf Mrs. Raisins Freund Roy Silver. Er wäre gestorben, hätte sich sein Schädel nicht als sehr hart erwiesen.«

»Ich glaube nicht, dass es versuchter Mord war«, sagte Tilly. »Wahrscheinlich hatte nur jemand genug von diesem neugierigen Kerl von außerhalb. Können wir nicht über etwas anderes reden?« Sie lehnte sich an ihn.

Abrupt stand Patrick auf. »Danke für Ihre Zeit. Ich muss los.«

Er bewegte sich sehr schnell für einen so großen Mann, und noch ehe Tilly sich aus den Tiefen des Sofas hochgekämpft hatte, hörte sie die Haustür hinter ihm zuknallen.

Patrick, Toni und Agatha trafen sich am Dorfanger. Nur einer von ihnen hatte etwas in Erfahrung gebracht, nämlich dass Tilly Sunday von ihrem Plan erzählt hatte, eine Affäre mit dem Bürgermeister zu beginnen. Plötzlich traf Agatha ein Erdklumpen an der Wange. Wütend drehte sie sich um. Bisher hatte sie keine Teenager in dem Dorf bemerkt, doch jetzt war dort eine ganze Gruppe, die Steine und Erdklumpen aufhob, die drei bewarf und brüllte: »Verschwindet! Wir wollen euch hier nicht!«

Sie rannten zu ihren Wagen und trafen sich im Büro wieder. »Melden wir das der Polizei?«, fragte Toni.

»Lieber nicht«, antwortete Agatha. »Als ich zum Auto gelaufen bin, habe ich Vikar Giles am Fenster des Pfarrhauses gesehen. Und er machte keine Anstalten, nach draußen zu kommen und diese Jungen zu stoppen. Na, machen wir mit unseren anderen Fällen weiter. Wie kommen Sie voran?«

Simon schwang sich auf seinem Stuhl herum. »Ich habe meine Notizen ausgedruckt. Sie haben ja gesagt, ich soll alles aufschreiben, egal wie nebensächlich.«

»Prima. Ich sehe sie mir später an. Uns bezahlt jetzt niemand mehr, um Sundays Mörder zu finden, also konzentrieren wir uns lieber auf unsere zahlenden Klienten.«

Als Agatha abends in ihr Cottage zurückkam, wartete Charles dort auf sie. »Ich habe etwas zu berichten.«

»Über Sunday?«

»Vergiss Sunday. Ich bin durch Moreton-in-Marsh gefahren, und wen sehe ich da dreist an der Straße entlanggehen? Dan Palmer!«

»Was will er denn hier?«

»Hoffen wir, dass er nicht auf Rache sinnt. Von meinen Kontakten weiß ich, dass er seinen Job verloren hat. Ich dachte, ich leiste dir Gesellschaft, für alle Fälle. Aber wie steht es im Sunday-Fall?«

Agatha berichtete ihm von den jüngsten Entwicklungen und endete mit den Worten: »Ich denke, dieser Fall wird nie aufgeklärt.«

Dan Palmer lechzte nach einem Drink. Doch er hatte sich erst für später einen versprochen, nur einen. Er hatte sich Notizen zu Agathas Fällen gemacht, bevor er die Zeitungsredaktion verließ, und darin den ungeklärten Mord an John Sunday gefunden. Und da hatte er eine sagenhafte Idee gehabt. Wenn er den Fall löste, würde er sich als Privatdetektiv und Konkurrent von Agatha Raisin etablieren. Er wusste, solange er nüchtern blieb, könnte er sie im Schlaf schlagen, denn er war bereit, einige schmutzige Tricks anzuwenden, die sie gewiss nie in Betracht ziehen würde.

Er entschied, dass die beste Zeit gegen zehn Uhr abends wäre. Dann würde er mit seinem sehr guten Richtmikrofon warten, bis alles still war, und diverse Unterhaltungen in den Cottages belauschen. Ein alter Polizeikontakt hatte ihm gesagt, dass die Polizei sicher war, der Mörder müsste aus dem Dorf sein.

Er checkte in ein Motel an der Ringstraße außerhalb von Mircester ein. Anschließend fuhr er weiter zu einem Schnellrestaurant und aß ein Frühstück, das dort rund um die Uhr angeboten wurde. Danach fühlte er sich besser, obwohl immer noch ein großes Loch in ihm war, das mit Alkohol gefüllt werden wollte. Ein einziger Drink würde nicht schaden.

In einem Pub in Mircester beließ er es bei zwei großen Gläsern Wodka. Es kostete ihn reichlich Kraft, von dem Barhocker zu steigen und zu seinem Wagen zu gehen, wo er die Innenbeleuchtung einschaltete und die Karte studierte, bis er die Straße nach Odley Cruesis gefunden hatte.

Das Dorf war dunkel und still. Die kleinen Cottages um den Dorfanger schienen sich zusammenzuducken. Dan fuhr aus dem Dorf und parkte seinen Wagen unter einer großen Kastanie auf einem Hügelkamm. Der Himmel war bedeckt. Mit seinem Abhörgerät, das ihn ein Vermögen gekostet hatte, aber die beste Quelle für viele saftige Storys gewesen war, ging er vorsichtig zurück zum Kirchhof und hockte sich hinter einen großen Grabstein. Hier schaltete er das Gerät ein und richtete es auf das Pfarrhaus.

Eine Männerstimme war laut und klar zu hören. Dan fluchte und stellte den Ton leiser. Das musste der Vikar sein. »Ich gehe ins Bett«, sagte er. »Kommst du?«

»In einer Minute, Schatz«, antwortete eine Frau. »Ich spüle nur fertig ab.«

Und das war es.

Super, einfach super, dachte Dan. Versuchen wir es woanders. Er trug dunkle Kleidung und hatte eine dunkle Wollmütze tief in die Stirn gezogen. Es war ein warmer, schwüler Abend, und er begann zu schwitzen. Zögerlich kam er hinter dem Grabstein hervor und stieß einen Schrei aus. Eine große Gestalt mit einem Hut starrte auf ihn herab.

Bis er sich ausreichend erholt hatte, um zu erkennen, dass es sich um einen steinernen Engel handelte, war die Pfarrhaustür aufgegangen. »Ist da jemand?«, rief eine zittrige Frauenstimme.

Dan kauerte sich hin. Sein Herz wummerte, bis sich die Tür wieder schloss, und er schlich davon. Im Dorf drang Licht aus einem hohen Gebäude. Dan ging darauf zu. Ein kleiner Pfad führte zu dem Haus, und an der Außenmauer prangte ein Schild mit der Aufschrift *Mill House Lane*.

In dem Gebüsch am Teichrand schaltete er sein Abhörgerät wieder ein. »Wäre der junge Mann doch nur nicht weg«, sagte eine Frauenstimme. »Er war so nett. Ein Jammer, dass er sich als Schnüffler entpuppt hat. Und die Miete war eine echte Hilfe. Es ist ein bisschen schwierig, dieser Tage über die Runden zu kommen, und …«

Ein fieser Schlag traf Dan in den Nacken, und er kippte nach vorn. Das Richtmikrofon wurde aufgehoben und in den mondbeschienenen Teich geworfen.

Zwei Tage später wollte Agatha abends gerade das Büro schließen, als eine Mrs. Ruby Palmer erschien.

Sie war eine kleine, verschüchterte Frau mit mausgrauem kurzem, dauergewelltem Haar, die heftig blinzelte und eine ausgeleierte grüne Strickjacke über einer Bluse mit grellem Zickzackmuster und einem langen weißen Baumwollrock trug.

»Ich bin Dans Frau«, sagte sie.

»Meinen Sie Dan Palmer? Tut mir leid, Mrs. Palmer, aber falls Sie hier sind, um mir vorzuwerfen, dass Ihr Mann seinen Job verloren hat, vergessen Sie es.«

»Nein, das ist es nicht. Sie *sind* doch Detektivin, oder?«

»Steht an der Tür.«

»Ich brauche Ihre Hilfe. Dan ist verschwunden.«

»Er hat eine Menge getrunken, Mrs. Palmer. Vielleicht schläft er irgendwo seinen Rausch aus.«

»Darum geht es nicht. Er hatte diese fixe Idee, Sie als Detektiv zu übertrumpfen und wollte zu diesem Dorf und den Mörder finden. Es ist nämlich so, dass er dieses verbotene Abhörgerät hat. Die Zeitung wusste nichts davon. Damit kann man vor einem Haus stehen und hören, was drinnen gesagt wird. Ich möchte Sie engagieren, damit Sie ihn suchen. Nicht, dass ich ihn vermisse, oh nein, denn er ist richtig fies, wenn er getrunken hat. Aber er hat kürzlich einiges Geld von einem Onkel geerbt und mir immer nur wenig Haushaltsgeld gegeben. Wenn ihm etwas zugestoßen ist, bekomme ich das Geld nicht, bis seine Leiche gefunden ist. Ich habe ihn bei der Polizei in Hackney vermisst gemeldet, doch die haben sich wenig für die Sache interessiert.«

»Na schön«, sagte Agatha. »Ich berechne Ihnen nichts, wenn ich ihn nicht finde. Haben Sie eine Karte?«

Ruby holte eine Visitenkarte aus ihrer schäbigen Handtasche. »Übernachten Sie in Mircester?«, fragte Agatha.

»Nein, ich fahre zurück nach Hackney.«

»Das ist ziemlich weit.«

»Daran bin ich gewöhnt. Dan ist normalerweise zu betrunken zum Fahren.«

»Was für einen Wagen fährt er?«

»Einen alten Volvo.«

»Hier ist ein Zettel. Schreiben Sie das Kennzeichen auf. Gut. Ich melde mich, sobald ich etwas herausfinde.«

Als sie gegangen war, rief Agatha alle Hotels in der Gegend an und fand das Motel, in dem Dan Palmer zuletzt gewohnt hatte. An der Rezeption sagte man ihr, dass er bisher nicht ins Motel zurückgekehrt war und man sein Zimmer räumen und alle Sachen im Lager verstauen würde, sollte er eine weitere Nacht ausbleiben.

Agatha stellte sich vor und bat darum, alles zu lassen, wie es war, da es eine Polizeiermittlung geben könnte.

Dann rief sie Simon an und fragte ihn, ob er gern länger arbeiten würde. »Noch will ich die Polizei nicht einschalten, weil Palmer solch ein Trinker ist, dass er vielleicht vergessen hat, in welchem Hotel er wohnt. Deshalb möchte ich, dass

Sie vor dem Motel warten, ob er zurückkommt. Sagen wir bis Mitternacht.

Ich bleibe hier und telefoniere die Pubs in der Umgebung ab. Finden Sie heraus, ob er eine Minibar in seinem Zimmer hatte, und rufen Sie mich zurück. Falls nicht, wird er garantiert durstig gewesen sein.«

Nach einer halben Stunde meldete Simon, dass es keine Minibars in dem Motel gab.

Agatha rief sämtliche Pubs in und um Mircester an, aber Dan Palmer war niemandem aufgefallen. Nachdenklich biss Agatha sich auf den Daumen. Sollte er heute Nacht nicht auftauchen, müsste sie der Polizei erzählen, was Dan vorgehabt hatte.

Um Mitternacht rief Simon an und sagte, dass der verschwundene Reporter nicht aufgekreuzt sei.

Widerwillig wählte Agatha Bill Wongs Nummer zu Hause, wo seine Mutter ihr mitteilte, dass Bill Nachtdienst hatte.

Agatha schloss das Büro ab, ging zur Polizeizentrale und fragte nach Bill. Sie gab an, dass sie wichtige Informationen zu einem Mordfall hätte.

Bill kam zu ihr und führte sie in einen Befragungsraum mit gemütlichen Sesseln und Zeitschriften.

»Werdet ihr auf einmal menschlich?«, fragte Agatha, die sich umblickte.

»Wir brauchten einen freundlichen Raum für Vergewaltigungsopfer, misshandelte Kinder und ähnliche Fälle. Also, raus damit. Was ist los?«

Agatha berichtete ihm alles, was Ruby ihr erzählt hatte, und Bill machte sich Notizen. »Du siehst erschöpft aus. Überlass das uns«, sagte er dann.

»Aber halt mich auf dem Laufenden«, entgegnete Agatha. »Immerhin hättet ihr keine Ahnung, wäre ich nicht gekommen.«

»Versprochen.«

Zehn

Am nächsten Morgen sagte Agatha zu Simon und Toni: »Ihr habt ja gehört, dass Dan Palmer vermisst wird. Ich möchte, dass ihr zu dem verdammten Dorf fahrt und anfangt zu suchen. Dort seid ihr nicht in Gefahr, denn es wird von Polizei wimmeln.«

Agatha konnte nicht wissen, dass Wilkes eine Suche blankweg abgelehnt hatte. »Der Mann ist Reporter, ein Säufer und erwachsen«, hatte Wilkes gesagt. »Da verschwende ich keine Arbeitsstunden.«

Und so kam es, dass bei Tonis und Simons Ankunft im Dorf nicht ein einziger Polizist zu sehen war. »Tja, es ist ein schöner Tag«, sagte Simon. »Sie werden uns wohl nicht am helllichten Tag angreifen. Machen wir uns auf die Suche. Als Erstes müssen wir den Wagen finden.«

Doch Palmers Volvo war nirgends im Dorf.

»Gehen wir und reden mit May Dinwoody«, schlug Simon vor. »Sie ist zwar sauer auf mich, aber ich glaube, sie mag mich immer noch und könnte was gesehen haben.«

Der Weg runter zum Mühlenhaus war noch durchgeweicht, weil er von Bäumen überschattet wurde und sich die Feuchtigkeit vom letzten Regen dort länger hielt. »Guck mal«, sagte Toni. »Hier sind eine Menge Fußspuren im Matsch. Die Polizei sollte Abdrücke nehmen.« Sie gingen vorsichtig um die Spuren herum, doch als sie bei May klingelten, öffnete niemand.

»Mir ist heiß, und ich habe Hunger«, sagte Simon. »Wie wäre es, wenn wir uns was zu essen besorgen, aus dem Dorf fahren und uns einen netten Flecken für ein Picknick suchen?«

»Aber nicht hier im Laden«, antwortete Toni. »Ich ertrage nicht noch mehr von ihrem Hass. Du hast gesagt, sie würden uns nicht mitten am Tag angreifen, doch diese Jugendlichen haben uns mit Erde beworfen.«

»Noch ist Schule, also sollten wir sicher sein. Aber es gibt einen Laden bei der Tankstelle an der Ringstraße. Wir holen uns dort was.«

Mit Sandwiches und Softdrinks bewehrt fuhren sie wieder durch das Dorf und einen Hügel hinauf, auf dem eine Bank mit Blick auf ein Heufeld stand.

Das Heu war zu großen runden Ballen gebündelt. »Wie friedlich und ländlich es hier ist«, sagte Toni, als ein Traktor über das Feld tuckerte, die Ballen einzeln aufspießte und sie zu einer Scheune fuhr.

»Sie müssen den Spieß genau in die Mitte des Ballens bekommen«, erklärte Simon. »Wenn das Heu über den Boden schleift, kann der ganze Ballen verfaulen. Nimm ein Lachssandwich.«

»Danke. Und da kommt der Trecker wieder.«

Der Traktor tuckerte erneut über das Feld und rammte den Spieß in den nächsten Ballen. Simon starrte hin. Etwas Dunkles, das im Sonnenlicht rötlich schimmerte, sickerte aus dem Ballen. Simon hechtete über den Zaun und schrie: »Stopp! Stopp!«

Über den Motorenlärm konnte der Fahrer ihn nicht hören, sah Simon jedoch wild mit den Armen fuchteln, als er auf ihn zugelaufen kam.

Er schaltete den Motor aus und fragte gereizt: »Was ist denn mit dir?«

»Da kommt Blut aus dem Ballen«, keuchte Simon.

»Na und? Wahrscheinlich ein Fuchs oder ein Kaninchen oder so.«

»Bewegen Sie den Ballen nicht. Ich rufe die Polizei.«

»Die habe ich schon angerufen«, japste Toni, die zu ihnen gelaufen kam. »Ruf du Agatha an.«

Ein großer Mann in einem blauen, oben offenen Hemd und einer Jeans kam über das Feld geeilt. »Das ist der Boss«, sagte der Traktorfahrer mit einem finsteren Grinsen. »Jetzt blüht euch was.«

»Ich bin Gerald Fairfield, der Farmer«, sagte der Mann. »Was ist los, Andy?«

»Die zwei hier schreien rum, dass Blut aus dem Ballen kommt.«

»Na und? Das wird irgendein Tier sein«, sagte Gerald verärgert.

Toni erklärte ihm, dass ein Journalist vermisst wurde.

Trotz seines Schocks entging Simon nicht, dass der Farmer recht gut aussah und seine verärgerte Miene weicher wurde, als er Toni anschaute.

»Nun, junge Dame«, sagte er. »Wir warten, bis die Polizei hier ist, aber ich denke, Sie werden feststellen, dass Sie sich lächerlich gemacht haben.«

Bill Wong war als Erster vor Ort, gefolgt von zwei Uniformierten. Er betrachtete den Ballen. »Wir müssen warten, bis die Spurensicherung hier ist.«

»Sie nehmen das doch nicht etwa ernst?«, protestierte Gerald.

»Doch, sehr ernst«, erwiderte Bill. »Und hier sind sie auch schon. Ich schlage vor, dass wir alle aus dem Weg gehen, bevor man uns vorwirft, einen möglichen Tatort zu kontaminieren.«

Sie zogen sich alle an den Feldrand zurück, als die Gestalten in Weiß mit ihrer Ausrüstung anrückten. Simon holte ein Fernglas aus seinem Wagen und beobachtete alles. Der Ballendraht wurde durchtrennt, und die Spurensicherer begannen mit der Suche.

Schließlich purzelte eine zusammengesunkene Leiche aus dem Heu.

Gerald und Andy standen bei Simon, Toni und der wartenden Polizei.

»Hast du dieses Feld nicht erst vorgestern Abend gemäht, Andy?«, fragte Gerald.

»Ja, Boss, weißt du doch. Und gestern den ganzen Tag, sogar noch, als es schon dunkel war.«

Agatha kam mit Phil und Patrick zu ihnen und reichte Bill die Visitenkarte von Ruby. »Schick lieber jemanden nach Hackney in London, der seine Frau holt, um die Leiche zu identifizieren.«

»Unten beim Mühlenteich sind jede Menge Fußabdrücke«, sagte Simon.

»Gut.« Wilkes nickte. »Wir kümmern uns darum.« Er wandte sich zu Agatha. »Ich will, dass Sie uns dies hier überlassen. Es geht nicht, dass Privatdetektive an den Tatorten herumtrampeln und Spuren verwischen! Mein Team und ich müssen hier ungestört ermitteln können.«

»Sie würden selbst nicht hier herumtrampeln, hätten meine Detektive die Leiche nicht gefunden«, konterte Agatha.

»Fahren Sie mit den beiden zur Zentrale, Mrs. Raisin, und machen Sie Ihre Aussagen.«

Bill flüsterte ihr zu: »Ich komme später vorbei.«

Abends warteten Agatha und ihre Mitarbeiter, mit Ausnahme von Mrs. Freedman, in Agathas Cottage nervös darauf, dass Bill kam. Charles stieß zu ihnen und sagte, er hätte Steak Pies im Pub bestellt, die bald geliefert würden, sodass allen die Supermarkt-Currys aus Agathas Tiefkühler erspart blieben.

Bill erschien, als sie eben ihr Abendessen beendeten. »Es ist ein einziges Chaos«, sagte er. »Ja, die Leiche ist Palmer, und es ist noch schlimmer, als man denkt. Die vorläufige Autopsie hat ergeben, dass er möglicherweise bewusstlos, aber am Leben war, als die Ballenpresse ihn anhob und zusammendrückte. Wahrscheinlich wurde er erstickt und dann auch noch aufgespießt.«

»Wie nimmt Mrs. Palmer es auf?«

»Ziemlich gefasst. So sehr sogar, dass Wilkes sie überprüft hat, aber sie war definitiv zurück nach Hackney gefahren, nachdem sie dich besucht hatte. Außerdem ist sie viel zu klein, um einen Mann wie Dan niederzuschlagen und seine Leiche in das Heu auf dem Feld zu schaffen. Sie schätzen, das Feld war noch nicht gemäht, als die Leiche dort abgelegt wurde, genau an der Stelle, an der die Ballenpresse sie aufnehmen musste. Andy schwört, dass er nichts gesehen hat. Wir lassen Leute von Tür zu Tür gehen, und wir können Palmers Wagen nicht finden. Aber da ist noch etwas, Simon. Seid ihr sicher, dass ihr Fußspuren im Matsch auf dem Weg dort gesehen habt?«

»Ja.«

»Tja, die sind mit etwas geglättet worden. Warum haben Sie gedacht, dass Fußabdrücke dort in der Mill Lane von Interesse sein könnten?«

Simon sah Agatha an. »Ach, erzählen Sie es ihm schon«, sagte sie.

Also erzählte Simon von dem Anschlag auf sein Leben, nachdem er den Vikar belogen hatte, er könne nicht schwimmen.

»Jetzt hört mal alle gut zu«, sagte Bill. »Wir haben wieder eine mobile Wache in dem Dorf, und dort wimmelt es von Detectives und Uniformierten, von der Presse ganz zu schweigen. Ich will, dass ihr euch fernhaltet. Wir brauchen wahrlich nicht noch eine weitere Leiche. Und ich möchte, dass ihr auch außerhalb des Dorfs vorsichtig seid. Sie haben mit Toni die Leiche gefunden, Simon, also könnte der Mörder glauben, dass er sicherer ist, wenn ihr aus dem Weg seid. Ihr habt doch noch andere Fälle, oder? Macht mit denen weiter.«

James Lacey saß in seinem Hotelzimmer in Singapur und schaute sich die neuesten Meldungen aus Odley Cruesis in den internationalen Nachrichten von BBC TV an. Agatha steckt mittendrin, wie üblich, dachte er. Sie fehlte ihm. Er musste ehrlich zugeben, dass er sie vermisste. Aber er fürchtete sich vor der Verachtung in ihren Bärenaugen, wenn sie ihn ansah. Und er fragte sich, ob sie ihm jemals vergeben könnte, dass er sich in diese hohlköpfige Frau verliebt und sie beinahe geheiratet hatte.

Als alle gegangen waren, auch Charles, machte Agatha sich einen starken schwarzen Kaffee und zündete sich eine Zigarette an. In jüngster Zeit rauchte sie nicht mehr, wenn andere Leute da waren, es sei denn an der frischen Luft. Sie beschloss, die Nacht über aufzubleiben und sorgfältig alles zu lesen, was sie zum Fall John Sunday an Notizen hatten. Später ging sie mit dem nagenden Gefühl ins Bett, dass sie etwas Wichtiges übersehen hatte.

In den zwei darauffolgenden Wochen gingen Agatha und ihr Team fleißig ihrer Arbeit nach, und Agatha bemühte sich, die Morde an John Sunday und Dan Palmer zu verdrängen. Die Polizei hatte den Mühlenteich in der Hoffnung abpumpen lassen, Dans Wagen dort zu finden, aber der blieb verschwunden. Dafür entdeckte sie in dem Teichschlick die Überreste von Dans Richtmikrofon.

»Ich traue mich nicht zurück in das Dorf«, sagte Agatha eines Abends zu Mrs. Bloxby, »aber ich würde mir die Leute zu gerne alle noch einmal ansehen. Ah, ich hab's!«

»Was?«, fragte die Vikarsfrau beunruhigt.

»Na, der Frauenverein hier lädt doch immer mal andere Dörfer ein, und die laden uns ein. Wie wäre es, wenn wir Odley Cruesis zu … lassen Sie mich überlegen … einem besonderen Cream Tea im Gemeindesaal hier bitten? Das alles für zwei Pfund pro Kopf, und wir organisieren Busse hierher. Die Einnahmen der Tee-Party gehen an eine Wohltätigkeitsorganisation. Die Alzheimer-Hilfe könnte es gebrauchen.«

»Mrs. Raisin! Denken Sie an die Ausgaben. Da holen wir kaum unsere eigenen Ausgaben rein, von einem Überschuss, den wir spenden könnten, ganz zu schweigen.«

»Ich zahle alles, denn ich kann nicht zulassen, dass dieser Mörder davonkommt. Keine Sorge, ich kümmere mich auch um die Organisation. Ach, und die Dorfkapelle muss engagiert werden, damit sie ein bisschen fröhliche Musik macht.«

Es klingelte an der Tür. Mrs. Bloxby ging öffnen und kehrte mit Charles zurück. »Oh, Charles«, sagte Agatha, »ich hatte eben eine großartige Idee.«

Charles setzte sich zu ihr aufs Sofa und hörte sich ihren Plan an. »Dann miete lieber auch ein paar Dixie-Klos«, sagte er. »Denk an all die Greise mit den schwachen Blasen und vergrößerten Prostatae, die da anrücken. Soweit ich mich erinnere, verfügt der Gemeindesaal nur über eine Toilette.«

»Das regle ich.« Agathas Augen leuchteten.

»Agatha«, flehte Charles, »du hast mir noch nicht verraten, warum das alles.«

»Ich will nur dasitzen und sie alle beobachten können.«

»Und du glaubst, deine weibliche Intuition übernimmt dann, sodass du schließlich aufstehen, ›Heureka‹ rufen und auf jemanden zeigen kannst? Wenn ein Foto von einem Mörder in den Zeitungen erscheint, geben eine Menge Leute Sachen von sich wie ›Schau dir die Augen an! Das ist doch offensichtlich ein Mörder‹. Und dabei hätte vorher jeder behauptet, dass derselbe Mensch vollkommen durchschnittlich aussieht.«

»Da muss etwas sein. In zwei Wochen. Ich lasse morgen die Plakate drucken und schicke sie rüber zum Pfarrhaus.«

»Und was ist, wenn keiner kommt?«, fragte Charles. »Ich meine, die wissen doch, dass du hier wohnst und werden Lunte riechen.«

»Bei Cream Tea für zwei Pfund und einer Gratisanfahrt kommen die schon.«

»Schade, dass es Tee und keinen Alkohol gibt«, sagte Charles. »Der könnte sie alle ein bisschen lockerer machen.«

»Du hast recht«, stimmte Agatha zu. »Wie heißt noch diese Frau, die Gin aus Schlehen und Holunderwein auf den Märkten verkauft, Mrs. Bloxby?«

»Mrs. Trooly.«

»Geben Sie mir ihre Nummer. Eine gute Idee, Charles.«

»Mrs. Raisin«, sagte Mrs. Bloxby ernst, »haben Sie bedacht, dass ein angetrunkener Mörder sehr gefährlich werden könnte, zum Beispiel für Sie?«

»Umso besser«, antwortete Agatha munter. »Wir locken sie aus der Reserve! Ich denke nämlich, dass es mehr als einen Täter gibt.«

Mrs. Bloxby hoffte, dass es an dem großen Tag regnete – irgendwas, um diese Tee-Veranstaltung zu vereiteln, die ihrer Ansicht nach im besten Fall Geldverschwendung und im schlimmsten hochgefährlich war. Aber die Sonne schien, und die Busse mit den Gästen kamen allesamt vollbesetzt an. Agatha hatte Caterer engagiert. Mrs. Trooly schritt die Tische ab und bot Schlehen-Gin und Wein an. Die Kapelle spielte beliebte Evergreens, und es herrschte eine heitere Stimmung. Sogar Giles Timson lächelte Agatha zu. »Wie überaus freundlich von Ihnen. Es ist genau das, was die Leute aus unserem Dorf brauchen, um nach den furchtbaren Morden auf andere Gedanken zu kommen.«

Simon und Toni saßen zusammen an einem Tisch nahe der Tür. Sie hatten das Geld eingesammelt und entspannten sich nun. »Sie scheinen sich zu amüsieren«, sagte Simon. »Sogar May Dinwoody war nett zu mir.«

»Agatha hält eine Menge davon, Dinge in Bewegung zu bringen«, erklärte Toni. »Was machen wir mit dem Geld?«

»Wir zählen es, und dann geben wir es Mrs. Freedman,

die es zur Bank bringt und einen Scheck an die Alzheimer's Society ausstellt.«

»Okay, fangen wir lieber an«, sagte Toni seufzend. »Manche von denen müssen ihre Sparschweine geplündert haben, um die zwei Pfund aufzubringen.«

»Agatha denkt an alles. Sie hat uns diese kleinen Plastiktüten von der Bank gegeben, in die wir die verschiedenen Münzgrößen sortieren können. Mal sehen, wie schnell wir sind, und danach probieren wir mal den Schlehen Gin, falls noch welcher übrig ist.«

Penelope Timson zog sich einen Stuhl heran und quetschte sich neben Agatha. »Das ist solch ein Spaß!«, sagte sie entzückt.

»Ja«, antwortete Agatha matt. Niemand wirkte angespannt, ängstlich oder nervös. »Ich sehe mal nach, wie die jungen Leute vorankommen.«

Sie ging zur Tür, wo Toni und Simon die Münzen in die Beutel sortierten. »Fast fertig«, verkündete Toni strahlend.

»Ich gehe draußen eine rauchen«, sagte Agatha.

Sie setzte sich auf eine Bank vor dem Gemeindesaal und steckte sich eine Zigarette an. Ich muss diese teuflischen Dinger aufgeben, dachte sie zum zigsten Mal. Von drinnen hörte sie die plaudernden Stimmen, die recht laut waren, damit sich die Leute bei der Musik verstanden. Charles kam zu ihr. Er hatte ein dunkelblaues Baumwollhemd an, dessen oberste beide Knöpfe geöffnet waren, und eine blaue Baumwollhose, und dennoch sah er so elegant und gepflegt aus, als wäre er in Schlips und Kragen.

»Gib mir auch eine.«

»Eine Zigarette, Charles? Die sind ungesund.«

»Stimmt. Gib mir trotzdem eine.«

Er zündete sie sich an und lehnte sich auf der Bank zurück. »Kommt dir nichts komisch vor?«

»Nein, warum?«

»Sieh es mal so. Wir wissen, dass die ganze Bande ein sauertöpfischer Haufen und Carrie Brother zum Beispiel alles andere als beliebt im Dorf ist. Trotzdem schlingen sie ihren Cream Tea herunter, kippen Schlehen-Gin und tun beinahe so, als wären sie alle ineinander verliebt.«

Agatha setzte sich kerzengerade hin. »Du meinst, die spielen uns etwas vor?«

»Für mich macht es den Eindruck, ja.«

»Aber warum? Ich meine, sie müssen doch denken, dass einer von ihnen ein Mörder ist.«

»Womöglich haben sie eine ziemlich klare Vorstellung, wer es ist. *Sie* fühlen sich sicher. Betrachte es mal von ihrer Warte aus. John Sunday war ein lästiger Störenfried, der ihnen das Leben schwergemacht hat, Dan Palmer hat praktisch darum gebettelt, Simon war ein Lügner und Spion und noch vieles mehr. Ich würde denken, die haben allesamt begriffen, woher deine plötzliche Großzügigkeit rührt, und sie spielen eben mit.«

»Tja, dem Himmel sei Dank, dass der Erlös an die Alzheimer-Hilfe geht«, sagte Agatha finster. »Vielleicht brauche ich bald deren Hilfe. Soll ich mal für ein bisschen Unruhe sorgen, reingehen und sagen, dass ich weiß, wer es war?«

»Damit dir das Gleiche passiert wie Roy? Vergiss es. Genieß den Tag.«

»Hast du Sharons Tod verwunden?«, fragte Simon, als Toni und er alles Geld fertig sortiert, gezählt und eingetütet hatten.

»Nicht ganz«, antwortete Toni. »Dauernd denke ich, ich sehe sie. Es geht jemand vor mir auf der Straße, irgendein Mädchen mit schrill gefärbten Haaren in einem knappen Top und zerrissenen Jeans, und ich will hinterherlaufen. Und ich frage mich die ganze Zeit, ob ich nicht etwas hätte tun können. Ich hätte nicht erlauben dürfen, dass Agatha sie aus meiner Wohnung wirft.«

»Dann wärst du jetzt vielleicht auch tot. Sie hätte angefangen, ihre Biker-Freunde in die Wohnung einzuladen. Hast du Lust, heute Abend mit mir ins Kino zu gehen?«

»Klar. Was läuft?«

»Weiß ich nicht. Die Idee ist mir eben erst gekommen.«

Endlich war der Tag vorbei. Es war kein einziger Scone übrig, keine Erdbeermarmelade und auch keine Sahne. Mrs. Trooly hatte ihre verbliebenen Getränke eingepackt, nachdem sie Agatha eine Rechnung überreicht hatte. Die Männer kamen, um die Dixie-Klos abzuholen, und beklagten sich bitterlich über deren Zustand. »Einige von denen haben einfach auf den Boden gestrullt«, beschwerte sich einer der Männer. »Dreckige alte Hinterwäldler.« Er war aus Birmingham und der festen Überzeugung, dass außerhalb der Stadt ausschließlich inzestgeschädigte Schwachköpfe lebten.

Agatha half den Caterern und den Frauen aus dem Dorf, alles zu putzen, bevor sie mit Charles müde zu ihrem Cottage wanderte.

»Ich gehe noch mal meine Notizen durch«, sagte sie auf dem Weg. »Da muss etwas sein.«

»Dann fahre ich nach Hause.«

Auf einmal wollte Agatha nicht allein sein. »Charles, bitte …«

Er drehte sich um und sah sie ernst an. »Bitte was?«

»Nichts«, antwortete Agatha mürrisch. »Dann bis irgendwann.«

Sie fütterte ihre Kater, ließ sie hinaus in den Garten und holte ihre Ordner mit den Notizen, um sich damit an den Gartentisch zu setzen.

Dort begann sie zu lesen. Simons Bericht über seinen Ausflug nach Cheltenham fand sie besonders witzig, weil er sie daran erinnerte, wie sie einst das furchtbare Ehepaar Boggle herumkutschiert hatte. Doch plötzlich legte sie den Ordner hin. Alte Leute … Toiletten … die Beschwerde des Dixie-Klo-Mannes.

Sie rief Penelope Timson an. »Ah, Mrs. Raisin, nochmals vielen Dank für den herrlichen Tag!«

»Ich habe nur eine Frage«, sagte Agatha. »Haben Sie eine Toilette im Erdgeschoss?«

»Ja, gleich vorn, wenn man reinkommt links.«

»Ich muss kurz bei Ihnen vorbeischauen. Es ist furchtbar wichtig.«

»Na ja, eigentlich … Ach, na gut, aber ich wollte früh ins Bett gehen.«

Im Wohnzimmer des Pfarrhauses sah Agatha Penelope sehr ernst an und sagte: »Also, Sie haben gesagt, dass niemand an dem Abend den Raum verlassen hatte, als John Sunday ermordet wurde, außer Miriam und Miss Simms, richtig?«

»Ja, und das habe ich auch der Polizei gesagt. Ich verstehe nicht …«

»Denken Sie nach! Ist niemand zwischendurch zur Toilette gegangen?«

»Doch, aber die ist ja gleich hier unten.«

»Wer?«

»Es ist so peinlich. Über solche Dinge spricht man nicht. Ich wurde so erzogen, dass …«

»*Wer?*«, rief Agatha.

»Lassen Sie mich überlegen. Ich nehme an, Mr. Beagle und vielleicht Mr. Summer.«

»Sehr gut!« Agatha sprang auf, und als Nächstes hörte Penelope, wie die Haustür zuknallte.

Elf

Agatha berief eine Notfallbesprechung mit ihren Mitarbeitern um acht Uhr am nächsten Morgen ein.

Sie berichtete ihnen, was sie erfahren hatte, und sagte: »Also könnte es entweder Charlie Beagle oder Fred Summer gewesen sein.«

»Aber die sind steinalt!«, entgegnete Toni.

»Sie sind fit genug, um jedes Jahr ihre aufwendige Weihnachtsdekoration zu installieren. Einer von ihnen gibt John Sunday einen Tipp, dass eine Versammlung gegen ihn im Pfarrhaus stattfindet. Der ist ein Schnüffler, also schleicht er sich an. Entweder Charlie oder Fred gibt vor, zur Toilette zu müssen, geht stattdessen in den Garten und sieht, wie Sunday sich der Terrassentür nähert. Er ersticht ihn und huscht wieder nach drinnen.«

Simon wirkte befeuert. »Aber warten Sie mal. Wer auch immer das war, wird nicht mit einem blutigen Messer da rumgesessen haben, bis die Polizei gerufen wurde.«

»Vielleicht hat der Mörder nicht geglaubt, dass Sundays Leiche noch vor Ende der Versammlung entdeckt würde«, wandte Patrick ein. »Der Täter hat wahrscheinlich nicht damit gerechnet, dass Sunday sich noch zur Terrassentür schleppt und vor aller Augen stirbt.«

»Ja, doch selbst wenn, wo würde der Mörder das Messer verstecken?«

»Im Wasserkasten der Toilette?«, schlug Phil vor. »Doch

die Polizei wird gründlich nach der Tatwaffe gesucht haben.«

Agatha hüpfte buchstäblich vor Aufregung. »Aber weil ihnen versichert wurde, dass niemand außer Miriam und Miss Simms den Raum verlassen hatte, haben sie keinen von uns durchsucht, sondern nur *außerhalb* des Pfarrhauses nach einer Waffe gesucht.«

»Dann erzählen wir einfach der Polizei davon«, sagte Patrick, »und die macht sich von Neuem auf die Suche.«

»Ich habe das herausgefunden«, erwiderte Agatha trotzig. »Und den Rest werde ich auch noch aufdecken. Ich überrede Mrs. Bloxby, mit mir rüber zum Pfarrhaus zu fahren, um zu berichten, wie viel wir mit dem Cream Tea eingenommen haben. Dann gehe ich zur Toilette und sehe mich auch gleich in der Diele um.«

»Wer ist diese Miss Simms?«, fragte Simon. »Sind Sie sicher, dass sie es nicht gewesen sein kann?«

»Dazu ist sie nicht der Typ. Außerdem ist sie mit Miriam zusammen rausgegangen und war die ganze Zeit bei ihr.«

»Ihnen ist aber klar, dass inzwischen ziemlich viel Zeit vergangen ist«, gab Phil skeptisch zu bedenken. »Unser Mörder hatte reichlich Gelegenheit, zurück zum Pfarrhaus zu gehen und das Messer zu holen.«

Für einen Moment verließ Agatha der Mut. Dann sagte sie trotzig: »Ich versuche es.«

»Sagen Sie uns Bescheid, wann Sie im Pfarrhaus sein werden«, schlug Patrick vor. »Dann parken wir alle in der Nähe, damit Sie uns rufen können, sollte es gefährlich werden. Und denken Sie daran, dass der Vikar in sein Arbeitszimmer gegangen war und in dem Ruf steht, sehr aufbrausend zu sein.«

»Ich kann mir nicht vorstellen, dass zwei alte Männer jemanden wegen einer Weihnachtsbeleuchtung umbringen«, ergänzte Simon.

»Ich schon«, sagte Agatha. »Diese Lichterdekoration war das Highlight ihres elenden Lebens.«

Agatha fuhr zurück nach Carsely und erzählte ihrer erschrockenen Freundin Mrs. Bloxby von ihrem Plan.

»Aber die Polizei …«, begann die Vikarsfrau unglücklich.

»Vergessen Sie die. Die würde dort in Scharen einfallen und alle in Alarmbereitschaft versetzen. Außerdem wissen wir nicht, ob nicht jemand aus dem Dorf eine Nichte oder einen Neffen in der Polizeizentrale hat.«

»Na gut. Dann hole ich jetzt die Aufstellung des Erlöses, damit alles glaubwürdig aussieht.«

Penelope begrüßte sie überschwänglich. »Was für ein Erfolg! Ich finde ja immer, dass wohltätige Arbeit so erhebend ist. Kommen Sie, trinken wir einen Tee im Garten. Das Wetter soll bald umschlagen, also wird es unsere letzte Chance sein, ein wenig Sonne zu tanken.«

Agatha wartete ungeduldig, bis Penelope ein Teetablett herausgebracht hatte und sie am Gartentisch saßen. Dann sagte sie: »Entschuldigen Sie mich.«

»Erster Stock, falls Sie sich die Nase pudern wollen«, half ihr Penelope.

»Gibt es kein Gäste-WC hier unten?«

»Das ist so dunkel. Oben ist es besser.«

»Ach, geht schon«, sagte Agatha und lief los.

Die Toilette im Erdgeschoss war klein und tatsächlich dunkel. Noch dazu gab es einen altmodischen Wasserkasten hoch oben an der Wand mit einer langen Kette zum Abziehen. Dahinter befand sich ein winziges Fenster, das aussah, als wäre es seit Ewigkeiten nicht geöffnet worden. Neben der Toilette war ein kleines Regal mit Büchern zur Erbauung – *Ist Gott in deinem Leben? Treffen mit Jesus* und so fort.

Vorsichtig räumte Agatha alle Bücher zu Seite, fand aber nichts hinter ihnen. Sie stellte sie wieder zurück. Auf einmal wurde am Türknauf gerüttelt. »Wer ist da?«, rief Giles.

»Agatha Raisin. Entschuldigung, ich leide an Verstopfung.«

Mit klopfendem Herzen stand sie da, bis sie hörte, wie er nach oben ging. Wo sonst könnte sie suchen? Da war ein hohes Regal mit Ersatzpapierrollen. Agatha kletterte auf die Kloschüssel und suchte dahinter. Nichts.

Sie stieg wieder hinab und setzte sich frustriert hin. Dabei fiel ihr Blick auf den Fußboden, der mit altem grünem Linoleum bedeckt war, teils verzogen vor Feuchtigkeit und Alter. Sie kniete sich hin und begann, an Teilen davon zu ziehen.

Agatha konnte es kaum fassen, als sie in einer Ecke das Linoleum anheben konnte und ein Küchenmesser sah.

Sie holte ihr Mobiltelefon hervor und rief Patrick an. »Ich habe die Waffe. Rufen Sie die Polizei!«

Es wurde zaghaft an die Tür geklopft. Penelope. »Geht es Ihnen gut, Mrs. Raisin?«

Sollte sie es ihr sagen? Nein.

»Schlimme Verstopfung«, rief sie. »Dauert nicht mehr lange.«

»Ach du lieber Himmel. Ich habe Seneca-Globuli da.

Wenn Sie die Tür einen Spalt öffnen, schiebe ich Ihnen die und ein Glas Wasser hinein.«

»Nein, geht schon«, brüllte Agatha.

Wieso brauchte die Polizei so lange? Dann vernahm sie zu ihrem Entsetzen eine Stimme, die sie als Fred Summers erkannte. »Was ist hier los?«

»Nichts, Mr. Summer«, hörte sie Penelope antworten. »Mrs. Raisin ist nur auf unserer Toilette.« Penelope wurde lauter. »Jetzt alles gut, Mrs. Raisin?« Agatha stand auf, zog den Abzug und wusch sich die Hände im kleinen Waschbecken, bevor sie rief: »Die Tür klemmt.«

»Kein Problem«, erklang Freds Stimme. »Charlie ist hier und hat seinen Hammer dabei.«

»Ich habe etwas Dummes gemacht«, rief Agatha. »Ich habe die Polizei gerufen!«

»Sie haben *was?*«, kreischte Penelope.

»Sie möchten Ihre Tür doch nicht mit einem Hammer einschlagen lassen. Sicher hat die Polizei alles dabei, um das Schloss zu knacken.«

Vikar Giles gesellte sich zur Gruppe draußen, dann auch noch Carrie Brother. Agatha fühlte sich allmählich wie Alice im Wunderland, die mit dem Fuß im Schornstein feststeckte. Dann rief Charlie Beagle: »Treten Sie zurück. Ich hole Sie raus!«

Ein heftiger Hammerschlag traf die Tür. Im gleichen Moment hörte Agatha heulende Polizeisirenen.

Dann war da Bills Stimme. »Legen Sie den Hammer hin. Geht es Ihnen gut, Mrs. Raisin?«

Agatha öffnete die Tür und wies stumm auf das zerrissene Linoleum und das Messer. »Ich habe es nicht angefasst«, sagte sie.

»Gut«, sagte Bill. »Jetzt kommen Sie raus. Ich versiegle diese Tür, bis die Spurensicherung hier ist.«

Fred Summer, Charlie Beagle und Carrie Brother waren verschwunden.

»Möchte mir vielleicht mal jemand erzählen, was in meinem Haus vor sich geht?«, verlangte Giles in seiner schrillen, dünnen Stimme, die vor Wut fast kippte.

»Mrs. Raisin hat etwas gefunden, das wie die Waffe aussieht, mit der John Sunday ermordet wurde«, sagte Bill. »Also, Agatha, komm mit in den Garten, und ich nehme deine vorläufige Aussage auf.«

»Schick lieber einige Leute zu Charlie Beagle und Fred Summer«, antwortete sie. »Dann erzähle ich dir alles.«

Bill rief den Uniformierten einige Instruktionen zu. »Warte hier, Agatha. Ich muss Wilkes anrufen.« Er wandte sich ab und sprach schnell in sein Mobiltelefon. Dann drehte er sich wieder zurück zu Agatha.

»Gut! Dann lass mal hören.«

Agatha erklärte ihm, wie sie darauf gekommen war, dass vielleicht einer der alten Leute zur Toilette gegangen sein könnte und die Vikarsfrau es für unschicklich hielt, dies zu erwähnen.

»Du musst mit in die Zentrale kommen, um eine offizielle Aussage zu machen.« Er winkte einer Uniformierten. »Bringen Sie Mrs. Raisin zur Zentrale, und nehmen Sie ihre Aussage auf.«

»Ich fahre in meinem eigenen Wagen hin«, sagte Agatha.

Ein Polizist kam angelaufen. »Ich kann sie nicht finden«, japste er.

»Was für ein Auto fahren sie?«

»Ihre Nachbarn sagen, sie haben kein Auto.«

»Ab mit dir, Agatha. Ich brauche mehr Leute hier, um die Felder abzusuchen.«

»Warte!«, rief Agatha. »Dan Palmers Auto!« Sie kramte in ihrer Tasche nach dem Notizbuch und blätterte hektisch. »Hier ist es.« Sie nannte Bill das Modell und das Kennzeichen. »Dieser Wagen wurde nie gefunden. Sie könnten ihn benutzen.«

Bill ging zurück zu seinem Wagen und sprach hektisch Anweisungen in sein Funkgerät, dass Straßensperren errichtet werden müssten.

Als sie wegfuhr, rief Agatha Toni und Simon an und erzählte ihnen, dass auch sie nach den verschwundenen Beagles und Summers suchen sollten.

Auf der Polizeiwache wartete Agatha ungeduldig, dass endlich jemand Zeit hatte, ihre Aussage aufzunehmen. Nach einer Stunde wurde sie in einen der alten Befragungsräume geführt, die sie seit einer Ewigkeit kannte – zerkratzter Tisch, krankenhausgrüne Wände und zu harte Stühle.

Ein weiblicher Detective, den Agatha noch nie gesehen hatte, kam zusammen mit einem Sergeant herein. »Ich bin Detective Sergeant Annie Plack, und dies ist Police Sergeant Peter Lynn«, begann sie.

Annie Plack hatte schimmerndes schwarzes Haar und leuchtend blaue Augen. Agatha fragte sich unwillkürlich, ob Bill sich schon in sie verliebt hatte.

Das Band wurde eingeschaltet, und Agatha begann mit ihrer Aussage. Annie hatte über Agatha gehört, dass diese nie wirklich ermittelte, sondern nur herumpfuschte und für Unruhe sorgte, bis sich irgendwas ergab. Doch sie musste zugeben, dass keinem der Detectives oder Uniformierten aufgefallen war, dass die Vikarsfrau niemanden erwähnt hatte, der zur Toilette gegangen war.

Als Agatha ihre Aussage unterschrieben hatte, wurde sie gebeten, draußen zu warten.

Nach einer langen Weile kam Annie raus und setzte sich neben Agatha. »Es wurde vorgeschlagen, dass wir Sie für die nächsten Tage in einer sicheren Wohnung unterbringen. Eine Polizistin wird mit Ihnen nach Hause fahren, damit Sie einige Sachen packen können.«

Agatha dachte an ihre Kater. »Nein, ich komme klar«, sagte sie leise. »Ich habe eine Alarmanlage. Und das sind alte Leute.«

»Die zwei Morde begangen haben könnten, Mrs. Raisin, und der letzte war besonders abscheulich.«

»Nein, ich weigere mich. Ich komme zurecht.«

Simon beschloss, in Tonis Begleitung May Dinwoody aufzusuchen. Niemand im Dorf sprach mit ihnen oder der Polizei, und Simon hoffte, dass wenigstens May immer noch mit ihm redete.

May wollte gerade die Tür wieder schließen, als Simon sagte: »Wir können für Informationen bezahlen.«

Jetzt öffnete sie die Tür wenige Zentimeter weiter.

»Wie viel?«, fragte May, die an ihre prekäre finanzielle Lage dachte.

»Zweihundert Pfund.«

»Dann kommt rein. Aber was kann ich euch erzählen, das zweihundert Pfund wert ist?«

»Fred und Charlie sind verschwunden, zusammen mit ihren Frauen. Sie könnten in dem Wagen unterwegs sein, der dem Reporter gehört hat. Sie kennen die Gegend hier. Wo könnten sie sein, wo die Polizei nicht nach ihnen sucht?«

May saß stumm da und runzelte nachdenklich die Stirn. Dann sagte sie: »Da gibt es nur einen Ort.«

»Welchen?«, fragte Toni.

»Thirley Grange. Es hat früher Sir Mark Thirley gehört, der letztes Jahr gestorben ist. Horrende Erbschaftssteuer. Aber es ist ein georgianisches Juwel, und sein Neffe konnte den National Trust überreden, es zu übernehmen. Es ist noch nicht geöffnet, doch es sitzt schon ein Mann im Pförtnerhaus, die Mauern und Zäune sind repariert, und es gibt auch einen Nachtwächter, der seine Runden dreht. Auf dem Anwesen befinden sich eine Menge Nebengebäude, Ställe und ein altes Folly.«

»Und wie kommen sie an dem Mann im Pförtnerhaus vorbei?«, fragte Simon.

»Ich bin da letztes Jahr viel spazieren gegangen, ehe der Trust mit den Arbeiten anfing. Es war so ruhig dort, und das Anwesen war immer noch hübsch. Es gibt eine Nebenstraße … Warten Sie, ich habe eine Karte. Die hatte ich mir gekauft, als ich hergezogen bin, also könnte sie inzwischen überholt sein.«

Sie verließ den Raum. Simon trat ans Fenster und schaute hinunter zum Mühlenteich. Der Himmel hatte sich zugezogen. Es war abgekühlt, und der raue Wind kräuselte die Wasseroberfläche. Simon drehte sich um, als May wieder hereinkam. »Hier ist es«, sagte sie und breitete die Karte auf dem Tisch aus. »Dies ist die Farm, und gleich hier, die gepunktete Linie, ist die Nebenstraße. Früher wurde sie von Händlern genutzt, aber das wird sie schon seit Mitte des letzten Jahrhunderts nicht mehr, glaube ich. Nach dem

Krieg sind die alten Traditionen ausgestorben, und die Leute konnten kein Personal mehr finden, deshalb sind die Händler einfach über die Hauptzufahrt gekommen.«

»Was glauben Sie, warum sie es getan haben?«, fragte Toni.

»*Falls* sie es waren«, entgegnete May ernst. »Ach du meine Güte, es war diese Weihnachtsbeleuchtung. Sie wurden für *Cotswold Life* fotografiert und von Midlands TV gefilmt. Sie waren so stolz. Und dann taucht John Sunday auf und ruiniert alles. Geld bitte.«

Simon nahm sein Scheckheft hervor und stellte einen Scheck über zweihundert Pfund aus.

May wurde rot. »Ich sollte das nicht nehmen, aber die Zeiten sind hart.«

»Wir leihen uns diese Karte aus«, sagte Simon. »Ich bringe sie später zurück.«

Draußen versuchten sie, Agatha zu erreichen. Doch diese wurde befragt und hatte ihr Mobiltelefon ausgeschaltet.

»Wir sehen trotzdem mal nach«, sagte Simon. »Nehmen wir dein Auto. Mein Motorrad macht zu viel Lärm.«

Thirley Grange war gute fünfzehn Meilen vom Dorf entfernt in einem schmalen Tal versteckt. Es gab keine Wegweiser zu dem Anwesen.

Schließlich fanden sie einen unkrautüberwucherten Weg neben der Ruine eines Cottage. »Sieh mal!«, rief Toni. »Ich glaube, hier ist vor Kurzem jemand durchgefahren. Man kann noch die Reifenspuren erkennen. Wir sollten wirklich die Polizei rufen, Simon.«

»Und die rauschen hier mit heulenden Sirenen und Hubschraubern an. Dann kriegen wie sie nie«, erwiderte er. »Wir würden wie echte Amateure dastehen. Probier mal, wie weit du fahren kannst.«

Toni fuhr weiter. Die Bäume und Sträucher zu beiden Seiten rückten immer näher zusammen. Schließlich hielt Toni wieder an. »Ich opfere meinen Lack nicht einer Ahnung«, sagte sie. »Gehen wir zu Fuß.«

»Es kann nicht mehr weit sein«, sagte Simon, als sie losstapften. »Ich meine, May hat gesagt, dass es ein georgianisches Juwel ist. Und ein Juwel kann kein sehr großes Anwesen sein.«

Sie marschierten im grünen Schatten der Bäume, bis Simon abrupt stehenblieb. An einer Stelle im Matsch waren deutliche Reifenspuren zu sehen.

Toni nahm ihr Handy hervor. »Ich versuche es noch mal bei Agatha.«

»Warum?«

»Weil sie die Chefin ist und man Agatha solche Sachen nicht verheimlicht.«

Diesmal erreichte Toni sie und sprach hastig. Agatha sagte: »Bringt euch nicht in Gefahr. Wenn ihr auch nur einen von beiden seht, ruft die Polizei. Ich komme.«

Dann rief Agatha bei Charles an. »Toni denkt, die Alten könnten sich auf einem Anwesen namens Thirley Grange verstecken. Kennst du das? Sie sind auf einer Nebenstraße dorthin.«

»Wo bist du?«

»Im Auto vor der Polizeizentrale.«

»Ich bin in Mircester und in einer Minute bei dir.«

Agatha fand, dass sie Patrick und Phil hinzurufen sollte, die gerade für andere Fälle unterwegs waren, entschied sich dann aber doch dagegen. Es war nur ein Schuss ins Blaue und nicht gesagt, dass sie das Duo fanden.

Charles kam zu ihr, und sie fuhren los.

»Da ist die Rückseite des Hauses«, flüsterte Toni, als sie aus den Bäumen am Wegrand traten. »Was machen wir jetzt?«

»Wir verstecken uns hier und beobachten alles«, antwortete Simon.

Sie duckten sich ins Unterholz und warteten. Das Haus schien baufällig, leer und verlassen. »Wenn sie bis hier gefahren sind, muss der Wagen übel zerkratzt sein«, flüsterte Toni. »Mir sind auf dem Weg viele abgebrochene Zweige und Äste aufgefallen. Sie müssen da sein. Keiner sonst wäre so wahnsinnig, mit dem Wagen diesen Weg entlangzufahren.«

»Agatha ist bald hier«, flüsterte Simon. »Du hättest das echt uns überlassen sollen.«

Toni holte wieder ihr Telefon hervor. »Ich rufe die Polizei an.«

»*Was?*« Simon wollte nach ihrem Handy greifen, aber Toni huschte zwischen den Bäumen davon. Sie hatte plötzlich Angst bekommen. Es war beinahe, als wäre ihre Freundin Sharon in der Nähe und würde ihr sagen, sie solle nicht so bescheuert sein. Toni hatte noch Bill Wongs Handynummer aus der Zeit gespeichert, als sie zusammen gewesen waren. Sie rief ihn an. »Bill, ich bin auf Thirley Grange. Ich glaube, sie sind hier. Ich …«

Eine tiefe Stimme sagte nahe an ihrem Ohr: »Wenn du deinen Freund wiedersehen willst, Fräulein, lässt du das Telefon fallen.«

Toni fuhr herum. Dort stand Fred Summer mit einem

Jagdmesser in der Hand. »Fallen lassen!«, raunte er. Toni ließ ihr Handy fallen, und Fred zertrat es. »Jetzt los!«

Toni wurde vorwärts geschoben und spürte die Messerspitze an ihrem Rücken. Simon war noch da, wo sie ihn verlassen hatte, allerdings lag er bäuchlings auf der Erde und Charlie Beagle stand mit einer Flinte neben ihm.

»Hoch mit dir«, befahl Charlie. »Beide ab ins Haus.«

Bill Wong rief Verstärkung und danach bei Agatha an. »Was fällt dir ein, die beiden jungen Leute in Gefahr zu bringen? Sie sind geschnappt worden. Fahr ja nicht weiter, falls du auf dem Weg dorthin bist. Zwei Leute retten zu müssen, reicht schon.«

»Was war das denn?«, fragte Charles, der am Steuer saß. Agatha erzählte es ihm. Charles drückte das Gaspedal durch, und der Wagen machte einen Satz nach vorn. »Wir fahren durch das Haupttor«, sagte er. »Die Suche nach der Nebenstraße könnte uns wertvolle Zeit kosten.«

Ein Mann kam aus dem Pförtnerhaus gelaufen und hielt eine Hand in die Höhe. Charles ließ das Fenster herunter und rief ihm zu, dass sich Mörder auf der Flucht auf dem Anwesen versteckten. Der Pförtner öffnete rasch das Tor. »Haben Sie irgendwelche Waffen?«, rief Charles.

»Ein paar Jagdflinten und ein Gewehr.«

»Holen Sie die, und steigen Sie ein.«

Agatha rutschte ungeduldig auf dem Beifahrersitz herum. Lebte Toni noch? Wie könnte sie sich jemals vergeben, sollte dem Mädchen etwas zustoßen?

Toni und Simon wurden in einen Keller gezwungen. Sie hörten, wie die Tür oben abgeschlossen wurde, dann waren sie allein. Fahles Licht fiel durch ein von Spinnweben überzogenes kleines Fenster nahe der Decke.

»Die werden uns umbringen«, sagte Toni. »Sie planen jetzt da oben, wie sie uns loswerden.«

»Was ist passiert? Hat Fred gehört, dass du die Polizei angerufen hast?«

»Ja.«

»Dann werden sie mit ein bisschen Glück abhauen und uns hier zurücklassen. Könnten wir doch nur irgendwie raus. Immerhin sind das Mörder.«

»Dreh dich um«, sagte Toni.

»Warum?«

»Ich muss pinkeln. Da draußen hätte ich mir fast in die Hose gemacht.«

Als sie wieder zu ihm kam, sagte sie: »Das da drüben sind Kohlen, oder?«

»Ja. Was hast du vor? Sie damit bewerfen, wenn sie wiederkommen?«

»Kohlen bedeuten, dass es einen Kohlenschacht gibt. Durch den kommt die Kohle hier runter. Das ist kein Weinkeller, sondern der Kohlenkeller.«

»Stimmt«, sagte Simon. »Der Schacht muss irgendwo da oben sein.«

Charles fuhr beim Haupthaus vor. Der Pförtner, der sich als Matt Fox vorgestellt hatte, sprang aus dem Wagen und schloss auf.

»Wartet!«, rief Agatha. »Ich höre ein Auto.«

»Das Geräusch kommt von da hinten«, sagte Charles. Matt sprang zurück in den Wagen, und Charles fuhr hinter das Gebäude.

»Das ist Dan Palmers Auto«, rief Agatha. »Sie fahren nicht zur Nebenstraße, sondern kommen hier lang zur Hauptzufahrt.«

Auf dem Rücksitz lud Matt eilig das Gewehr. Sie rasten in einem irrwitzigen Tempo. Matt ließ das Seitenfenster herunter, lehnte sich hinaus und zielte. Er zerschoss erst einen der Hinterreifen, dann den anderen. Als der Volvo bereits am Tor war, zielte Matt mit einer der Flinten auf die Heckscheibe.

Der Volvo schlitterte mit quietschenden Reifen auf die Straße, direkt vor einen Lastwagen. Es gab ein entsetzliches Kreischen von Metall auf Metall, dann war alles still.

»Agatha, geh nachsehen, ob dem Lkw-Fahrer was passiert ist. Matt, geben Sie mir eine Flinte. Ist die geladen?«

»Ja.«

Charles zerschoss das Seitenfenster seines Wagens. »Notwehr, klar?«, sagte er.

Agatha half dem Lastwagenfahrer aus seiner Kabine, als zwei Streifenwagen angerast kamen. Bill sprang aus dem ersten. »Ich muss zurück zum Haus«, heulte Agatha. »Die haben Toni und Simon entführt.«

»Warte hier. Wir regeln das.«

Die Polizei sperrte die Straße. Ein Van voller Spurensicherer hielt an. Die Leute stiegen aus und begannen, ihre weißen Anzüge und Masken anzulegen. Inspector Wilkes traf ein. »Also, was ist passiert?«, fragte er streng.

»Sind sie tot?«, fragte Agatha.

Wilkes blickte zu dem zerknautschten Wrack des Volvos. »Ja. Jetzt von Anfang an. Sie zuerst, Mrs. Raisin.«

Agatha wollte etwas sagen, als ein Wagen an dem Pförtnerhaus vorbeigefahren kam und anhielt. Toni und Simon, beide schwarz von Kohlenstaub, stiegen aus und starrten auf die Unfallszene.

Agatha Raisin rannte auf Toni zu und riss sie an sich. »Oh, ich bin so froh, dass Sie leben!«

Es war ein langer Tag. Aussagen, Aussagen und noch mehr Aussagen. Danach wurden Agatha, Charles und Toni zusammen mit dem Pförtner zur weiteren Befragung in die Polizeizentrale gebracht.

Sie erfuhren, dass das Anwesen abgesucht worden war, aber keine Spur von Mrs. Summer oder Mrs. Beagle entdeckt wurde. Matt bestätigte die Geschichte von der Notwehr, und Agatha bestand darauf, dass in ihrer Aussage der heldenhafte Einsatz des Pförtners vermerkt wurde.

Am frühen Abend trat Wilkes draußen vor die Presse und gab eine kurze Erklärung ab.

Endlich durften Agatha und die anderen nach Hause.

In den darauffolgenden Wochen kam zutage, dass Charlie und Fred ihre Cottages zwei Monate zuvor an einen Bauunternehmer verkauft hatten. Ihre Bankkonten waren eine Woche vor der Flucht abgeräumt worden. Freds Fingerabdrücke wurden auf dem Messer gesichert, das Agatha im Pfarrhaus gefunden hatte, zusammen mit DNA, die bewies, dass das Blut an dem Messer von dem verstorbenen und nicht betrauerten John Sunday stammte.

Eine großangelegte Suche nach den Ehefrauen wurde eingeleitet, doch sie schienen sich in Luft aufgelöst zu haben.

»Wie können zwei so gebrechliche alte Frauen der Polizei entkommen?«, fragte Agatha eines Abends ihre Freundin Mrs. Bloxby.

»Vielleicht ist es leichter, als man denkt«, sagte Mrs. Bloxby. »Niemand achtet auf alte Menschen. Und es gibt Busse von dort nach Cheltenham.«

»Aber die Polizei hat doch sicher alle Busfahrer befragt.«

»Gewiss sehen alte Frauen für diese Männer alle gleich aus. Hatten sie Pässe?«

»Ja, sogar ziemlich neue. Und sie dürften niemanden gekannt haben, der ihnen Fälschungen besorgt.«

»Ich wüsste, wie ich falsche Pässe besorgen könnte«, sagte Mrs. Bloxby. »Ich würde in irgendein Seebad fahren, wo viele alte Leute sind, und einige Pässe aus Handtaschen stehlen. Ein geschütztes Plätzchen mit Meerblick. Eine nette Unterhaltung mit einer anderen Dame. Ein Gang zur öffentlichen Toilette. Noch mehr Plaudern beim Händewaschen. Handtaschen werden oft am Waschtisch stehen gelassen, während sich Frauen die Hände trocknen. Ein schneller Griff, und schon hat man den Pass. Wären Sie eine alte Dame und hätten noch Ihr Geld und Ihre Schlüssel, würde Ihnen gar nicht gleich auffallen, dass Ihr Pass verschwunden ist. Und selbst wenn Sie zur Polizei gingen, um es zu melden, würde die Sie schlicht für vergesslich halten.«

»Ehrlich, Mrs. Bloxby, Sie gäben eine sehr gute Kriminelle ab. Aber Toni und Simon haben überall gesucht.«

»Die beiden sind ein nettes Paar. Glauben Sie, sie werden sich verloben?«, fragte Mrs. Bloxby.

Agatha erstarrte. »Dazu sind sie viel zu jung! Und sie sind bloß Kollegen.«

»Ah, aber sie arbeiten eng zusammen, Mrs. Raisin.«

»Das geht nicht«, sagte Agatha. »Sie sind zwei sehr gute Detektive, und ich will nicht, dass Toni losgeht und Kinder kriegt, solange sie selbst noch ein halbes Kind ist.«

»Aber, Mrs. Raisin.« Die Stimme der Vikarsfrau nahm eine harte Note an. »Sie wollen doch wohl nichts tun, um eine keimende Romanze zu verhindern.«

»Ich? Nicht doch!«, sagte Agatha und kreuzte die Finger hinter dem Rücken.

Bill Wong wartete auf Agatha, als sie vom Pfarrhaus nach Hause zurückkehrte. »Ein Freundschaftsbesuch?«, fragte Agatha.

»In gewisser Weise. Bist du bei Mrs. Bloxby gewesen?«

»Ja, und sie hatte einige interessante Ideen. Soll ich die Kater rauswerfen? Die belagern dich ja richtig.«

»Nein, ich mag sie.« Hodge hatte sich in Bills Nacken geschmiegt, und Boswell sprang in seine Arme. »Aber vielleicht lasse ich sie doch lieber raus, wenn du etwas Interessantes hast.«

»Könnte sein.«

Bill öffnete die Hintertür und setzte die Kater auf den Boden.

»Also«, sagte er, als er am Küchentisch Platz nahm. »Was für Ideen?«

Agatha erzählte ihm von Mrs. Bloxbys Theorien.

»Leider könnte sie recht haben. Kannst du dir all diese Morde und Angriffe wegen Weihnachtsbeleuchtung vorstellen?«

»Offen gesagt, ja. Manche dieser Leute haben ihren Ruhmesmoment im Reality-TV und kommen nie darüber hinweg. John Sunday war ein durch und durch fieser Mann und muss es genossen haben, sie zu triezen. Was ist mit den Busfahrern, die auf der Route am Anwesen entlangfahren? Wurden sie befragt?«

»Wir waren am Busbahnhof.«

»Und hattet ihr Fotos von den beiden Frauen dabei?«

»Ja, eines aus *Cotswold Life*. Genau genommen gibt es nur einen Fahrer auf der Strecke.«

»Ich würde gern am Anfang ihrer Reise beginnen. Meinst du, dein Chef lässt dich die Raststätten und Seebäder an der Südküste abtelefonieren, ob irgendwelche alten Frauen wenige Tage nach Mrs. Summers und Mrs. Beagles Flucht verschwundene Pässe gemeldet haben?«

»Das muss ich wahrscheinlich in meiner Freizeit machen.«

»Ich lasse Patrick auch nachfragen. Für ihr Foto in *Cotswold Life* hatten sie sich sicher aufgedonnert. Ich denke, ich fahre vielleicht noch mal in dieses höllische Dorf und sehe, ob ich bessere Bilder bekomme.«

Penelope Timson begrüßte Agatha eher zurückhaltend. »Ich bin so froh, dass das alles vorbei ist«, sagte sie. »Sie sind hoffentlich nicht wegen eines weiteren Mordes hier.«

»Nein, nein«, beruhigte Agatha sie. »Keineswegs. Haben Sie zufällig Fotos von Mrs. Summer und Mrs. Beagle?«

»Die Polizei hat ein sehr schönes aus *Cotswold Life*.«

»Ja, aber ich brauche ein weniger formelles.«

»Oh, da könnte ich vielleicht helfen. Ich habe einen Karton mit Fotos von Dorffesten gefunden. Aber Sie müssten doch auch welche haben, Mrs. Raisin. Wurden bei diesem Cream Tea nicht Fotos gemacht?«

»Natürlich. Von Phil. Danke.«

Agatha rief Phil an und sagte, sie würde zu seinem Cottage in Carsely kommen, wo er eine Dunkelkammer hatte und all seine Fotos sorgfältig sortiert aufbewahrte, wie sie wusste.

Sie wartete, während er die Aufnahme von der Teeparty raussuchte. Schließlich kam er und reichte ihr ein Bild. »Hier sind sie.«

»Genial!«, sagte Agatha. Es war eine gute Aufnahme von Mrs. Beagle und Mrs. Summer, die nebeneinandersaßen. »Wie heißen die beiden mit Vornamen? Das konnte ich mir nie merken.«

»Es steht auf der Rückseite. Gladys Summer und Dora Beagle.«

»Super.«

»Fangen Sie wieder an?«

»Darauf können Sie wetten.«

Toni wartete am Busbahnhof in Cheltenham auf den Bus. Als er ankam und alle Fahrgäste fort waren, stieg sie in den Bus.

»Ich fahre erst in einer halben Stunde wieder los, meine Hübsche«, sagte der Fahrer und musterte sie von oben bis unten. »Lust auf einen Tee?«

»Nein danke, ich habe nur einige Fragen.«

»Wie bitte?«

»Ich bin Privatdetektivin.«

»Unsinn, Mädchen. Dafür bist du viel zu jung.«

Toni gab ihm ihre Karte. »Ich glaub's ja nicht!«, rief der Fahrer aus. »Na, dann komm mit. Ich brauche einen Tee.«

Als sie bei Tee mit Milch in der Kantine saßen, zeigte Toni ihm das Foto. »Ich weiß, dass die Polizei Sie schon gefragt hat, aber an dem Tag des Unfalls mit dem Auto und dem Lastwagen, kurz davor, sind da zwei Frauen wie die hier in Ihren Bus gestiegen? Dies ist ein besseres Bild von ihnen.«

Er betrachtete es aufmerksam. »Bedaure, Mädchen. Ich bin mir sicher, dass die nicht mitgefahren sind.«

»Achten Sie sehr auf die Fahrgäste?«

»Nur wenn sie so hübsch sind wie Sie. Na ja, wenn sie so muslimisch verschleiert sind, sieht man sie natürlich gar nicht.«

»Meinen Sie mit Burkas?«

»Heißen die so? Ja.«

Toni holte tief Luft. »Überlegen Sie genau. Sind an dem Tag zwei Frauen in Burkas, also vollständig verschleiert, in Ihren Bus gestiegen?«

»Tatsächlich waren da welche.«

»Wie groß?«

»Ziemlich klein. Viel mehr kann ich nicht sagen.«

»Wo sind sie ausgestiegen?«

»Am Bahnhof.«

»Danke.« Toni nickte.

Als Toni Agatha erzählte, was sie herausgefunden hatte, sagte diese: »Vielleicht sind sie direkt in den Eurostar und rüber nach Brüssel oder Paris gefahren, bevor die Passkontrolle in St. Pancras informiert wurde. Keiner wird zwei verschleierte Frauen zur Befragung abführen und sich dem Vorwurf des Rassismus aussetzen. So ein Mist! Sie können inzwischen sonst wo sein.«

Zwölf

Es ging wieder auf Weihnachten zu. Die Berge von Papier zu den Morden an John Sunday und Dan Palmer waren endlich abgearbeitet.

Eines Abends kam Bill Wong zu Agatha, um ihr zu sagen, dass er schon glaubte, seine Arbeit würde nie enden. Der Pförtner musste vor einer Strafe wegen Führens einer Waffe und Verursachung des Unfalls bewahrt werden, weil er die Reifen des Fluchtautos zerschossen hatte. Dass Agatha ihr PR-Können eingesetzt hatte, um ihn zu einem Helden zu stilisieren, hatte sehr geholfen.

»Was machst du diese Weihnachten?«, fragte Bill.

»Nichts«, antwortete Agatha entschieden. »Aber vielleicht lade ich Roy ein. Zum Glück hat er sich wieder vollständig erholt. Also ist der Fall abgeschlossen? Was ist mit Mrs. Beagle und Mrs. Summer?«

»Interpol sucht weiter nach ihnen. Aber bisher gibt es nichts Neues. Ich glaube nicht, dass sie jemals gefunden werden.«

James Lacey fuhr von Marseille aus an der Mittelmeerküste entlang und machte in dem Dorf St. Charles-Sur-Clore nahe Agde Halt. Dort schien es eine kleine britische Auswandergemeinde zu geben. James war müde und buchte sich ein Zimmer in einem kleinen Hotel. Die Frau an der Rezeption erzählte ihm, dass die Engländer sehr unter dem schwachen

Pfund litten. Manche von ihnen erwogen bereits, zu verkaufen und nach Hause zurückzukehren. »Früher haben sie immer eine Weihnachtsfeier hier im Hotel gemacht«, sagte sie, »aber dieses Jahr können sie es sich angeblich nicht leisten.«

James ging auf sein Zimmer und packte einige Sachen für die Nacht aus, bevor er sich nach unten in die Bar begab. Dort saßen einige englische Paare am Tresen, tranken den Hauswein und beklagten sich, wie teuer alles war. James bestellte sich einen Whisky, den er mit in eine ruhige Ecke nahm, und begann, ein Buch über römische Festungsanlagen zu lesen.

Wenig später bemerkte er, dass sich die Stimmen am Tresen über etwas anderes als das schwache Pfund ereiferten. »Es ist nicht nur eine schändliche Stromverschwendung«, sagte eine dünne Blondine mit künstlicher Bräune, »sondern auch vulgär. Und es fällt auf uns alle zurück. Ich meine, man kann von den Franzosen halten, was man will, aber sie haben *Geschmack*.«

»Überall Lichterketten«, sagte ihr Begleiter, ein rotgesichtiger Mann, der eine Flanellhose und einen Blazer trug, »sogar in den Sträuchern in ihrem Garten. Und sie haben Duval, den Handwerker, einen Weihnachtsmann auf den Schornstein setzen lassen. Dabei sind sie alt. Und es ist ja nicht so, als hätten sie Enkelkinder.«

Langsam legte James sein Buch ab. Er hatte die Ermittlungen zum Mord an John Sunday in den Zeitungen und im Fernsehen verfolgt. Nun stand er auf und ging an den Tresen. »Darf ich eine Runde spendieren?«, fragte er.

Alle strahlten ihn an und wechselten rasch von Wein zu Hochprozentigerem. »Ich konnte nicht umhin zu hören, was Sie gesagt haben«, sagte James. »Übertreibt es da jemand?«

»Ja, die beiden alten Frauen gleich außerhalb des Dorfs«, sagte der Rotgesichtige. »Sie haben überall Lichter angebracht, wie diese furchtbaren Amerikaner.«

»Klingt lustig. Das würde ich mir gerne mal ansehen«, sagte James. »Wie komme ich da hin? Ist es weit von hier?«

»Nein, da können Sie zu Fuß hingehen. Vom Hotel aus nach links und dann ungefähr eine halbe Meile. Übersehen können Sie es jedenfalls nicht. Ihr blödes Cottage beleuchtet den Himmel!«

James machte sich sofort auf den Weg. Es war ein recht milder und klarer Abend mit einem kleinen Mond, der hoch über den Schornsteinen der alten Häuser im Dorf stand. Als er das letzte Haus passiert hatte, sah er tatsächlich den Himmel weiter vorn leuchten und beschleunigte seine Schritte. Und dann erreichte er das Cottage. Es war so üppig dekoriert, dass es Vulgarität auf ein völlig neues Level hob. Es gab sogar einen Strahler im Garten, der den Weihnachtsmann am Schornstein anleuchtete.

James ging zur Tür und läutete. »Wer sind Sie?«, rief eine Stimme aus einem Fenster oben.

Er trat ein Stück zurück und blickte hinauf. Dort konnte er halb versteckt hinter einem Vorhang eine alte Frau ausmachen.

»Ich bewundere nur Ihre Weihnachtsbeleuchtung«, sagte er.

»Gehen Sie weg«, krächzte die Frau. »Hauen Sie ab.«

James wanderte nachdenklich zurück zum Hotel.

Nach den Ehefrauen der Mörder wurde immer noch gefahndet. Sie waren berühmt für ihre Weihnachtsbeleuchtung gewesen. Und ihr Stolz darauf hatte zu den Morden geführt. Könnte er die Frauen durch einen verrückten Zufall gefunden haben?

Er gesellte sich wieder zu den Engländern in der Bar und gab ihnen noch eine Runde aus. »Seit wann wohnen die beiden alten Frauen hier?«, fragte er.

Der rotgesichtige Mann stellte sich als Archie Frank und seine Frau als Fiona vor. Die anderen nannten ebenfalls ihre Namen, die James jedoch sofort wieder vergaß, weil er ganz darauf konzentriert war, mehr über die Bewohnerinnen des Cottage herauszubekommen. »Die sind vor ungefähr zwei Monaten gekommen«, antwortete Archie. »Wir sehen sie nie. Sie haben ein Mädchen aus dem Dorf, das alle Einkäufe für sie erledigt, und bleiben ganz für sich.«

James machte noch ein wenig Smalltalk, bevor er auf sein Zimmer floh. Von dort rief er Agatha an und erzählte ihr von dem mysteriösen Duo und dessen Weihnachtsbeleuchtung.

»Ich komme vorbei«, sagte Agatha. »Und ich bringe ein Foto mit.«

»Nein, mach dich nicht auf den weiten Weg, wenn es vergebens sein könnte. Schick mir das Foto auf meinen Computer.«

»Ich komme!«, rief Agatha. »Und ich bringe Toni mit. Buch uns Zimmer. Wie heißt der Ort, und wie kommen wir da hin?«

Agatha holte Toni in Mircester ab und fuhr mit ihr zum Flughafen in Birmingham. Von dort buchten sie Flüge nach Paris, dann Anschlussflüge nach Marseille und mieteten sich dort ein Auto. Toni fuhr sie an der Küste entlang zu dem Dorf St. Charles-Sur-Clore.

James wartete vor dem Hotel auf sie. »Der Aufwand wäre wirklich nicht nötig gewesen«, sagte er, als er ihre erschöpften Züge sah.

»Ich muss da sein, wenn sie geschnappt werden«, erwiderte Agatha. »Und ich habe ein gutes Foto von ihnen.«

»Am besten finden wir erst mal heraus, wie das Mädchen aus dem Dorf heißt, das für sie einkauft, und zeigen ihm das Bild. Wir fragen im Dorfladen nach. Wollt ihr euer Gepäck reinbringen und euch frischmachen?«

»Nur ein paar Minuten, dann können wir los«, antwortete Agatha.

In dem Laden fragte James in fließendem Französisch, ob man wüsste, welches Mädchen den beiden alten Frauen in dem Cottage mit der Weihnachtsbeleuchtung die Einkäufe brachte.

»Das ist meine Nichte«, antwortete der Ladenbesitzer und rief: »Michelle!«

Ein dünner kleiner Teenager mit strähnigem Haar kam aus einem Hinterzimmer. James hielt dem Mädchen das Foto von Mrs. Beagle und Mrs. Summer hin. »Liefern Sie Lebensmittel an diese Damen?«

»Nein«, antwortete sie.

»Sie haben die beiden nie gesehen?«

»Nein.«

»Sind Sie sich ganz sicher?«

»Onkel, die nennen mich eine Lügnerin!«

»Raus hier!«, befahl der Onkel. »Dreckige Engländer.«

»Was war das denn?«, fragte Agatha draußen.

»Das Mädchen behauptet, die beiden nie gesehen zu haben, und hat dem Onkel gesagt, ich hätte sie eine Lügnerin genannt. Er hat mich rausgeworfen. Tut mir leid, aber wie es aussieht, seid ihr den weiten Weg umsonst gekommen.«

»Sie sah durchtrieben aus«, sagte Toni. »Ich habe das Foto so lange angesehen, dass ich die beiden überall wiedererkennen würde. Wie wäre es, wenn ich allein hingehe, sobald es dunkel ist, und mich auf die Lauer lege? Wenn man nicht will, dass jemand erfährt, wo man ist, und ein Mädchen hat, das alle Einkäufe erledigt, würde man es wahrscheinlich auch bezahlen, damit es keine Fragen beantwortet.«

»Einen Versuch ist die Sache wert«, stimmte Agatha müde zu. »Ich bin so erledigt, dass ich mich gern kurz hinlegen würde.«

Am Abend trafen sie sich in der Bar. James winkte den Engländern am Tresen zu, schüttelte jedoch den Kopf, als sie ihn einluden, zu ihnen zu kommen.

»Ich gehe dann mal«, sagte Toni. »Wenn ich etwas sehe, melde ich mich.«

Sie trug einen schwarzen Pullover und eine schwarze Jeans. Nun setzte sie sich eine schwarze Wollmütze auf und machte sich auf den Weg.

Beinahe hätte sie das Cottage übersehen, weil die Beleuchtung ausgeschaltet war. Einzig der helle Mond schien auf den Weihnachtsmann am Schornstein.

Seitlich vom Haus war eine Garage. Toni sah, wie eine alte Frau die Türen öffnete und in ein Auto stieg. Toni nahm eine Taschenlampe hervor und leuchtete die Frau direkt an. Es war Mrs. Beagle. Der Wagen schoss nach vorn, fuhr Toni beinahe um und brauste davon.

Toni rief Agatha an und schrie: »Sie sind es! Sie sind in einem Wagen und fliehen! Holen Sie mich hier ab.«

Im Nullkommanichts kam James mit Agatha in seinem Wagen angerast. »Wo lang?«, rief er, als Toni auf die Rückbank sprang.

»Links.«

»Das ist die Straße nach Agde. Festhalten.«

James trat das Gaspedal durch und sauste in halsbrecherischem Tempo und mit quietschenden Reifen über das Kopfsteinpflaster des stillen Dorfs und in Richtung Agde. »Was für ein Wagen ist es, Toni?«

»Ein roter Peugeot. Das Kennzeichen konnte ich nicht erkennen.«

»Da ist einer vor dem Lastwagen.« James überholte. Der Peugeot vor ihnen beschleunigte und raste nach Agde hinein und direkt auf den sehr langen Anleger zu, an dessen Ende er ungebremst ins Meer flog.

»Die machen tatsächlich auf Thelma und Louise«, sagte Toni entsetzt. »Und alles wegen dieser beknackten Weihnachtsbeleuchtung.«

Leute kamen herbeigerannt, angeführt von zwei Gendarmen. »Und jetzt gehen die Befragungen los«, sagte James.

Sie wurden über Nacht in Zellen gesperrt und am nächsten Tag wieder und wieder befragt. Man warf ihnen vor, durch ihr rücksichtsloses Fahren zwei alte Damen in Angst und Schrecken versetzt und deren Tod verursacht zu haben. Am Ende konnte James einen Gendarmen überreden, Interpol zu kontaktieren.

Es erschienen zwei Ermittler aus Marseille, und die Befragungen gingen von vorn los.

Schließlich durften sie zu ihrem Hotel zurückkehren. Agatha nahm ihren Taschenspiegel hervor und betrachtete unglücklich ihr Gesicht. Sie hatte Tränensäcke, gerötete Augen, und über ihrer Lippe sprossen zwei kleine Härchen.

Verstohlen blickte sie zu James. Er sah so gut wie immer aus. Seine blauen Augen leuchteten in dem sonnengebräunten Gesicht, und in seinem dichten Haar war lediglich an den Schläfen ein wenig Grau zu sehen.

Wie kam es, fragte sie sich verbittert, dass eine Frau in den Fünfzigern einen zähen Kampf gegen den Verlust ihres guten Aussehens und ihrer Figur beginnen musste, während Männer, sofern sie keinen Bierbauch bekamen, in Würde alterten?

Toni sah ebenfalls müde aus, allerdings auf eine sehr jugendliche Art.

Agatha öffnete ihre Handtasche und trug frischen Lippenstift auf, als der Wagen eben auf das Kopfsteinpflaster vor dem Hotel bog, sodass sie sich versehentlich einen roten Streifen unter die Nase malte.

Draußen wartete die Presse, die Kameras bereit. »Fahr weiter«, schrie Agatha.

James gehorchte, fragte aber: »Was ist passiert?«

»Ich habe Lippenstift verschmiert. Fahr irgendwohin, wo ich mein Make-up korrigieren kann.«

»Agatha, sei nicht albern. Wir sind alle erledigt, und …«

»Tun Sie, was sie sagt«, sprang Toni ihrer Chefin bei.

James fuhr einen Feldweg hinauf und wartete grimmig, während Agatha ihr Gesicht mit Feuchttüchern reinigte und sorgfältig Grundierung, Lippenstift und Eyeliner auftrug.

Vor dem Hotel posierten sie kurz für die Fotografen, bevor sie nach drinnen eilten.

In England reagierten drei Leute sehr unterschiedlich auf Agathas Abenteuer in Frankreich. Simon war betrübt, denn er hätte es geliebt, mit Toni dort zu sein. Roy Silver fand, Agatha hätte ihn ruhig beteiligen dürfen. Was für eine Publicity! Und Charles Fraith grübelte.

Er stellte fest, dass er sehr oft an Agatha dachte. Den Abend zuvor hatte er eine hübsche junge Frau zum Essen ausgeführt, doch das Gespräch mit ihr hatte ihn gelangweilt.

Agatha hingegen war nie langweilig: ärgerlich, unhöflich, fordernd, aber niemals langweilig.

Er ging ins Wohnzimmer, wo seine alte Tante saß und einen Pullover in grellem Lila strickte.

Charles setzte sich zu ihr. »Erinnerst du dich an Agatha Raisin?«

»Die kann man schwerlich vergessen«, antwortete seine Tante. »Sie ist ja dauernd in der Zeitung.«

»Was würdest du davon halten, wenn sie bei uns einzieht?«

»Du liebe Güte, Charles! Hat dir die letzte Ehe nicht gereicht? Außerdem ist sie alt und kann keine Kinder mehr bekommen.«

»Ich dachte auch nur, dass ich sie bitte, zu mir zu ziehen, und dann abwarte, wie es läuft.«

»Solange sie sich nicht in die Abläufe hier einmischt«, sagte seine Tante. »Aber ist sie *passend?* Ich meine, passt sie zu deinen Freunden? Und was wird Gustav sagen?«

Gustav war Charles' Diener und hatte etwas von einem streitlustigen Schweizer Jeeves.

»Gustav müsste lernen, sich damit abzufinden.«

Gustav lauschte vor der Tür und überlegte sich bereits verschiedene Möglichkeiten, Agatha zu vergraulen. Er hatte sie noch nie gemocht, denn Gustav war ein Snob und fand »gewöhnlich« noch zu milde, um Agatha Raisin zu beschreiben.

Wäre Agatha direkt aus Frankreich zurückgekommen, hätte Charles die Idee vielleicht verworfen. Doch die französische Justiz war sehr langsam, und als die Wochen vergingen, erinnerte Charles sich nur noch daran, welchen Spaß sie gehabt und welche Abenteuer sie zusammen erlebt hatten.

Hin und wieder rief er Agatha an, aber ihr Handy war ständig ausgeschaltet, und im Hotel sagte man, dass Mrs. Raisin, Mr. Lacey und Miss Gilmour keine Anrufe entgegennahmen. Agatha war nach Marseille gefahren und hatte sich ein neues Mobiltelefon gekauft, über das sie Kontakt zum Büro hielt, denn jemand von der Presse war irgendwie an ihre alte Handynummer gelangt. Sie hätte nie gedacht, dass sie einmal vor Publicity fliehen würde, bis eine Reihe von Fotos jede ihrer Falten vergrößerten und sie zu dem Schluss kam, dass sie keine weiteren Interviews mehr ertrug. Dann hatte sie die Schweinegrippe bekommen, was bedeutete, dass das gesamte Hotel in Quarantäne musste, während Agatha im Bett lag und sich fragte, ob sie sterben würde.

Letztlich schwand das Interesse an dem Fall, Agatha erholte sich, und man sagte ihnen, dass sie nach Hause reisen dürften. Zu Agathas Unglück teilte James ihr mit, dass er in Frankreich bleiben und weiter an seinen Reisebüchern schreiben wolle.

Kurz bevor sie die Schweinegrippe erwischte, hatte sie das Gefühl gehabt, James und sie kämen sich näher. Und obwohl sie sich sagte, dass es sinnlos war, wieder der alten Obsession zu verfallen, merkte sie, wie es von Neuem losging. Dann wurde sie krank, und alles, was sie von James hörte, waren gelegentliche Rufe durch die Tür, ob sie sich schon besser fühle.

Am Flughafen in Birmingham erwarteten Agatha unglaublich hohe Parkgebühren. Sie bezahlte fluchend, fuhr nach Mircester, wo sie Toni absetzte, und weiter nach Carsely.

So viel zur Erderwärmung, dachte Agatha, als leichter Schneefall einsetzte und die Flocken hypnotisch vor der Windschutzscheibe tanzten.

Mit einem erleichterten Seufzer schloss sie ihre Haustür auf. Keine Kater. Natürlich waren die bei ihrer Putzhilfe. Agatha ging nach oben, packte aus und wechselte in ein weites Hauskleid, ehe sie sich unten in der Küche eine Kanne Kaffee machte.

Sie zündete sich eine Zigarette an, worauf sie hustete und würgte. Ich muss damit aufhören, dachte sie. Der verflixte Husten. Ich habe mir immer geschworen, dass ich aufhöre, sobald ich Husten bekomme. Doch sie rauchte die Zigarette trotzdem und trank einen starken schwarzen Kaffee.

Es klingelte. Agatha ging zur Tür und rief: »Wer ist da?«

»Mrs. Bloxby.«

Sie riss die Tür weit auf. »Bin ich froh, Sie zu sehen!«

»Die Buschtrommeln haben gemeldet, dass Sie zurück sind, da dachte ich, ich bringe Ihnen einen Auflauf zum Abendessen. Sie müssen ihn nur noch im Ofen aufwärmen.«

»Wie nett von Ihnen! Kommen Sie rein.«

»Was haben Sie erlebt?«, fragte die Vikarsfrau. »Und wie überaus seltsam, dass Weihnachtsbeleuchtung so viel Tod und Verzweiflung verursacht hat. Giles Timson hat zu Weihnachten eine eindrucksvolle Predigt gehalten, in der er die Dorfbewohner von Odley Cruesis ermahnte, nicht zu sehr auf Weltliches zu achten, da es doch ein geistliches Fest sei. Er sagte allerdings auch, dass es keinen Weihnachtsmann gebe, was die Leute im Dorf wütend gemacht hat, und die Zeitungen schimpften ihn einen Schurken, der Kinderträume zerstört. Mrs. Timson hat ihn verlassen.«

»Wirklich? Warum?«

»Kurz nachdem Sie weg waren, blieb sie außerhalb von Mircester mit ihrem Wagen liegen. Sie rief bei der nächsten Werkstatt an, und während sie wartete, dass ihr Auto repariert wurde, kam sie mit Joe Purrock ins Gespräch, dem Besitzer der Werkstatt. Anscheinend hat es gleich zwischen den beiden gefunkt. Er ist verwitwet. Ich glaube, Mrs. Timson hat sich äußerlich ziemlich verändert. Sie ist jetzt blond, permanent sonnengebräunt und trägt gefährlich hohe Absätze, aber sie wirkt sehr glücklich. Über Weihnachten waren die beiden auf den Malediven. Sie Arme. Ich fürchte, Sie hatten gar kein Weihnachtsfest.«

»Der Weihnachtsmann ist da gewesen und hat mir die Schweinegrippe gebracht.«

»Was hat Mr. Lacey Ihnen zu Weihnachten geschenkt?«

»Überhaupt nichts.«

»Eigenartiger Mann. Was haben Sie ihm geschenkt?«

»Na, auch nichts. Irgendwie habe ich Weihnachten verpasst. Alles ist wie verschwommen. Ich werde nie das Bild vergessen, wie Mrs. Summer und Mrs. Beagle geradewegs ins Meer gefahren sind. Wäre James nicht zufällig in dem Dorf gewesen, hätte man sie wahrscheinlich nie gefunden.«

»Ach, ich denke schon. Früher oder später hätte eine Lokalzeitung ein Foto von ihrem Cottage gemacht, und ein kluger Interpol-Mann wäre hingefahren, um zu ermitteln.

Ich meine, die Morde haben weltweit solche Schlagzeilen gemacht, weil sie wegen John Sundays Verbot von Weihnachtsdekoration begangen wurden. Und das ist schon *seltsam*. Die ganze Sache scheint Lichterschmuck dieses Weihnachten eher aus der Mode gebracht zu haben. Ich schätze, die Leute befürchten, als verschroben zu gelten, wenn sie es übertreiben.«

»Möchten Sie einen Sherry?«

»Ja, gern.«

»Ich trinke einen Gin Tonic«, sagte Agatha und holte die Drinks.

»Sir Charles hat mich recht häufig angerufen und gefragt, ob ich von Ihnen gehört hätte«, sagte Mrs. Bloxby.

»Wahrscheinlich wäre er gern dabei gewesen.«

Charles hatte beschlossen, einen der Ringe seiner verstorbenen Großmutter aus dem Bankschließfach zu holen und Agatha zu schenken. Nur um ihr zu zeigen, dass er ihr zwar nicht direkt einen Antrag machte, aber es dennoch in gewisser Weise ernst meinte, wenn er ihr vorschlug, dass sie zu ihm zog.

Gustav kam ins Arbeitszimmer, als Charles den Saphir-Diamantring bewunderte. »Für wen ist der?«, fragte Gustav.

»Das geht Sie nichts an. Bringen Sie mir einen Whisky mit Soda.«

Gustav begann zu planen. Sein Vater war Uhrmacher gewesen und hatte Spieluhren gefertigt, aber auch Juwelier gelernt. Früher hatte Gustav für ihn gearbeitet, doch als scin Vater starb, verkaufte er das Geschäft und ging ins Ausland, wo er schließlich als Faktotum für Charles endete. Ihm gefiel sein Leben. Hier hatte er die Kontrolle über alles im

Haus. Nach zwei furchtbaren Ehen mochte er Frauen generell nicht mehr, und erst recht nicht Agatha Raisin.

Seine gesamte Freizeit verbrachte Gustav fortan mit seinen Vorbereitungen. Charles rief Mrs. Bloxby an und erfuhr zu seiner Überraschung, dass Agatha bereits seit einer Woche wieder da war. Er rief Agatha im Büro an und lud sie für den Abend zum Essen im The George ein.

»Wer zahlt?«, fragte Agatha misstrauisch.

»Ich, Süße. Ich will alles über deine Erlebnisse in Frankreich hören.«

»Eigentlich bin ich es leid, das alles immer wieder zu erzählen, aber okay. Treffen wir uns dort. Wann?«

»Acht Uhr.«

Als er im Speisesaal wartete, war Charles ziemlich nervös. Doch er entspannte sich, als Agatha hereinrauschte und sagte: »Ich bin am Verhungern. Du lieber Himmel, Champagner auf Eis! Was feiern wir?«

»Deine Rückkehr.«

»Wie nett.«

Doch eigentlich fragte sich Agatha, welche Ausrede Charles finden würde, damit sie am Ende bezahlte.

Während des Essens erzählte sie ihm von Frankreich. Als sie fertig war, fragte Charles: »Wie empfindest du jetzt für James?«

»Weiß ich nicht«, antwortete Agatha ausweichend. »Ich habe nicht viel Zeit mit ihm verbracht. Der alte James eben, falls du verstehst, was ich meine.«

Der Kaffee wurde serviert.

Charles holte eine rote marokkanische Schmuckschatulle aus seiner Tasche. »Ein Geschenk für dich.«

»Oh, Charles!«

Agatha strahlte. Die anderen Gäste drehten sich zu ihnen um.

»Mach auf«, drängte Charles.

Agatha klappte den Deckel hoch. Ein kleines Schweinegesicht schnellte an einer Feder nach oben, und eine blecherne mechanische Stimme tönte: »Hässliche Kuh! Hässliche Kuh!«

Agatha schleuderte Charles ihren Kaffee ins Gesicht und stürmte aus dem Speisesaal, wobei ihr das Gelächter der anderen Gäste nachhallte.

Auf der Fahrt nach Carsely blinzelte Agatha heftig, um ihre Tränen zurückzuhalten. Sie fuhr direkt zum Pfarrhaus. Der Vikar Alf öffnete die Tür. »Wirklich, Mrs. Raisin, wir wollten eben ins Bett gehen.«

»Was ist los?« Mrs. Bloxby erschien hinter ihm. »Aus dem Weg, Alf«, sagte sie zu ihrem Mann. »Siehst du denn nicht, dass sie verzweifelt ist?«

Der Vikar stampfte von dannen, und Mrs. Bloxby führte Agatha sanft ins Wohnzimmer. Dort setzte sie sich mit ihr aufs Sofa und legte den Arm um sie, als Agatha zu weinen begann.

Nachdem sie sich ein wenig gefangen hatte, erzählte Agatha Mrs. Bloxby von ihrem Essen mit Charles, dem Schweinegesicht und dem Gelächter der Gäste.

»Nein, nein, *nein!*«, sagte Mrs. Bloxby entschieden. »Das sieht Charles überhaupt nicht ähnlich. Lassen Sie mich überlegen. Vielleicht wollte er Ihnen einen Ring schenken. Gustav!«

»Was ist mit Gustav?«

»Bei einem dieser Feste auf Charles' Anwesen habe ich mich mit Gustav unterhalten. Er hat mir erzählt, dass sein

Vater Juwelier und Uhrmacher war, der auch Spieluhren gemacht hat. Sie müssen Charles anrufen.«

»Nein, das muss ich verdammt noch mal nicht.«

»Dann rufe ich ihn an. Sie mögen Sir Charles nicht vertrauen, aber ich tue es.«

Mrs. Bloxby ging ins Arbeitszimmer und schloss die Tür.

»Es war Gustav«, sagte Charles verbittert. »Ich wollte Agatha den Ring meiner Großmutter schenken und sie bitten, zu mir zu ziehen.«

»Sie heiraten, meinen Sie?«

»Das ginge ein wenig zu weit. Ich dachte nur, dass es ziemlich nett wäre. Und ich habe Gustav gefeuert.«

Mrs. Bloxby seufzte. »Stellen Sie ihn wieder ein. Sie denken nicht klar. Vielleicht glauben Sie, dass Sie das Anwesen führen, aber Gustav macht praktisch alles. Er ist unersetzlich. Können Sie sich Mrs. Raisin vorstellen, wie sie neben ihrem Beruf Jagdausflüge mit anschließendem Dinner organisiert? Was ist denn in Sie gefahren? Sind Sie in sie verliebt?«

»Weiß ich nicht. Ich bin noch nie verliebt gewesen. Was mache ich denn nun?«

»Ich schicke Mrs. Raisin jetzt nach Hause. Kommen Sie sofort nach Carsely und geben Sie ihr diesen Ring. Sagen Sie einfach, er ist ein Weihnachtsgeschenk.«

Mrs. Bloxby kehrte zu Agatha zurück. »Fahren Sie jetzt nach Hause, Mrs. Raisin. Gustav hat Sir Charles einen schrecklichen Streich gespielt. Er wollte Ihnen den Ring seiner Großmutter schenken.«

»Sie meinen, er will mich *heiraten?*«

»Nein, es ist nur ein Geschenk.«

»Ich bringe diesen Gustav um.«

»Nicht heute Abend. Fahren Sie einfach nach Hause.«

Vor ihrem Cottage fand Agatha Toni vor. »Ich suche Sie schon«, sagte Toni. »Die Mutter einer Freundin war heute Abend im The George und hat erzählt, ein Mann hat Ihnen eine Art schrecklichen Schachtelteufel-Ring geschenkt, der ›Hässliche Kuh‹ gerufen hat.«

»Das war Gustav, der Charles einen Streich gespielt hat. Kommen Sie rein. Charles ist auf dem Weg hierher, und es ist kein Verlobungsring, nur ein Geschenk. Sie können warten und sich den richtigen Ring ansehen.«

»Gustav habe ich schon immer schräg gefunden. Der ist so unhöflich. Ich verstehe nicht, warum Charles ihn behält.«

»Weil er den ganzen Laden schmeißt und Charles faul ist.« Agatha hörte eine Autotür.

»Da ist Charles.«

»Sind Sie sicher, dass ich nicht gehen soll?«

»Ach was. Es ist ja nicht so, als würden Sie eine Romanze stören.«

Charles schloss sich selbst die Tür auf.

»Was für ein Desaster«, sagte er. »Es tut mir so leid. Du hattest so furchtbare Weihnachten, da wollte ich dir etwas schenken. Gustav hat gewusst, dass ich den Ring aus dem Bankschließfach geholt habe, und gedacht, ich würde dir einen Heiratsantrag machen.«

»Und was könnte entsetzlicher sein als das?«, murmelte Agatha verbittert.

»Komm schon, Aggie, nimm das verdammte Ding.«

Auf einmal lächelte Agatha. »Unter einer Bedingung.«

»Die wäre?«

»Du gehst auf die Knie und schwörst mir ewige Liebe.«

Charles lachte. »Was immer du sagst.«

James Lacey fuhr die Straße hinunter nach Carsely. Er sah Licht in Agathas Cottage. Auf eine merkwürdige Weise war es aufregend gewesen, wieder mit ihr zusammenzuarbeiten. Er würde nur kurz reinschauen, ihr gute Nacht sagen und sie für morgen Abend zum Essen einladen.

Es läutete. »Ich gehe hin«, rief Toni.

»Wahrscheinlich ist es Mrs. Bloxby«, sagte Agatha. »Also, Charles, auf die Knie.«

James Lacey stand an der Küchentür. Charles kniete vor Agatha, holte eine kleine Schachtel hervor, öffnete sie und hielt einen funkelnden Ring in die Höhe. »Sei mein, meine Liebste. Ich schwöre dir ewige Liebe.«

»Oh, Charles, das kommt so plötzlich!«, antwortete Agatha.

Beide hörten die Haustür so laut zuknallen, dass das ganze Haus zu vibrieren schien.

»Wer war das denn?«, fragte Charles und stand auf.

»James Lacey«, sagte Toni.

»Ich laufe schnell rüber und erkläre es ihm«, sagte Charles.

Agatha dachte daran, dass James beinahe eine strohdumme Frau geheiratet hätte, weil sie schön war. Und sie erinnerte sich an ihren Schmerz und ihre Verzweiflung.

Sie packte Charles' Ärmel. »Geh nicht. Erklär ihm gar nichts.«

»Bist du sicher?«, fragte Charles.

»Ja, *ganz* sicher.«

Epilog

Agatha hielt Simon ständig beschäftigt. Manchmal fand er, sie hielt ihn *zu* beschäftigt. Zweimal hatte er schon Theaterkarten für Toni und sich gekauft, und beide Male hatte Agatha ihn in einem Scheidungsfall losgeschickt, um einem Ehebruchsverdacht nachzugehen, was ihn jeweils einen Großteil des Abends gekostet hatte.

Als Toni dann eine Woche Urlaub nahm, um zu ihrer Mutter nach Southampton zu fahren, stellte Simon fest, dass er plötzlich erheblich weniger zu tun hatte, nachdem Agatha ihn vorher sogar an den Wochenenden arbeiten ließ.

Also beschloss er, May Dinwoody zu besuchen. Er mochte sie und wusste, dass sie Mühe hatte, über die Runden zu kommen.

Sie empfing ihn sogar freudig, zumal er ihr einen großen Karton mit Lebensmitteln und zwei Flaschen Wein mitbrachte.

»Wie großzügig von Ihnen, danke«, sagte May.

»Haben Sie mir verziehen, dass ich ein Schnüffler bin?«, fragte Simon.

»Oh ja. Wäre Mrs. Raisins Detektei nicht gewesen, hätten wir tatsächlich angefangen, uns alle gegenseitig zu verdächtigen.«

»Und es hatte wirklich niemand im Dorf die beiden in Verdacht?«

»Tja, natürlich behaupten jetzt alle, sie hätten es *gewusst*.«

»Warum sind sie dann nicht zur Polizei gegangen?«

»Ich glaube, sie hatten in Wahrheit keine Ahnung. Wer in diesem netten Dorf würde Mörder schützen?«

Alle vermutlich, dachte Simon. Doch stattdessen fragte er: »Wie kommen Sie zurecht?«

Tränen glänzten in ihren Augen. »Ich muss meine schöne Wohnung verkaufen. Mein Spielzeug bringt so wenig ein, und ich kann die Kosten nicht mehr decken.«

»Ich habe mir Ihre Sachen nie richtig angesehen«, sagte Simon. »Zeigen Sie sie mir mal?«

»Wenn Sie wollen. Kommen Sie mit in mein Atelier.«

Simon folgte ihr. Er drehte die Spielzeuge in seinen langen Fingern und betrachtete sie eingehend. Sie waren wunderschön gearbeitet.

»Die Puppen sind alle aus Naturmaterialien«, erklärte May. »Die Köpfe sind aus Holz, und die Kleidung ist komplett handgearbeitet aus natürlichen Stoffen, ohne Kunstfasern.«

»Sie sind sehr schön«, bemerkte Simon.

»Aber die Supermärkte verkaufen solche billigen Plastiksachen. Mit denen kann ich nicht konkurrieren.«

Simon blickte noch immer auf die Sachen. Agatha Raisin war einst PR-Spezialistin gewesen, und er fragte sich, ob sie etwas tun könnte.

»Ich habe eine Idee«, sagte er. »Doch machen Sie sich keine zu großen Hoffnungen. Ich rufe Sie später an.«

Agatha öffnete Simon die Tür und sagte: »Kommen Sie rein.« Bei seinem Anblick bekam sie ein schlechtes Gewissen. Ihr war bewusst, dass sie alles getan hatte, um seine keimende Romanze mit Toni zu sabotieren.

»Ist irgendwas?«, fragte sie. »Oder ist das nur ein Höflichkeitsbesuch?«

Sie setzten sich an den Küchentisch, wo Simon ihr von May Dinwoody erzählte. »Ich dachte, Ihnen als ehemaliges PR-Genie fällt vielleicht etwas ein.«

Agatha sah ihn so lange schweigend an, dass er nervös wurde.

»Ja, ich könnte dafür sorgen, dass sie Erfolg hat«, sagte sie schließlich. »Ich würde ihr einen Laden mieten und eine Werbekampagne starten. Aber im Gegenzug bräuchte ich etwas von Ihnen.«

»Was?«

»Toni ist sehr jung. Genau wie Sie. Ich will nicht, dass meine beste Detektivin viel zu früh heiratet und Kinder bekommt.«

Simon wurde feuerrot. »Sie haben kein Recht, sich da einzumischen.«

»Ich will meine Detektei schützen. In drei Jahren dürfen Sie tun und lassen, was Sie wollen. Bis dahin möchte ich, dass Sie sich zurückhalten. Sind Sie in sie verliebt?«

»Nein, aber fast.«

»Dann ist es ganz einfach. Ziehen Sie die Handbremse an, und May Dinwoody kann sich auf ein Alter in Wohlstand freuen.«

Simon dachte an Mays tränenschwimmende Augen. Dann zuckte er mit den Schultern. »Okay, aber nur, bis die drei Jahre um sind.«

Die Eröffnung von Aristo Toys sorgte für eine Sensation in der ruhigen Marktstadt Mircester. Eine berühmte Popband namens Children of the New Age spielte auf einer Bühne vor dem Laden. Ein Fernsehkommissar, Buster Kemp, hielt eine Ansprache, in der er sagte, wie wichtig gutes und sicheres Spielzeug für Kinder sei, das über Generationen weitergegeben werden konnte. »Überlegen Sie mal«, sagte er und hielt eine Puppe in die Höhe, »eines Ihrer Enkelkinder könnte diese hier später bei der *Antiques Roadshow* zeigen.«

Dann schnitt der Bürgermeister das Band durch, und der Laden war eröffnet. May, die ein konservatives Kostüm trug und professionell frisiert war, wurde von zwei Verkäuferinnen flankiert.

Sie konnte kaum glauben, dass Leute tatsächlich die außergewöhnlich hohen Preise zahlten, auf die Agatha bestanden hatte. Ihre Spielsachen wurden zu einem Must-have.

»Danke«, sagte Simon zu Agatha, als der lange Tag vorbei war. »Wie sorgt sie für Nachschub?«

»Ich habe eine kleine Fabrik am Ortsrand gemietet. Da hat May die letzten drei Monate Leute angelernt. Wenn man sich auf Arbeitskräfte mittleren Alters verlegt, kann man erstaunliche Talente finden. Ach so, das wollte ich May schon die ganze Zeit fragen – wurde Carrie Brothers Hund wirklich vergiftet?«

»Der Tierarzt hat gesagt, dass er an Altersschwäche und Übergewicht gestorben ist. Carrie glaubt ihm nicht. Sie hat sich jetzt auf Katzen verlegt.«

Simon verließ gerade den Laden, als Toni ihn einholte. »Wollen wir was trinken gehen?«

»Tut mir leid, aber ich bin verabredet.«

»Oh, na dann viel Spaß.« Toni drehte sich um und ging weg.

Simon fluchte leise. Er könnte kündigen, dann dürfte er sie einladen. Aber er liebte seine Arbeit. Irgendwie würde er

Agatha Raisin so sehr für sich einnehmen, dass sie ihn aus der Vereinbarung entließ.

James Lacey studierte die Verlobungsanzeigen in der *Times*, konnte aber keine von Agatha und Charles entdecken. Nach der Szene in ihrer Küche war er direkt wieder auf Reisen gegangen.

Warum wurmte ihn die Sache so sehr? Immerhin war er es gewesen, der sich von Agatha hatte scheiden lassen. Also warum fühlte sich die Welt plötzlich so leer an?

Mord ist nicht nur ihr Hobby, sondern ihr Beruf

M. C. Beaton
HAMISH MACBETH VERSCHLÄGT ES DIE SPRACHE
Kriminalroman
Aus dem Englischen
von Sabine Schilasky
240 Seiten
ISBN 978-3-404-18972-4

Die betagte Schriftstellerin Patricia Martyn-Broyd ist entsetzt, als sie erfährt, dass ihre Protagonistin Lady Harriet in den Verfilmungen ihrer Krimis als kiffender Hippie dargestellt werden soll. Dass der Drehbuchautor für seine skurrilen Drehbücher bekannt ist und Lady Harriet von der moralisch fragwürdigen Penelope Gates gespielt werden soll, macht die Sache nicht besser. Vertrag ist jedoch Vertrag, lernt die Autorin schnell. Aber plötzlich überschlagen sich die Ereignisse, und Patricia wird beschuldigt, Autor und Hauptdarstellerin ermordet zu haben. Um ihre Unschuld zu beweisen, wendet sie sich an ihren einzigen Freund in Lochdubh: den Dorfpolizisten Hamish Macbeth ...

Lübbe